向陽

寫意年代

臺灣作家手稿故事 貳

目次

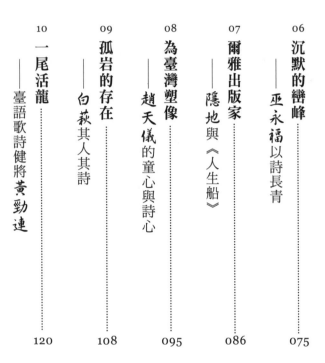

〔自序〕
敘情寫意，留影懷人

這是臺灣作家手稿故事的第二輯，距離第一輯《寫字年代》的出版，四年六個月過去了。時光飛逝，往往在不知不覺中。還以為《寫字年代》才推出不久，新寫的手稿故事居然又已積累二十四篇，足夠集為一冊。日與月相推，心和筆齊磨，從二〇一一年五月開始撰寫的「臺灣作家手稿故事」，就這樣完成了四十八篇，也紀錄了我與四十八位臺灣作家的文字因緣。

這是以文字相交的翰墨情誼，這是一位上個世紀末葉的編輯和作家之間相互敬惜的回憶。在網路、數位都尚未出現的一九八〇年代，寫字是人們必要的傳播行為之一，投稿是作家的日常，看稿是編輯的日課。當時我擔任報紙副刊主編，日日與作家手稿為伍，每以敬謹的心，閱其字、讀其文，有所取捨之後，編入每日出報的副刊，供給廣大讀者閱讀。這樣的因緣，讓我結識了不少作家，也和他們有了或濃或淡的情誼。「臺灣作家手稿故事」的書寫，可以說是作為副刊編輯的我，對於曾經提攜我、啟發我的作家的感念之作。

我手邊保有的作家手稿，多數是我主編《自立晚報．自立副刊》時期（一九八二年六月—一九八七年十月）所留存。當時的報紙都使用鉛字排版印刷，作家的手稿進入編輯臺後，會留下編輯發排的紅筆註記（如十二字高、黑體、楷體……等）；進入排字房後，排字工人通常會將原稿裁為四個斷片（供同時檢字之用）；送到校對室，又會加上校對註記（通常是錯別字或漏字），等印刷廠打樣，再一併送回副刊編輯室，這時作家的原稿已然「五馬分屍」、「瘢痕累累」，不復原貌，最後都送回校對室，過了一段時間（備查）後，就通通丟捨了。

身為寫作者的我，剛接編副刊時，以為這是通例，只好遵循。但看到作家手稿因為編印而遭銷毀，總覺不忍與不捨。直到有一天，拿自己的手稿去影印，這才想到妥適的辦法：可以保留作家原稿，用影印稿交給排版房去排字。就這樣，我存留下來一些作家的手稿。這批手稿，我一直妥善保存，部分因為風災水患遭到浸蝕，也想盡辦法加以挽救。對我來說，這些作家手稿，和我的文學人生是連結在一塊的，其中有我主編副刊時的珍貴回憶，也有部分具有對臺灣文學發展產生影響的重要論述。當年，我敬慎其事地保留這些手稿，全然沒有想到有一天會以此為基礎，寫下「臺灣作家手稿故事」，以我的回憶為輔，再現了我所知道的八〇後臺灣文壇樣貌，也保存了部分重要的臺灣文學史料和文獻。

於是而有《文訊》雜誌「臺灣作家手稿故事」專欄的推出（二〇一一年六月到二〇一三年四月），以及《寫字年代》（二〇一三年七月）的出版；也才有了延續的這本《寫意年代》的付梓。

＊

年代的臺灣文壇：

第一本臺灣作家手稿故事以「寫字年代」為名，一如我在該書序中所說，是因為一九八〇

作家依然使用稿紙寫稿，書籍和報紙副刊依然採用鉛字排版，「寫字」就是那個年代絕大多數作家發表創作的唯一途徑：他們在稿紙字格中，一字一字植入文思，一句一句填進想像，就像農夫插秧播種，他們耕作於稿紙的隴畝之中，用筆桿寫出了那個年代人們的共同經驗，也耕耘出了臺灣文學的繁花勝景。那個年代稱寫作為「筆耕」、為「墨耘」，此之謂也。稱這樣的年代為「寫字年代」，誰曰不宜？

筆耕墨耘之外，一九八〇年代的臺灣作家在他們手稿中，不僅留存了如見其人的墨痕，容我們體會其溫潤，鑑照美好的「寫字年代」；也還可讓我們看到他們以文學創作或論述，透過筆墨傳達出的文學志業。他們在字裡行間，暢敘衷情；在文章段落，書寫意念，足供今天的我們撫其筆墨而知其事，見其留影而懷其人——這本續集，名之為「寫意年代」，再適當也不過了。

和《寫字年代》一樣，《寫意年代》作為臺灣作家手稿故事的續書，都各收入二十四位臺灣作家的手稿故事。既是寫字年代的展示廳、貯藏間；也是寫意年代的大舞臺、重力場。二十四位作家的手稿，無論出以稿紙、信箋、紙條明信片、賀卡，都各有書寫者的獨特風格，

自然流露作家寫字時的心意和情感。在《寫字年代》書序中，我將之比喻如「二十四節氣之交替」、如「二十四詩品之所示」，這在這本《寫意年代》的手稿中，依然清楚可見。不同的作家，筆墨之間，或剛或柔、或雄或秀，都清晰可辨。他們是臺灣文學大舞臺的主要演員，也是重力場的顯眼角色。

同樣的，既然稱為「臺灣作家手稿故事」，我的書寫也就環繞在「我所知道的」故事的敘述。通過我與這二十四位作家的認識、交往和了解，我希望寫出這些曾經提攜我、啟發我、影響我的作家最深沉、最細膩或最不為人知的部分；通過我的觀察、接觸和感念，凸顯這些作家對臺灣文學發展的貢獻和業績；統合起來，連結成一個我也曾身處其中的文學場域，無論寫字或寫意，經由我的回憶，提供給讀者一幅幅臺灣文壇和文學傳播的生動畫面。

＊

和《寫字年代》一樣，我對收入《寫意年代》的二十四位作家，也都懷抱著敬意和感謝。從事文學創作或論述，無論已逝的年代或今日，都是艱難而孤獨的志業，多數臺灣作家在社會中的處遇不佳、在閱讀市場上也往往位處邊陲。支撐他們持續寫作的，無非是一顆對文學堅貞不渝的心，以及對於創作或論述堅定持之的信念。我有緣與他們結識，有幸與他們來往，無論他們的身分、省籍、立場或意識形態如何，都與他們同在名為臺灣文學的船上。他們在創作上的成就、聲望、評價，或許互有高下，各有不同；他們無視於外在環境或條件的不足，仍然孜孜矻矻於文學創作或論述的堅持精神，則都足以作為我效式的榜樣，也是我希望讀者能夠從中獲得啟發的寫作初衷。

在《寫字年代》中，我寫被視為「外省籍」作家的齊邦媛、聶華苓、商禽、周策縱、柏楊、周夢蝶、蔡文甫、張默；也寫「省籍」作家，日治時期的楊逵、黃得時、王昶雄、龍瑛宗、陳千武和葉石濤，以及戰後出發的陳秀喜、杜潘芳格、鍾肇政、陳冠學、王禎和；還有長我幾歲，也可說是同輩的洪醒夫、吳晟、陳芳明、席慕蓉、阿盛。

來到《寫意年代》，我寫了被視為「外省籍」作家的王默人、羅門、蓉子、辛鬱、唐文標、隱地；寫了日治時期臺灣作家郭水潭、楊熾昌、巫永福三人；戰後出發的「省籍作家」林海音、鄭清文、趙天儀、白萩、施明正、陳映真、王拓、楊青矗、林佛兒；以及與我可視為同輩的李敏勇、黃勁連、王灝、溫瑞安、渡也、林燿德。

和《寫字年代》稍有不同的是，這本《寫意年代》中，較多的是在臺灣文學場域中處於邊陲的作家。如曾以臺灣礦村為題材創作小說的王默人、日治時期鹽分地帶代表詩人的郭水潭、超現實主義詩人楊熾昌、曾經捲起現代詩論戰的唐文標、寫作監獄小說的施明正、一生奉獻埔里文化重振的王灝——他們多是臺灣社會未必聽聞或熟知的作家，然而無論已然故去或仍在創作中，他們對臺灣文學的貢獻都不應該被忽視或遺忘。寫這本《寫意年代》時，我特意詳述他們的文學書寫，衷心希望我們的社會也能在主流文學圈外聽到這些作家的聲音。

我仍在書寫中，《寫字年代》、《寫意年代》兩書合計已寫了四十八位作家，我在《文訊》月刊的專欄「作家的批信」仍持續中，希望未來兩年內再寫二十四位作家，以總結這段在我編輯與寫作生涯中的文字因緣，為曾經狂飆的一九八〇年代臺灣文壇及作家留下我的見證和補述。

敘情以寫意，留影以懷人。《寫意年代》正是這樣一本具有溫度、也期望能夠具備深度和廣度的臺灣文壇顯影錄。

＊

這本書能夠完成，首先要感謝《文訊》雜誌總編輯封德屏，她是「臺灣作家手稿故事」這系列作品的催生者。我開始這系列之作，是從二〇一一年六月在《文訊》首發，寫到二〇一三年四月，《寫字年代》一書，就是專欄的結集。當時我想書都出了，因而結束專欄；今年六月，她和副總編輯杜秀卿、企劃主編邱怡瑄又約我新開「作家的批信」專欄，從七月號開始推出，這本《寫意年代》中的第一篇和後六篇都在《文訊》刊登。

其次，要感謝《鹽分地帶文學》雙月刊的總編輯林佛兒和主編李若鶯兄嫂。二〇一四年十二月，他們約我為該刊開闢專欄，因而讓我原已停筆的「臺灣作家手稿故事」系列可以改以「臺灣作家手跡」的專欄繼續書寫，本書第二篇〈喑啞的詩人——被時代遺忘的郭水潭〉到第十七篇〈心心念念為臺灣——林佛兒的文學與出版志業〉（其中王拓在《文訊》、陳映真在《印刻文學生活誌》，除外），就是他們所促成。遺憾的是，佛兒兄不幸於今年四月二日因病去世，當月月底出刊的《鹽分地帶文學》第六十九期意外成為追悼專輯，我的專欄最後一篇寫他，他已無法親閱了。（《鹽分地帶文學》其後轉由遠景出版公司經營，張恆豪擔任總編輯。）

我也要感謝大愛電視臺「殷瑗小聚」節目主持人殷正洋、李文瑗，以及中央廣播電臺「二十一點聽臺灣」主持人詹婉如。通過他們的專訪，讓我這一系列「臺灣作家手稿故事」能以電視和廣播的傳播形式，介紹給更廣大的閱聽眾。他們能夠注意到《寫字年代》和收入本書《寫意年代》的作家，既是我的榮幸，也對臺灣文學的傳播產生了強而有力的作用。

當然，我更要感謝九歌出版社創辦人蔡文甫先生和總編輯陳素芳，從《寫字年代》出版到這本《寫意年代》之出，間隔四年半，若沒有陳素芳不時的問候和提醒，這本書也就沒有完成的可能；而編輯蔡佩錦在本書編輯過程中的費心、細膩、周到和認真，以及本書封面設計黃子欽的巧思創意，也都讓我銘記於心。

最後，我要感謝此刻打開這本書的你。願這本《寫意年代》與上本《寫字年代》一樣，能夠讓你在展卷閱讀的過程中有所收穫、有所感動、有所啟發，並因此衷愛我們共有的臺灣文學！

二〇一七年十二月九日　暖暖山居

〔手稿故事〕1

地層下的採礦人
——王默人的礦工書寫

一

今年（二〇一四年）六月十日，接到清華大學臺文所陳建忠教授傳來臉書私訊，信上說他正在收集王默人先生資料，得知我編輯《自立晚報．副刊》時，曾經刊載王默人先生的中篇小說〈阿蓮回到峽谷溪〉，協助其後小說集《阿蓮回到峽谷溪》的出版；信上也提到，現年近八十的王默人先生人在美國，對當年之事仍念念不忘，「非常感謝」；信末則希望我如有相關訊息、手稿或資料能夠提供給他存檔作為研究之用。

這封私訊勾起了我的一些回憶，有關於小說家王默人先生以及一九八〇年代初期我編自立副刊時與他的一些互動，算一算，竟已三十多年過去了。印象中我還保留有當年王默人先生給我的信、稿件以及〈阿蓮回到峽谷溪〉的原稿首頁，然而，我的書房極亂，一時之間也無從找起，只好回信給建忠兄，請他稍候一段日子，找到後當再傳去。

時光飛逝，整個暑假過去，還是沒能找出王默人當年的相關信稿，只依稀記得我保存在兩大紙箱文友來信、來稿之中，去年（二〇一三年）出版《寫字年代：臺灣作家手稿故事》時，我曾見過，又不知堆積於何方了。

就這樣，時序已入秋，心中總是掛念著此事，也就不由得經常浮現一九八〇年代我在《自立晚報》編輯副刊的畫面，追想當年如何拿到王默人先生稿子，與他結緣，以及後來忽然與他斷了音訊的種種。

直到中秋過後，因為《文訊》製作專輯的壓力，終於逼使我找到了散置於兩大紙箱中的王默人先生信稿，如獲至寶，也幫我回憶了當年互動的過程。

二

我與王默人先生算不上熟識，在拿到他的中篇小說〈阿蓮回到峽谷溪〉之前應該也沒見過面。知道他是小說家，來自我年輕時代的閱讀經驗：我知道他是一九五〇年代崛起文壇的傑出小說家，第一本小說集《孤雛淚》一出版就獲得梁實秋先生的肯定；我讀過他的小說集《沒有翅膀的鳥》、《地層下》、《周金木的喜劇》，以及評論家何欣先生視他為「來臺的中下階層小人物的代言人」的評價；也知道他是新聞界的資深記者，曾在《中華日報》、《經濟日報》、《中國時報》服務過，當時任《聯合報》記者。就只是這樣而已。

我於一九八二年八月接編自立副刊，當時的《自立晚報》還是一份小報，不僅難以望項背於日報中的兩大報《中國時報》、《聯合報》，就是在晚報中也殿後於《大華晚報》、《民族晚報》。這樣的媒體生態，使得當時才二十七歲的我必須加倍努力，充實副刊內容，提振它的影響力，而唯一最有效的辦法，就是勤於寫信、打電話，向識或不識的作家約稿，透過文壇名家的作品來豐富自立副刊的可讀性，以吸引更多作家、更好的作品進入自立副刊。

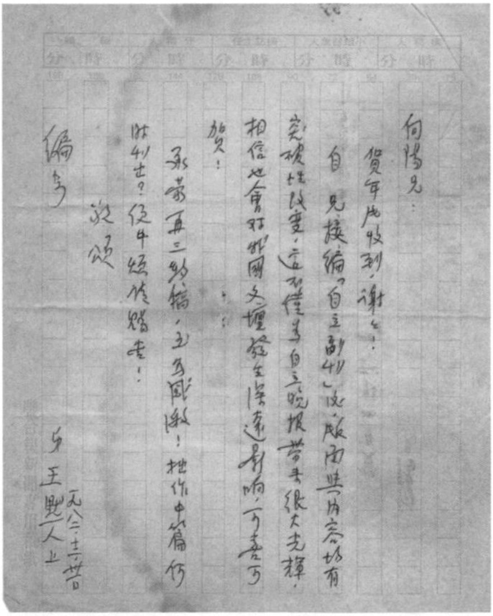
向陽兄：
賀年片收到，謝謝！
自 兄接編「自立副刊」後，版面與內容均有突破性改變，這不僅為自立晚報帶來很大光輝，相信也會對我國文壇發生深遠影響，可喜可賀！
承蒙再三約稿，至為感激！拙作中篇何時刊出？便中請順告！
祝
編安
弟 王默人上 一九八二.十二.卅一

王默人致向陽信，一九八二年十二月三十一日。

而王默人先生和他的中篇〈阿蓮回到峽谷溪〉的取得，就是我剛接編自立副刊之際取得的名家作品之一。印象中，我是再三約稿方才取得王默人先生的稿子的。手邊存有的一封信可以說明：

向陽兄：

賀年片收到，謝謝！

自　兄接編「自立副刊」後，版面與內容均有突破性改變，這不僅為自立晚報帶來很大光輝，相信也會對我國文壇發生深遠影響，可喜可賀！

承蒙再三約稿，至為感激！拙作中篇何時刊出？便中煩請賜告！

敬頌

編安

弟　王默人上　一九八二、十二、卅一日

王默人先生的信寫在「聯合報新聞專用稿紙」之上，字跡工整，力透紙背。信中所說的「中篇」就是〈阿蓮回到峽谷溪〉，這篇小說的題材相當寫實，以出身礦工家庭的第二代阿蓮為主角，寫她為了生活離開礦村，進入都市，為求養家，忍痛犧牲色相，最後解決家庭生活問題，回到礦村，重獲幸福的故事。小說除了對於礦工的女兒阿蓮寄予同情之外，也深刻地描繪了當年臺灣礦工的生活處境和心境，動人十分。

我還記得，這篇作品是王默人先生親自送來報社，他先約時間，準時來報社，談吐有禮，誠懇謙虛，我至今印象深刻。那是一九八二年十一月的事，我接下他帶來的稿件，告訴他我會仔細閱讀，一有決定就會回覆他；但因為中篇字數，勢必得以連載方式才能發稿，也要等現有連載刊登結束才能排版發表。

在一九七七年發生鄉土文學論戰之後，進入一九八〇年代的臺灣，本土寫實文學逐漸受到肯定，以本土素材寫出的文學作品也逐漸形成主流，當時的時報文學獎、聯合報小說獎脫穎而出的作品即可印證，得獎者多為年輕而具本土經驗的小說家（如李昂、廖輝英、黃凡、宋澤萊等）。一九三五年出生來自中國大陸的王默人先生和他們顯有差異；他也和當時已經赫赫有名同年代作家處境不同，與他同輩的黃春明、白先勇、陳映真、王禎和都已擁有廣大讀者群，但他並不顯著。以一個外省來臺作家而寫本土題材，他幾乎就是一個「異數」。

對初接副刊的我來說，王默人先生及其小說〈阿蓮回到峽谷溪〉的出現，卻不是「異數」而是佳音。我當晚就把這篇中篇一口氣讀完，深受他的情節鋪排、人物塑造和作品中流露的人性關懷、人道精神所感動。他長期擔任記者，對社會與人性知之甚詳，文筆流暢，兼以對礦村的了解又遠多於年輕小說家，因此觀察入裡、刻繪細膩，遠非書房中的想像所能企及。第二天早上，我立刻回了電話，告訴王默人先生，副刊很榮幸能刊登他的作品，但因為尚有連載，需要等些時候，電話中他也很高興地同意了。

三

等到〈阿蓮回到峽谷溪〉開始在自立副刊連載，已是一九八三年三月二十一日。在這之前，我從十六日開始在副刊上打出「名家力作：王默人／最新中篇『阿蓮回到峽谷溪』即將於近日本刊隆重推出」的預告，連登五天，希望引起讀者的重視；刊出當天則以半版篇幅顯著登出，我事前委請名畫家周于棟畫插繪，使得整個版面看來活潑生動。

▼　〈阿蓮回到峽谷溪〉連載首日之自立副刊，一九八三年三月二十一日。
▼▼《阿蓮回到峽谷溪》與《反對者》（黃凡）、《荒地》（呂則之）三書出版廣告。

中華民國七十二年三月二十一日　自立晚報　星期一　10

自立副刊

人生金言 17

時間即生命

梁實秋

阿蓮回到峽谷溪

王默人最新中篇力作

王默人●

圖／周于棟

不容再姑息

新聞

●許露麟

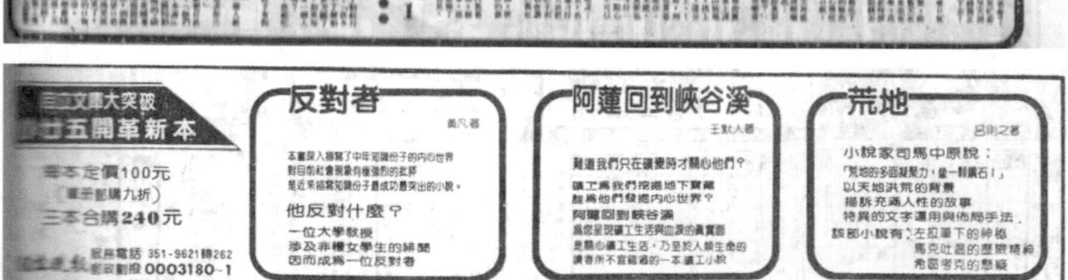

《阿蓮回到峽谷溪》小說集序文。

「阿蓮回到峽谷溪」序
王默人
在寫作的過程中，從開始到現在，我一直
執著面對生命與生活；正如我所經歷過的歲月
一樣，時時刻刻都必須面對生命與生活。既無
法逃避，也掩飾不了；不管是歡笑或是眼淚，
都是其中血肉相連的一部分。
以我所寫過的作品，在題材方面，可說相
當廣泛。我並不刻意要表達什麼，但我所描寫
的仍然是我所經歷過的、體驗過的、觀察過的
請珍惜紙張勿移作別用！
20×10=200 第1頁
500×100

但更重要的是，左上角連載中的「人生金言」專欄，我特別選用梁實秋先生的小品〈時間即生命〉來搭配。一般的讀者可能不以為意，但我希望王默人先生能體會我對他將作品交給自立副刊所表達的敬意——梁實秋是第一個賞識王默人處女作《孤雛淚》的評論家。

〈阿蓮回到峽谷溪〉刊出後，果然受到讀者的喜愛與重視，也受到評論家的推重。讀者的這一端，副刊常接到讀者電話或來信，追問何時刊完？何時出書？從刊出日到四月二十九日連載三十九回刊畢，這樣的問詢從未停過，因此而有其後由《自立晚報》出版部出書的完美結果。評論家的這一端，當時常為自立副刊撰寫評論的何欣教授、葉石濤先生不只口頭跟我推崇這篇小說，其後還分別在他們的評論中正面肯定王默人作品的分量。何欣教授早在一九七〇年代就對王默人作品多有肯定，葉石濤則在一九八五年出版的《沒有土地・哪有文學》一書中強調王默人是「大陸來臺作家中最能了解本土民眾的生活及心聲的人」。

連載結束後，自立晚報出版正大力改革原有的「自立文庫」水平，這個階段，因為舉辦百萬小說獎入圍（得獎者從缺）的三部長篇《傷心城》（黃凡）、《森林》（王世勛）、《海煙》（呂則之）都在一九七三年連載結束後正式出版，並獲得好評。王默人先生問詢於我，《自立晚報》有無可能出版他的小說集？鑑於〈阿蓮回到峽谷溪〉只是中篇，篇幅不足，我建議他收錄其他未出短篇小說，合為一書，並向出版部推薦《阿蓮回到峽谷溪》小說集，終於得以在一九八四年九月出書，並與第二次百萬小說獎入圍的兩部長篇《反對者》（黃凡）、《荒地》（呂則之）同時刊登廣告，成為當年度臺灣小說的豐收成果之一。

書房中找到當年王默人先生為出書所寫的序文，約六百字，寫於一九八四年七月十四日深夜。在序文中，他強調寫作《阿蓮回到峽谷溪》乃是「由於我多年從事新聞工作，對於礦工，我有許多機會與他們接近，我也只是赤裸裸表達他們的生命與生活而已」；巧合而不幸的是，六月二十日發生海山煤礦災變（七十二死）、七月十日又發生煤山煤礦災變（一〇三死），短序中這樣寫道：

當這本書快要出版時，恰巧「海山」和「煤山」兩處煤礦先後發生災變，罹難的礦工甚多，我和社會廣大群眾一樣，感到無限的傷慟！然而即使今後礦工的生活和所有礦場的安全措施都能更加改善，但他們仍須面對死亡的挑戰！推廣來看，也許這就是人類生命的縮影吧？

這段話深刻表露了這位礦工作家對地層下的採礦者的關懷與同情，令我動容；遺憾的是，《阿蓮回到峽谷溪》出版後三個月，十二月五日，三峽鎮的海山一坑煤礦又釀巨災（九十三死），「他們（礦工）仍須面對死亡的挑戰」竟成了讖語！臺灣的礦業從此全面停採停礦，王默人先生也成為臺灣最後一位礦工小說書寫者。

四

一九八五年元月，王默人先生離開臺灣，遠赴美國，原因為何，我並不確知，但以當年的戒嚴威權和媒體生態來看，他的礦工書寫以及在自立副刊發表、自立晚報出版《阿蓮回到峽谷溪》或許多少有些關聯吧？鄉土文學論戰雖已經過多年，文學書寫如涉及鄉土、政治或工人、農人、軍人的主題，仍然會遭到調查與監視；而當年情治單位對媒體的管制以及對媒體從業人員的監控，尤其倍加綿密細緻而肅殺，不獨《自立晚報》為然。王默人先生的處境，可想而知。

但這個問題我一直沒能問他，這個問題需要他自己回答。

我收到他的最後一封來信，已是他抵達美國四個月後，寫於五月二日的郵簡這樣說：

我自今年元月間來美後，拖到現在才寫信給您，甚歉！主要的是

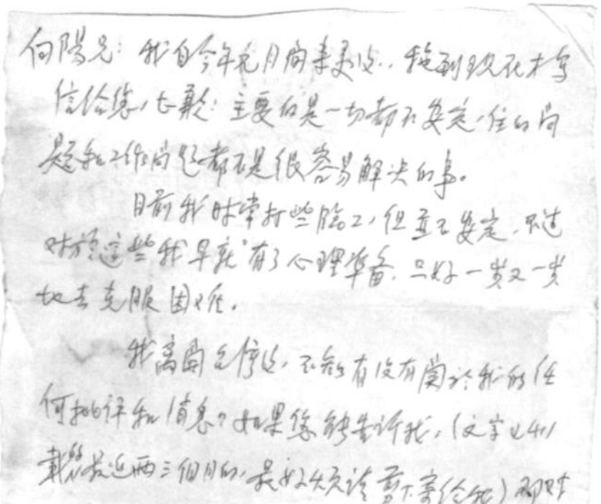

向陽兄：我自今年元月間來美後，拖到現在才寫信給您，甚歉！主要的是一切都不安定，住的問題和工作問題都不是很容易解決的事。

目前我時常打些臨工，但並不安定，不過對於這些我早就有了心理準備，只好一步又一步地去克服困難。

我離開台灣後，不知有沒有關於我的任何批評和消息？如果您能告訴我，（文字也好，剪報也好，最好是近兩三個月的，最好能請人剪下寄給我）那對我今後寫作和做人都會有很大益處。感激之處，僅先在此致謝。

在台時，您複印我的那份小傳，但我不知道那本書的書名，因此在此地書店找不到。希望您告訴我該書書名，以便在此地買一本看看。不知方不方便答覆我。

您們接受並我出版《阿蓮回到峽谷溪》

王默人離臺赴美後寫給向陽的郵簡，一九八五年五月二日。

〈阿蓮回到峽谷溪〉原稿首頁。

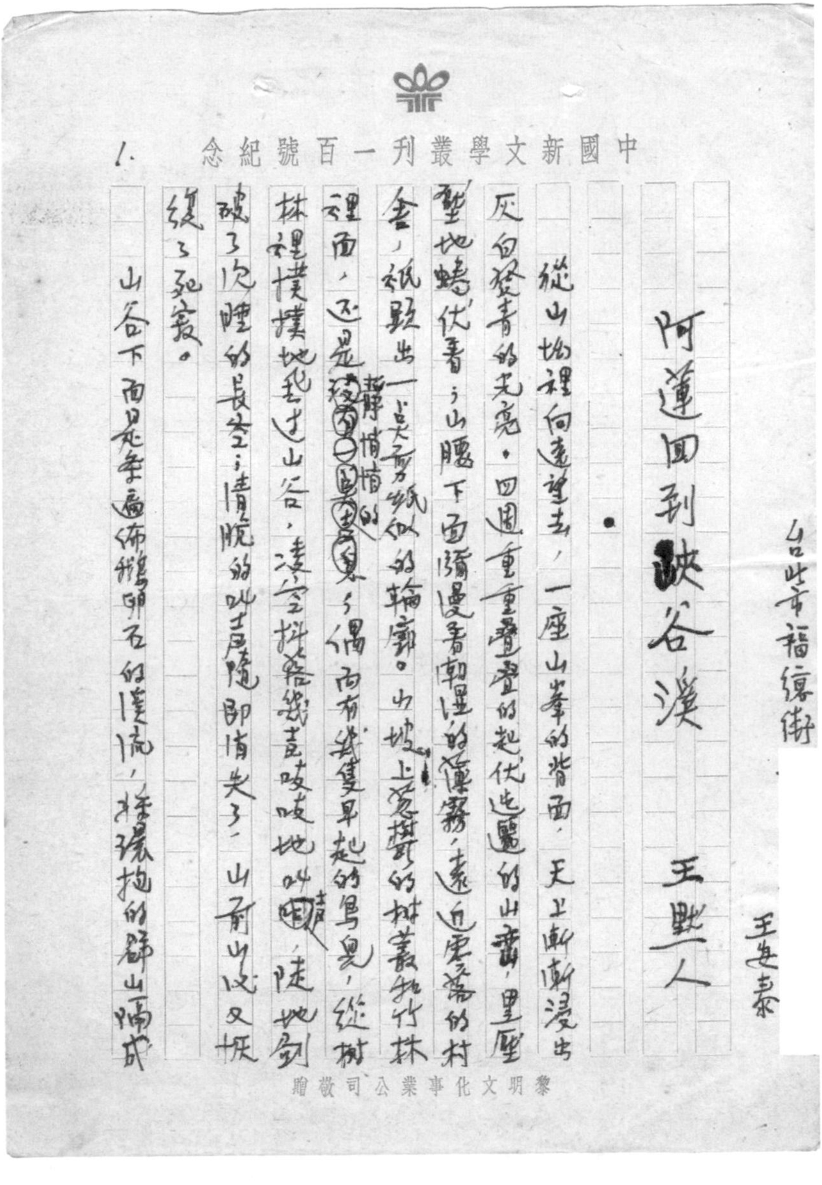
中國新文學叢刊一百號紀念 1.

阿蓮回到峽谷溪

王默人

從山坳裡向遠望去，一座山峯的背面，天上漸漸浸出
灰白發青的光亮。四周重重疊疊的起伏延綿的山峦，黑壓
壓地蟠伏着；山腰下面彌漫着潮溼的濃霧，遠近零落的村
舍，祇顯出一片片剪紙似的輪廓。山坡上蒼鬱的樹叢和竹林
裡面，還是靜悄悄的，偶而有幾隻早起的鳥兒，從樹
林裡撲撲地飛過山谷，凌空抖落幾聲吱吱地叫聲，陡地劃
破了沉睡的長空；清脆的叫聲隨即消失了，山前山後又恢
復了死寂。
山谷下面是遍佈鵝卵石的溪流，被環抱的群山隔成

台北市福德街
王安泰

黎明文化事業公司敬贈

一切都不安定，住的問題和工作問題都不是很容易解決的事。

目前我時常打些臨工，但並不安定，不過對於這些我早就有了心理準備，只好一步一步地去克服困難。

字裡行間，可以想見他離臺之匆迫，赴美後生活之落魄，我已忘了當年如何回覆他這封信，只知道從此就未嘗再有他的音訊，報章雜誌上也再無他的任何作品，他離開了他曾經生活過、關愛過的土地；也離開了他曾經抱持的文學夢想和創作動力；他在臺灣文學的各種論述中，似乎也被遺忘了。

從一九八五年至今，匆匆將近三十年，他離臺之際五十歲，我三十歲，我們並無深交，卻有深緣。儘管三十年雲月已去，我還是會想起他，一個曾為臺灣礦工血淚書寫的來臺作家，一個為低下、弱勢階級發聲的小說家，在臺灣的主流文壇中某種程度也像是他筆下的「地層下的採礦人」，下入坑裡，渾身煤灰，儘管賣力掘礦，仍難免被坑外的慶典與喝采所遺忘！

遠隔太平洋，我只能遙祝王默人先生平安喜樂，只想告他：在我年輕的歲月中，《阿蓮回到峽谷溪》的取得、連載及出書，我至今從未或忘。

二〇一四年十一月

〔手稿故事〕2

暗啞的詩人
——被時代遺忘的郭水潭

一

書房中翻出鹽分地帶詩人郭水潭（一九〇八—一九九五）的一首詩作手稿〈悼文學夥伴徐清吉〉（寫於一九八二年一月十七日），以整齊的字跡謄寫在稿紙上，看得出來這是一篇未被發表的詩，找出羊子喬編的《郭水潭集》（臺南縣立文化中心，一九九四），並未選入此詩；比對呂興昌編的〈郭水潭生平著作年表初稿〉，也未見此稿之記載，很顯然這篇手稿應可說是郭水潭前輩生前最後一首詩作了。對一個愛詩人、編輯人或研究者來說，能在書房中發現這彌足珍貴的手稿，再興奮也不過了。

然則，興奮之餘難免遺憾。我與郭水潭前輩相識於一九八三年八月鹽分地帶文藝營，當時我擔任《自立晚報．自立副刊》主編，每年八月中的文藝營就是副刊的業務之一，這個文藝營最早由黃進蓮（黃勁連）、羊子喬、林佛兒、蕭郎等鹽分地帶出身的作家發起、創辦，後來因向陽與郭水潭相識於一九八三年八月《自立晚報》所舉辦的「鹽分地帶文藝營」。

詩人杜文靖的關係，加入《自立晚報》的協力，我也因此參與了鹽分地帶文藝營的營務，而與日治年代的臺灣作家認識、往來，郭水潭就是其中的一位。

當時的我，透過遠景版《光復前臺灣文學全集》的閱讀，已經讀過郭水潭的詩〈廣闊的海〉、〈向棺木慟哭〉等詩作，深為他的詩才和詩情所動。這一年的鹽分地帶文藝營頒給他和王詩琅「臺灣新文學特別獎」，在為期四天的活動中，他日日與會，與學員們一起上課，精神煥發，也令我感佩。當時已經七十六歲高齡的他，已經回到故鄉佳里居住，雖然已少有作品，對於臺灣文學仍充滿熱情，侃侃而談，不輸給我們這些年輕人。

其後他偶來臺北，也總會到《自立晚報》來，拜會他的老長官吳三連，順便見見羊子喬、杜文靖和我。遺憾的是，之後他的身體每況愈郭水潭未發表詩作手稿〈悼文學夥伴徐清吉〉（寫於一九八二年一月十七日）。

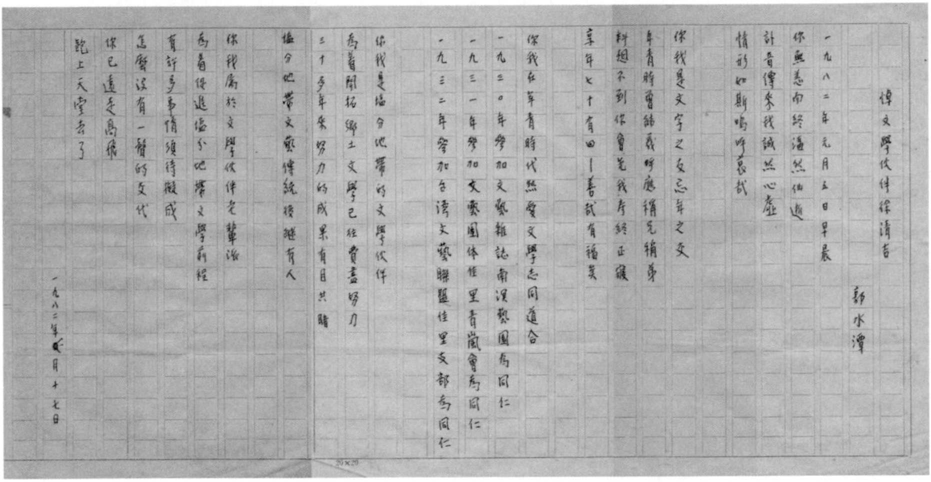
悼文學伙伴徐清吉
郭水潭
一九八二年元月五日早晨
你無恙而終溘然仙逝
訃音傳來我誠然心虛
情形如斯嗚呼哀哉
你我是文字之交忘年之交
年青時曾結義呼應稱兄稱弟
料想不到你會先我壽終正寢
享年七十有四——善哉有福氣
你我在年青時代熱愛文學志同道合
一九三〇年參加文藝雜誌南溟藝園為同仁
一九三一年參加文藝團体佳里青風會為同仁
一九三二年參加台灣文藝聯盟佳里支部為同仁
你我是塩分地帶的文學伙伴
為着開拓鄉土文學已經費盡努力
三十多年來努力的成果有目共睹
塩分地帶文藝傳統後繼有人
你我屬於文學伙伴老輩派
為看後進塩分地帶文學前程
有許多事情須待擬成
怎麼沒有一聲的交代
你已遠走高飛
跑上天堂去了
一九八二年元月十七日

下，八十一歲之後進入療養院，便再也無緣得見了。我的印象中，他總是白髮蒼然，面帶微笑，就像是從日治年代走過來的紳士一般，亮眼而端正。

二

〈悼文學夥伴徐清吉〉這篇稿子，寫於一九八二年一月十七日，距我於同年六月二十五日到《自立副刊》服務，已有近半年之久，積壓在前任主編留下的稿件堆中，等我發現時已然過了時效，因而未能發表。這首詩的前兩段寫道：

一九八二年元月五日早晨
你無恙而終溘然仙逝
訃音傳來我誠然心虛
情形如斯嗚呼哀哉

你我是文字之友忘年之交
年輕時曾結義呼應稱兄稱弟
料想不到你會先我壽終正寢
享年七十有四——善哉有福矣

這首詩以直白之語寫郭水潭對文學夥伴徐清吉（一九〇七—一九八二）遽去的不捨，不稍修飾，直陳痛惜，可見兩人友情之深厚。郭水潭和徐清吉相差一歲，兩人同時於一九二九年加入日人多田利郎主辦的《南溟樂園》詩誌（一九二九年，一九三〇年改稱《南溟藝園》），既是同鄉，又是同好，因此奠定了兩人此後深厚的友誼，直到徐清吉過世，可以說兩人就是文壇上的戰友、至交。因此此詩第三、四段這樣說：

你我在年輕時代熱愛文學志同道合
一九三〇年參加文藝雜誌南溟藝園為同仁
一九三一年參加文藝團體佳里青嵐會為同仁
一九三二年參加臺灣文藝聯盟佳里支部為同仁

你我是鹽分地帶的文學夥伴
為著開拓鄉土文學已往費盡努力
三十多年來努力的成果有目共睹
鹽分地帶文藝傳統後繼有人

詩中所說的時間雖然記憶有誤（參加佳里青風會為一九三三年、參加臺灣文藝聯盟佳里支部為一九三五年），但已可想見他們兩人之間的深交，以及共同為鹽分地帶文學戮力以赴的同志之情。鹽分地帶文學作家群除了他們兩人之外，加上吳新榮（一九〇七－一九六七）、王登山（一九一三－一九八二）、莊培初（一九一六－）、林精鏐（一九一四－一九八九）、林清文（一九一九－一九八七）等，合為「北門七子」，從一九三〇年代起肇建鹽分地帶文風，迄今不墜；「鹽分地帶的文藝傳統後繼有人」，指的則是從一九七九年八月黃進蓮、羊子喬、林佛兒、蕭郎等年輕世代創始的鹽分地帶文藝營。

這首詩動人的地方在最後一段，郭水潭這樣寫：

你我屬於文學夥伴老輩派
為著促進鹽分地帶文學前程
有許多事情須待擬成

怎麼沒有一聲的交代
你已遠走高飛
跑上天堂去了

可以想見，時年七十五歲的郭水潭痛失摯友，無法為鹽分地帶文學的促進繼續效命的悲傷。我在多年之後，撫摸他手書的原稿，禁不住想到一九三五年二十八歲的郭水潭雄才待展，為鹽分地帶文學、臺灣新文學振筆疾書的英氣煥發。

三

一九三五年六月一日，郭水潭寫下了在臺灣文學運動史上相當重要的〈臺灣文藝聯盟佳里支部宣言〉，這篇宣言宣示了臺灣新文學運動中南部文學社團的不再缺席，同時也為鹽分地帶文學的主體精神做了鮮明的定位。

郭水潭在這篇宣言中感慨當時臺灣的美術、音樂早已確立鞏固的地位，唯獨文學「彷彿有被撇下的寂寞感」；美術音樂已被民眾接受，文學則遭民眾輕蔑。因此宣言強調「要思考我們的文學，如何才會獲得民眾的歡迎」，「也要鮮明地從我們的地方性的觀點，鼓足幹勁在這個拓開中的鹽分地帶，即使微小也無妨，種植文學的花，並且深信其成果一定是輝煌的」。

向陽以林淇瀁本名編選的《臺灣現當代作家研究資料彙編：郭水潭》。

向陽於《鹽分地帶文學》雙月刊發表本文〈被時代遺忘的詩人郭水潭〉。

這篇宣言強調的「地方性的觀點」，正是其後鹽分地帶文學及其作家不斷開花結果的根基，也是綿延不斷的鹽分地帶文學的源頭，鮮明地強調了一九三〇年代的臺灣文學相對於日本殖民地文學的獨特性。當時的郭水潭，已經如此敏銳地指出了臺灣文學的前路！

這個觀點，郭水潭又於其後發表的一篇〈文學雜感〉（《臺灣文學月報》第二號，一九三六年三月）中進一步申論。一九三〇年代中期，主流文壇已經開始針對「殖民地文學」有所討論，他明確地指出，「臺灣文學要從正確地掌握立足於臺灣歷史的文學及強調這一點的氣氛裡再作出發」。這段論述，直接提出了臺灣文學異於日本殖民地文學的歷史性，一方面扣緊臺灣歷史的主體，另方面強調要從對臺灣歷史的正確認識下再出發。

我讀這段文字，深深感受到一個殖民地青

年作家的反殖民呼聲，郭水潭筆下、心中，流露的是臺灣文學的主體意識，前瞻且深具洞見。可惜的是，此後的郭水潭，並未繼續強化他的論述，連同他充滿才氣的詩創作也日漸稀少，最後因為日本戰敗，國府治臺，而終至於成為瘖啞的詩人。

郭水潭以新詩聞名，但他的詩作多以日文書寫，集中於一九二九至一九四二年，目前蒐集到的計三十六首；中文新詩則自一九七一年在《笠》詩刊發表，迄一九八二年這篇未發表詩作，僅得六首。這樣稀少的創作量，與他必須跨越兩種語言有關，也與他歷經日治和戰後兩個階段的時代變化、政治局勢有關。他在戰前皇民化運動和戰後白色恐怖統治的雙重擠壓之下，和多數日治時期作家一樣，都成了瘖啞的一代，空有創作才華卻失聲難言。

四

冬夜，為了撰寫《臺灣現當代作家研究資料彙編．郭水潭》的綜述，我翻讀郭水潭有限的詩文，也展讀與他有關的評論、訪問和以他為研究對象的學術論文，竟至蹉跎再三而不知如何落筆。

郭水潭以日文新詩揚名於一九三〇年代的臺灣文壇，代表作如〈巧妙的縮圖〉、〈徬徨於飢餓線上的人群〉、〈斑鳩與廟祝〉、〈廣闊的海——給出嫁的妹妹〉和〈向棺木慟哭——給建南的墓〉等，都展現了一個青年詩人的高妙才華，呂興昌曾以「冷靜的抒情」、「獨特的鄉土記事」和「左翼的詩思」等標誌他的詩作風格。他在鹽分地帶詩人群曾經卓然迎風，他在臺灣新詩史上留下不可忽視的身影，但他終究成了被時代遺忘的詩人，有關他的評論、研究都少得可憐。我之所以難以落筆，原因在此。

書桌上，郭水潭寫於一九八二年的未發表遺稿〈悼文學夥伴徐清吉〉，雖然已經存放三十一年，字跡依然鮮明，墨瀋力透紙背，但主人已如詩末「遠走高飛／跑上天堂去了」……。

二〇一四年十二月

〔手稿故事〕3

亦狂亦狷一大俠

——唐文標的文學夢

一

一九七二年唐文標來臺任臺大數學系客座副教授，適逢這年六月《中外文學》創刊。當年關傑明在《中國時報．人間版》先後發表〈中國現代詩人的困境〉、〈中國現代詩的幻境〉兩文，批評現代詩；唐文標則以「史君美」筆名，在《中外文學》發表〈先檢討我們自己吧〉響應關傑明，這是唐文標批判現代詩的開始。

一九七三年這一年，唐文標砲火猛烈，針對現代詩的問題先後發表了〈什麼時代什麼地方什麼人——論傳統詩與現代詩〉（《龍族詩刊》第九期）、〈詩的沒落——香港臺灣新詩的歷史批判〉（《文季》季刊第一期）、〈僵斃的現代詩〉（《中外文學》第二卷三期）等文章（後收入《天國不是我們的》一書），震動詩壇，被顏元叔稱為「唐文標事件」；對其後臺灣現代詩的走向，產生了關鍵性的影響，也為鄉土文學論戰的爆發帶來引信。

一九七三年十二月，唐文標出版詩文集《平原極目》（寰宇），撰序〈日之夕矣——獻給年輕朋友的自我批評〉，他以自我檢討的態度這樣說：

在我們那個時代，喊「狼來了」原是一聲流行的文壇口頭禪。是的，狼，虛無的狼，孤獨的狼，被隔離，被閹割，被自我發現，被存在主義的狼，以至於，悲劇意識，死亡趨向，命運，荒謬，苦悶，人性，失落，困惑，恐懼，慾望，神病，潛意識，超現實，藝術至上，焦慮不安，人的挫敗或……唉，各式各樣的狼，五花八門的狼，披上美國大衣的狼，唉，都是狼，……我們就是這樣喊著狼！

這篇序的最後以「路，再出發」總結，強調他深深後悔自己「叫喊過狼」，強調他更多思索「究竟它是不是和我的生活和社會有關」，「我仍要再批評下去，在我無力以前，我仍希望榨完最後的精力」。

作為評論家，唐文標曾自稱他是「第一雜家」，他談詩、談電影、論戲劇，也評張愛玲、批金庸……，他的興趣廣泛，知識駁雜。但他的主張和觀點則是一致的，他是徹徹底底的左派，他反對「無味的藝術」，主張「努力參與社會工作，保持對人類的關注」，「戳穿現實的瘡疤，把陳年的惡毒揭露」，「走向永

唐文標一九七三年出版《平原極目》。

不妥協的改革」（〈路？哪個國度的路？〉）這使他的論述，成為一九七〇年代的「異端」。（他在一九七三年提到的「狼來了」，弔詭地成為一九七七年余光中指控鄉土文學的名篇）

唐文標對臺灣詩壇的走向影響至大，他的文論，批判一九五〇到六〇年代詩人所立基的理論是「腐爛的藝術至上理論」，也逐一點名這些詩人「逃避現實」，認為他們具有「個人的、非作用的、『思想』的、文字的、抒情的、集體的」六大集體逃避傾向，要求他們「站到旁邊去吧，不要再阻攔青年一代的山、水、陽光」。他的文論，不僅掀起詩壇風暴，也使得新一代詩人的詩觀產生變化。

檢視臺灣新詩思潮史，我們可以看到唐文標的思想都落實在戰後代詩人及其詩刊的主張上。包括《龍族》、《大地》、《主流》、《草根》以至於一九七九年出發的《陽光小集》，因為他的啟發，接踵跨出了異於現代主義詩風的步伐——相對於「世界性」、「超現實性」、「獨創性」和「純粹性」，而走向標舉「民族性」、「社會性」、「本土性」、「開放性」和「世俗性」的新路（向陽，一九八五）。這就是唐文標的思想對臺灣新詩發展所起的關鍵性影響。

二

我與唐文標結識於一九八二年擔任《自立晚報》副刊主編之後，當時我也和詩友合辦《陽光小集》詩雜誌。這位引發現代詩論戰「唐文標事件」的大俠，對於當時還是青年詩刊的《陽唐文標成為贊助同仁。

陽光小集 10

●中華民國71年10月31日
●出版者／陽光小集詩雜誌社（登記中）
●印刷者／松霖彩色事業有限公司
台北市西園路二段261巷12弄45號
●總經銷／忠佑企業公司
●郵撥／一一三四八九號
●訂閱／一年四期・三二〇元
●零售／每冊一〇〇元
●下期截稿日期71年11月31日

（編輯同仁）
向陽 苦苓 李昌憲 陌上塵 林野 林廣 林文義 陳寧貴 陳煌 陳朝寶 許露麟 張雪映 莊錫釗 游喚

（贊助同仁）
李弦 林錫嘉 林文欽 唐文標 舒蘭 蕭蕭

143

光小集》寄予關心，並成為贊助同仁；對於當時還是小報的《自立晚報》及副刊也多所期待，經常供稿。他對現代詩的批判與期待，對現實主義文學的闡揚，還有他的狂傲、熱情和狷介，都讓當時年輕的我感佩。與他相談，不覺拘束，收他信稿，益感快慰！

記得第一次跟他約稿，是一九八三年，當時我在《自立晚報》副刊推出「作家日記三六五」專欄，廣邀臺灣作家共襄盛舉，以一日一作家一日記的方式，逐日在副刊刊登，他當時也答應了，但直到專欄結束之後次年我才收到，只好以一般稿件方式在副刊登出。他的日記題為〈站立的一天〉，共四頁，近三千字，寫的是他與半歲多的愛子唐狷的生活日記，文章的主旨在強調「群體與個人的兩難困局」，他細述小兒學站立的過程，從爬行到站立，最後「完完全全的站在這個世界上」，文章的末尾這樣寫：

> 是的，我也不由自己的喝起采來，他站起來了，人是有他的先天特性的，他自己知道得很清楚，在生命的這一刻，他學會了站立，作為人的第一步。

這篇作品，清楚地傳達了唐文標的人生觀：獨立自主，是做人的第一步。他的文學批評，他對當年臺灣現代詩走向的撻伐，其實也都立基於此。我深深認同他的這種「自己站立起來」

唐文標日記〈站立的一天〉，以他的愛子唐猸學習站立的過程，強調「站立，作為人的第一步」。（日記的四頁）

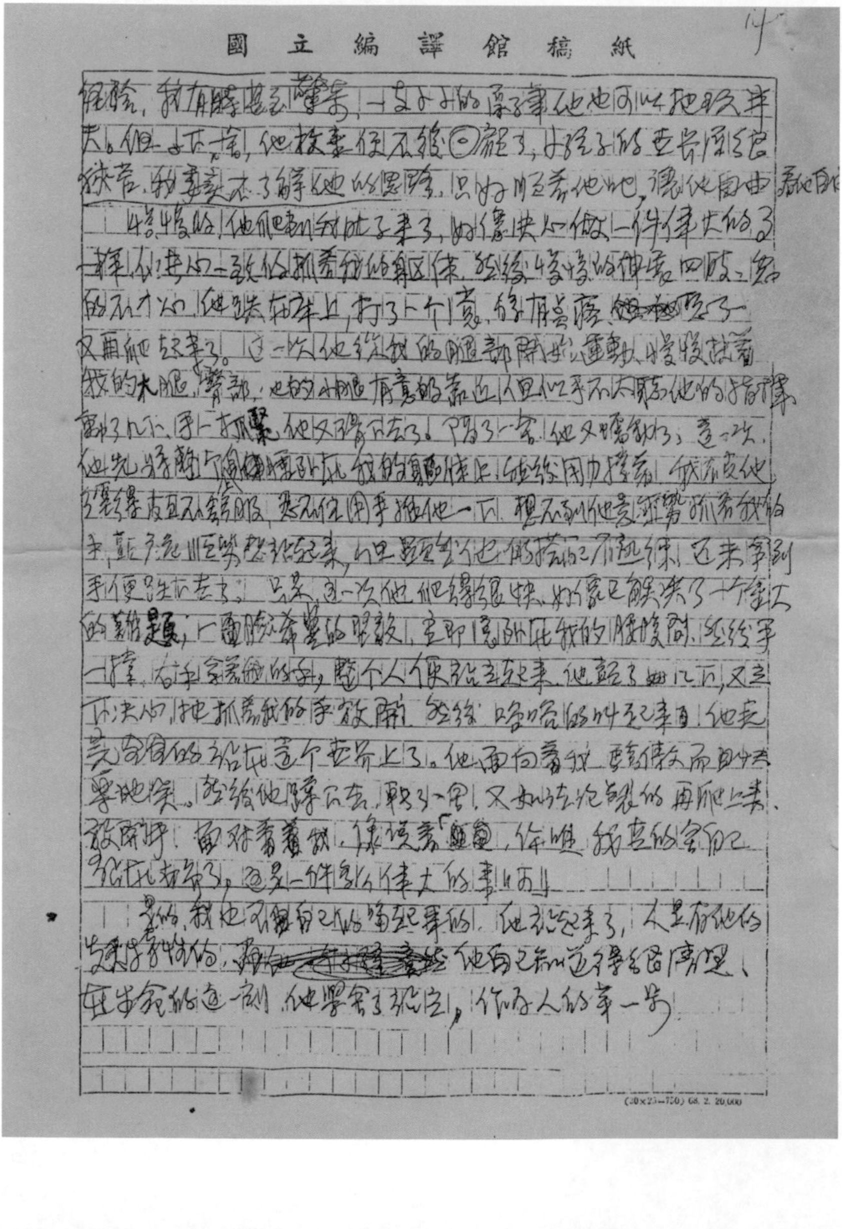
14

國立編譯館稿紙

……他學會了站立，作為人的第一步

(30×25=750) 68. 2. 20,000

的觀念，雖然專欄來不及，還是特別將此文收進我編的《人生船：作家日記三六五》（臺北：爾雅，一九八五）之中，藉以傳揚他「讓他自由，看他自由」（文中的句子）的反父權思想。

這個階段的唐文標因罹患鼻咽癌，搬到臺中，我們見面的時間不多，但仍有信件往來。有一天我收到他病中來信，信上這樣說：

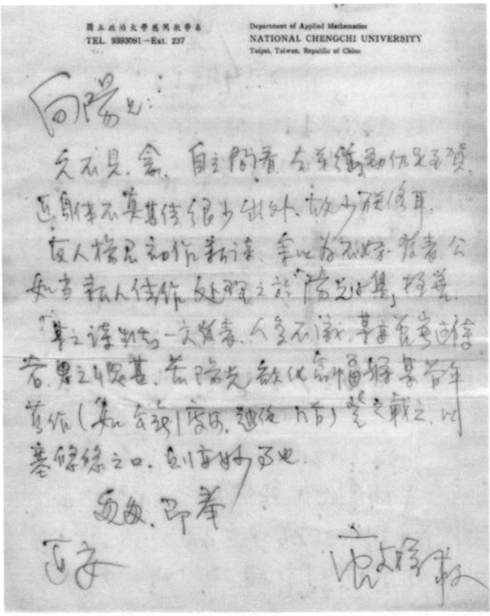

唐文標一九八四年（月日不詳）病中給向陽的信，推薦楊君詩作及其舊作給《陽光小集》。

> 久不見，念，自立間看，老弟衝勁仍足至賀。近身體不真甚佳很少外出，故少連絡耳。
>
> 友人楊君初作新詩，余以為不妨發表，公如當新人佳作處理之於「陽光小集」極善。某之詩生活一文發表，人多不識某亦曾寫過詩者，思之愧甚。若陽光欲化篇幅將某昔年舊作（如公無渡河、越決幾首）登之載之，以塞悠悠之口，則亦妙事也。

這封信推測寫於一九八四年，唐文標病中念念不忘者二，一是推薦年輕詩人楊君的作品，二是期盼《陽光小集》重刊他的昔年詩作「以塞悠悠之口」，讓批評他不識詩的人知道他也曾是愛詩、寫詩之人。我已忘了當時如何回覆他，但我至今仍清晰記得收信之際，對他關照年輕世代詩人之心的感動。當時被主流詩壇視若「洪水猛獸」的唐文標並非現代詩的摧毀者，而是從未忘懷於詩、念念於詩的真詩人啊！

這不能不使我想到他對《陽光小集》的厚愛。他看到我們一群年輕朋友辦這本詩刊，妄想把上一代推倒，他鼓勵我「繼續繼續，我支持你。」他同意列名為《陽光小集》的贊助同仁，捐款贊助我們發刊，這都是相當實際的支持；他也不時鼓勵當時編《自立晚報》副刊的我，說：「你編的《自立晚報》還不錯（其實我知道還不理想）繼續加油，繼續加油！我有機會、有時間就給你稿子。」他的廣東腔極重，但這幾句話我聽得一清二楚。

一九八五年四月十一日，我在自立副刊之外，別闢「大眾小說」版，將各種連載小說集中於這個版面，並撰寫發刊辭〈期待大眾文學昂然奮進〉。版面推出後，唐文標和葉石濤先後給我電話鼓勵。唐文標當時剛出版主編的《一九八四臺灣小說選》（前衛）不久，告訴我他將給我稿子，他要寫一篇向武林盟主金庸下戰帖的評論給「大眾小說版」。他果然沒忘掉寫稿子這事。他這樣說：「欸，向陽，我有一個稿子，我想給你，是批評金庸的喔！你敢不敢刊？」我說：「當然敢！您就寄來吧。」

五月初，某日早上，我在報社接到他的電話，告訴我稿子寫好了，會請他夫人邱守榕送來報社。這篇文稿標題曰〈再見！武林盟主〉，針對金庸名著《笑傲江湖》展開批判，文稿甚厚，內容精采，我歡欣若狂，立即發稿，並從五月二十五日刊到二十七日三天刊畢，受到文化界的矚目與討論。這一篇評論，對於當時的臺灣大眾小說界，毋寧是一顆炸彈，當時我想他可能還有續稿，持續地對武俠、言情、科幻小說提出針砭；金庸之後，可能會是瓊瑤，他可能提出一如當年對現代詩所提出的新觀點，進行全盤探討。我如此期待他的下一篇。

沒想到這卻是他最後發表的文章，文章刊出十三天後（六月十日）凌晨，他就告別了人世。六月二十三日，我在自立副刊推出「懷念大俠——唐文標追思專輯」，刊登了李南衡〈誰服您啊？大俠！〉、尉天驄〈老唐的房子！〉和陳忠信〈亦狂亦狷一大俠——悼念故友唐文標〉三篇文章，敬表對他逝世的不捨。

三

三十年後的此際，我找出他的手稿，已是舊跡，其上風雨，彷似曾經淚水攀爬。在他給我的信和稿子上，我看到他生前強調的夢，以詩總綰他對文學與藝術的期待。一如他過世之後，他的摯友陳忠信的追悼文所說：

> 詩具備「救贖」嗎？藝術能救贖人類嗎？
> 這是他的許許多多文章中一再追問的問題。他的問題是要問：詩具備安頓人之生命、

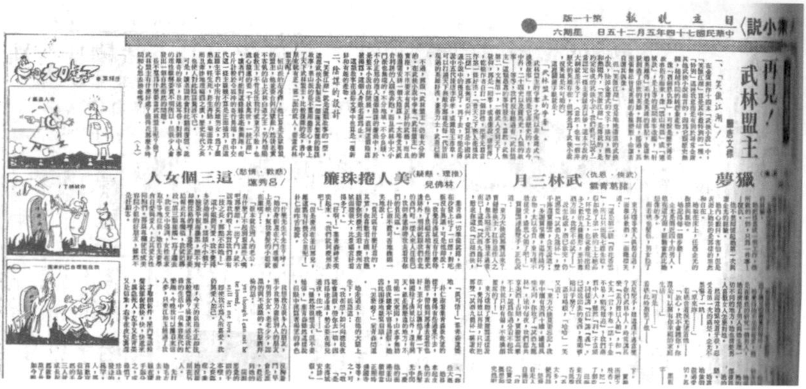
大眾小說
再見！武林盟主
唐文標
獵夢
武林三月
美人捲珠簾
這三個女人

▲唐文標最後一篇作品〈再見！武林盟主〉，批判金庸《笑傲江湖》，發表於自立晚報大眾小說版（一九八五年五月二十五日到二十七日），頗受文化界矚目。

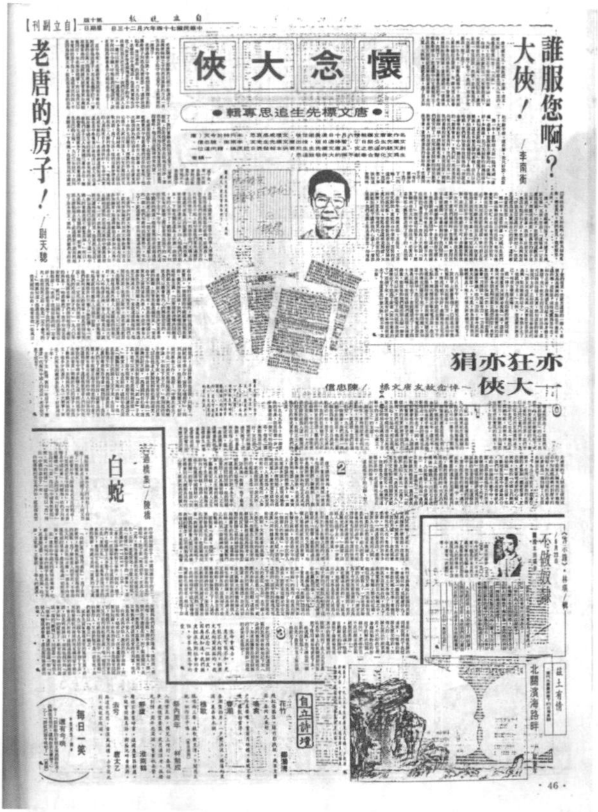
自立副刊
懷念大俠
●唐文標先生追思專輯●
誰服您啊？大俠！
／李南衡
老唐的房子！
／尉天驄
亦狂亦狷 一大俠
／陳忠信
白蛇

◀一九八五年六月二十三日，自立副刊推出「懷念大俠——唐文標追思專輯」，刊登李南衡、尉天驄和陳忠信的悼念文。

提昇人之生命的條件嗎？藝術能安頓、提昇的生命嗎？……他的許許多多文章中一再述說著詩、藝術要放入生活，要走向人間。……

詩給人生下去、一步一步踏出人間的耐心和勇氣。

啊，這就是我所認識的大俠唐文標。他曾經期待臺灣的現代詩放入生活、走向人間。在他引爆臺灣現代詩的重重弊病之後，他以關愛之心，企盼新一代的年輕詩人自己站立起來，走自己的路，一步一步走向有光的所在。我懷念他，並且尊敬他。

二〇一五年二月

〔手稿故事〕4

薔薇與砲火
——楊熾昌的超現實與現實

一

二〇一一年我為臺灣文學館「臺灣現當代作家研究資料彙編」編選《楊熾昌卷》，面對這位在一九三〇年代日治下的臺灣鼓吹並且領導超現實主義文學的詩人，以及鋪展在書桌上有關他的研究資料的貧乏與有限，內心不無感慨。

相關研究資料的貧乏，顯示了楊熾昌雖已獲文學史定位，但在研究領域中仍屬邊陲而受到忽視，原因當然與楊熾昌留下的詩作不多有關。他的前兩本詩集《熱帶魚》（一九三一）、《樹蘭》（一九三二）早已散佚，第三本詩集《燃える頰》（臺南：河童書房，一九七九）收寫於一九三三至三九年間的詩作三十一首，逝世後由呂興昌編選、葉笛翻譯的《水蔭萍作品集》（臺南：臺南市立文化中心，一九九五）則收錄了包括《燃える頰》在內的七十首，這些詩作都以日文寫成，又屬超現實詩作，無論在語言上或意象上，對中文讀者來說都有難解之處。他的不為人知，不被研究者青睞，或許與此關聯甚大吧。

然而，更重要的原因，在我看來，應與楊熾昌的寫作與人生歷程遭受到雙重阻絕有關。第一重阻絕，是語言的阻絕，他與所有「跨越語言的一代」作家一樣，都面對語言的更易，必須重新學習而產生了語言處理上的阻絕；第二重阻絕，是認同的阻絕，戰前的皇民化運動與戰爭的經驗、戰後改朝換代的政治變動與二二八事件的發生，以及他因此被捕入獄半年的經驗，使他因此對政治產生排斥，也對代表中國的政權產生認同的阻絕。在這樣的雙重阻絕之下，他選擇了在創作最高峰階段封筆，直到鄉土文學論戰前後方才復出，但已無詩作發表。

這樣漫長的人生時光和寫作生涯的雙重阻絕，同時也使他和其他「跨越語言的一代」作家一樣，遭到戰後以「中國文學」為名的臺灣文壇的漠視與踐踏，在主流文壇之外喑啞無聲，且不為人知。這恐怕才是有關他的研究之所以相對稀少的原因所在吧。

二

楊熾昌文學生命的高峰期，不在戰後，而在戰前。

做為臺灣最早出發的超現實主義詩人，他在一九三〇年赴日之後，開始了他的詩創作。根據呂興昌編的年表，他在東京認識了新感覺派作家岩藤雪夫、龍膽寺雄，因而進入大東文化院攻讀日本文學，次年就出版了第一本詩集《熱帶魚》；一九三二年，他返臺結婚，以筆名「水蔭萍人」在《臺南新報》發表大量詩作，並出版第二本詩集《樹蘭》、第一本小說集《貿易風》，充分展現他的才華。

一九三三年，他進入《臺南新報》代行「學藝欄」編務，這是他開展文學以外的新聞生涯的第一站。此後的他，歷任《臺灣日日新報》記者、《臺灣新報》記者，戰後又轉任《臺灣新生報》記者、《公論報》臺南分社主任，直到一九五二年辭職封筆，總計在新聞界服務長達近二十年。他可能是日治時期中具有最長的新聞工作經驗的臺灣知識分子，這是歷來有關楊熾昌研究空白的一部分。

向陽以林淇瀁本名編選的《台灣現當代作家研究資料彙編．楊熾昌》。

他為人熟知的是，也在一九三三年，他糾集了林永修、李張瑞、張良典、戶田房子、岸麗子、尚梶鐵平（後三位為日籍詩人）組織「風車」詩社，並於同年十月發行《風車》詩誌，推動超現實主義文學的書寫與鼓吹。《風車》每輯只印七十五本，存活期甚短，總共只出了四期，迄一九三四年九月出刊第四輯就未再續刊，成為臺灣新詩史上第一本亮眼而早夭的詩刊；這四輯，如今也僅存第三輯。

儘管發行期數少、份數也少，《風車》以及楊熾昌卻在臺灣文學史上居有重要的地位，這當然與楊熾昌透過《風車》，帶進了超現實主義的詩潮和書寫成果有關。當時才二十五歲的楊熾昌，以他留日之後吸收的日本評論家西脇順三郎、崛辰雄、超現實主義詩人北園克衛等人的美學主張，透過《風車》，先後發表〈詩的型態與詩格的手記〉、〈檳榔子的音樂——吃鈍豆的詩〉、〈燃燒的頭髮——為了詩的祭典〉、〈詩論的黎明〉等詩論，宣揚超現實主義，強調意象之美、理智的思考，並且特意融入臺灣獨有的風土（「福爾摩沙南方的色彩和風土」）以表現「比現實還要現實」的「新鮮的文學祭典」，一時之間，引發臺灣文壇的討論。

最著名的批評，來自鹽分地帶詩人郭水潭。一九三四年四月，郭水潭撰文批評《風車》刊登的詩作和詩人是「美麗的薔薇詩人」，「只能予人一種詞藻的堆砌，幻想美學的裝潢而已」。在這裡，楊熾昌與當時的臺灣左翼文學陣營所主張的寫實主義，在美學和路線上顯然都相當扞格，而不被文學同儕所諒解。

《風車》停刊之後，楊熾昌以《臺南新報》學藝欄為基地，曾推出「風車同人集A」、

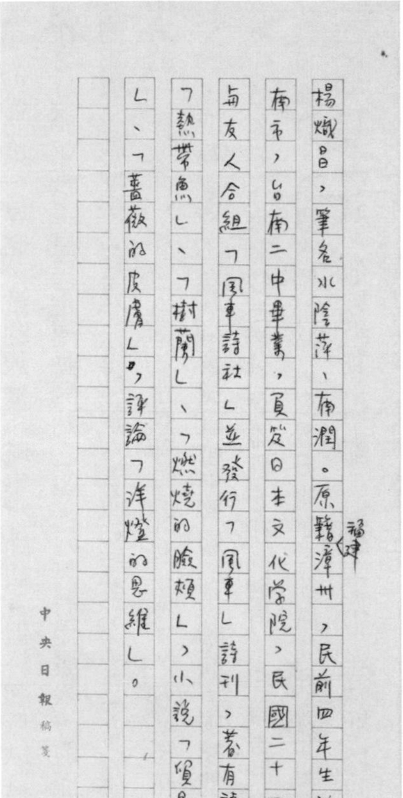
楊熾昌，筆名水陰萍、南潤。原籍福建漳州，民前四年生於台南市，台南二中畢業，負笈日本文化學院，民國二十四年與友人合組「風車詩社」並發行「風車」詩刊，著有詩集「熱帶魚」、「樹蘭」、「燃燒的臉頰」，小說「貿易風」、「薔薇的皮膚」，評論「洋燈的思維」。

中央日報稿箋

25×6＝150

楊熾昌親筆所寫的簡介。

「風車同人作品集」專欄，試圖延續《風車》餘緒，但終究無以為繼。此後以迄一九四一年，他的詩作多見於報紙；皇民化運動開始之後，已無詩作發表，取而代之的，是他因為記者身分所發表的報導、戰地採訪實錄。這是詩人生命的結束、記者生命的開始。

記者的「楊熾昌」和詩人的「水蔭萍」判若二人。一九三五年十二月，楊熾昌考進《臺灣日日新報》，成為記者，接觸到臺灣社會最底層的黑暗面，根據他的自述，他曾以報導揭發警察和報社主管勾結、寺廟住持的酒色本性、和尚醜行……等等社會事件；一九四四年四月，太平洋戰爭爆發，全臺六報併為《臺灣新報》，他擔任社會部記者，採訪交通、專賣新聞；一九四五年，戰爭日熾，他被調到軍事部，遠赴南太平洋戰地採訪，出生入死，目見臺籍日本兵和日本少年兵赴死的狀況而悲戚，直到戰爭結束。

從被譏為「美麗的薔薇」的超現實主義詩人，到被派赴南洋，在砲火之中目睹少年兵噴出的鮮血的戰地記者，這樣的衝擊，顯然影響了楊熾昌此後的書寫，使他從超現實主義的美學中逐步脫出，他年輕的薔薇夢被戰爭帶來的砲火擊碎了，被目睹少年兵鮮血時流出的淚取代了。

戰後，臺灣行政長官公署接收《臺灣新報》，易名為《臺灣新生報》，楊熾昌留任記者。二二八事件爆發時，他受到牽連，以「利用電信局對外聯絡，替匪徒蒐集情報，通風報信，擅自發行號外，作匪徒喉舌」罪名被捕，判刑兩年，半年後出獄。出獄後，他轉任《公論報》臺南分社主任，沒想到又因好友李張瑞遭受白色恐怖迫害，而於一九五二年辭去《公論報》工作，宣布封筆。從此不再從事文學創作，直到鄉土文學論戰前後方才復出。

跨越兩個年代，曾是詩人、曾是記者的他在創作力最成熟的時期，遭受雙重阻絕，書寫與人生都被迫停滯、轉向，沒有人知道他曾是臺灣文壇最前衛的詩人，更沒有人知道他曾是臺灣新聞界最活躍的記者。

三

我與楊熾昌初識時，是在一九八二年進入《自立晚報》擔任副刊主編之後，當時因為好友羊子喬、陳千武主編的《廣闊的海》已由遠景出版公司出版，得以讀到楊熾昌被翻譯成中文的詩〈尼姑〉、〈茉莉花〉、〈燃燒的臉頰〉、〈窗帷〉、〈古弦祭〉、〈毀壞的城市〉、〈月光奏鳴曲〉、〈花海〉、〈越境的蝴蝶——獻給蔡鶴兒小姐的詩〉等作品，勉強算是知道他曾是臺灣文壇最前衛的詩人，但我也還不知他曾是一位活躍的記者，是臺灣新聞界的前輩。

我讀他的詩，深深被他詩中斷裂的意象、眩惑的思維和某種頹廢的哀愁所震撼，當時印象最深刻的是〈尼姑〉這首詩：

年輕尼姑的端端打開窗子。

夜的濕氣沉迷籠罩著。端端伸出白皙胳膊摟抱胸膛。在可怕的夜氣中，神壇佛像儼然微笑著。端端的眼跟夜一樣澄清，影子寂靜了，燈光整夜燃燒。

被夜的秩序所驚嚇的端端走入虛妄的性之理念。我的乳房為什麼比不上她的美。我的眼窩下面為何只映照著忘掉的色彩而已……

紅色玻璃的如意燈繼續燃燒著。青銅色的鐘漂浮著冰冷靈魂，尼姑的正廳宛如停車場一樣冷靜

在紅彩陰影，神像蠕動著

韋馱爺的劍亮出來，十八羅漢騎著神虎。

端端合掌，失神地昏倒過去。

跟黎明的鐘爬起來的尼姑端端。線香與淨香瀰漫著。端坐著的端端哭泣著。誦了一陣子經文。

——老母喲！老母

端端向神奉獻了處女尼姑的青春。（月中泉譯）

這首詩將現實與虛幻、情欲與聖靈、女尼與佛像之間猶疑／游移的衝突表現得細緻幽微，加上鮮明意象的繽紛與斷裂、情緒的搏動與起伏，表達出纖細的感性，荒廢的美，也顛覆了傳統東方文化的保守與內斂，動人魂魄。

印象中忘了是杜文靖還是羊子喬介紹，楊熾昌來到報社，他是典型的受過日本教育的仕

楊熾昌的日記〈水門事件的政治學〉。

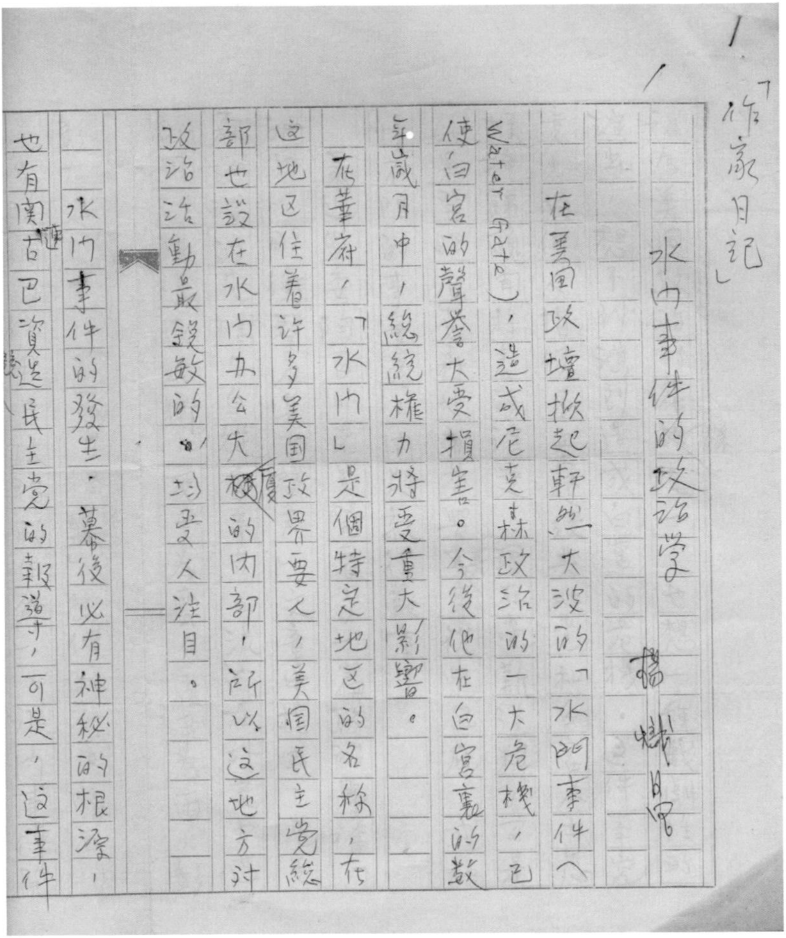
「作家日記」

水門事件的政治學 楊熾昌

在美國政壇掀起軒然大波的「水門事件（Watergate Affair），造成尼克森政治的一大危機，已使白宮的聲譽大受損害。今後他在白宮裏的數年歲月中，總統權力將受重大影響。

在華府，「水門」是個特定地區的名稱，在這地區住着許多美國政界要人，美國民主党總部也設在水門辦公大廈的內部，所以這地方對政治活動最銳敏的，均受人注目。

水門事件的發生，幕後必有神秘的根源，也有關古巴資送民主党的報導，可是，這事件紳、知識分子，謙和而有著剛毅的面顏，話不多，但精神炯爍。在當時的我來看，他更像是一個縱浪大化、不喜不懼的記者、評論家，而不太像是個超現實主義詩人。

認識之後，我開始跟他約稿，他總是說「好，有就寄給您。」他對後輩如我，使用敬稱，電話中也是一樣，不多說，但令我尊敬。一九八三年冬，我起意要在副刊設一個「作家日記三六五」的專欄，以一日一作家一日記的方式，邀請三六五個作家發表日記，楊熾昌當然也在邀稿名單內。信件發出後，果然收到了他的來稿，上有「作家日記」四字，題為〈水門事件的政治學〉，稿末署「一九七三年四月一日愚人節」。

這篇日記，是針對水門事件的新聞評論，這時我還不知楊熾昌曾長久擔任記者、專欄主筆，但是看他分析水門事件，如剝洋蔥，一層一層切入，針砭入裡，便知是箇中好手。文章結論這樣說：

> 政治本來就是現實而殘酷的，在臺灣政壇搭乘政治列車的政客，也一樣以勝利為第一，弄權謀、金錢、詐術的攻勢下手，為強取勝。水門事件可以說是件美國政治學課程，其意義和教訓，已經足夠為天下從事政治的人士上一課了。

文筆清順，簡潔有力，正是報社專欄常見筆法。怎能想像這是一個超現實主義詩人寫出的政治評論呢？一直要到呂興昌為他編寫年表時，我才發現這篇稿子確是楊熾昌寫於一九七三年水門案爆發後的舊作評論，刊登於同年出版的臺南扶輪社社刊《赤崁》「北窗瑣語」專欄（這是他一九五三年加入扶輪社所創的社刊與專欄，直到一九八一年六月方才結束）。以長達二十八年編社刊、寫時評的歷練，他驅策中文的能力自然不可小覷，不愧是一名資深記者和評家。

刊登之後，楊熾昌從臺南打電話跟我道謝，我多麼希望他給副刊詩稿，但他說：「我久已不寫了，也不習慣現在的新詩寫法了，請原諒。」我知道這種寫作語法的轉換並非易事，仍請他繼續供稿，評論當然也歡迎。

這年十一月，他寄來一篇兩千字的隨筆散文〈漁翁島的落日——魯汀的錯念與天人菊〉，以一八八五年曾在澎湖馬公滯留兩個月的法國作家彼衣耳．魯汀（又譯「皮耶．羅逖」，Pierre Loti, 1850-1923）對澎湖的形容：「沒有新鮮味、樹林、小溪，只有是中國的體臭和死臭的酷熱乾燥之島嶼」開場，對於這位寫過《冰島漁夫》的作家的「錯念」（錯誤想法）進行分析，並以他自己戰爭時期曾在澎湖擔任軍事記者所見，寫澎湖的海洋之美、落日餘暉與天人菊之美：

> 夕陽在盪搖的海波中，反映時時刻刻的變化，其情緒似像很複雜，而且富華的景觀，在世界上是否還有這樣的景色？故在忘我之時東天漸昇起月亮，落日將近消沉的時刻，則變成月光的海色，嶼岬上最鮮豔滿開的天人菊成為毛氈，染彩地上。

楊熾昌寫〈漁翁島的落日——魯汀的錯念與天人菊〉，為澎湖之美辯誣。

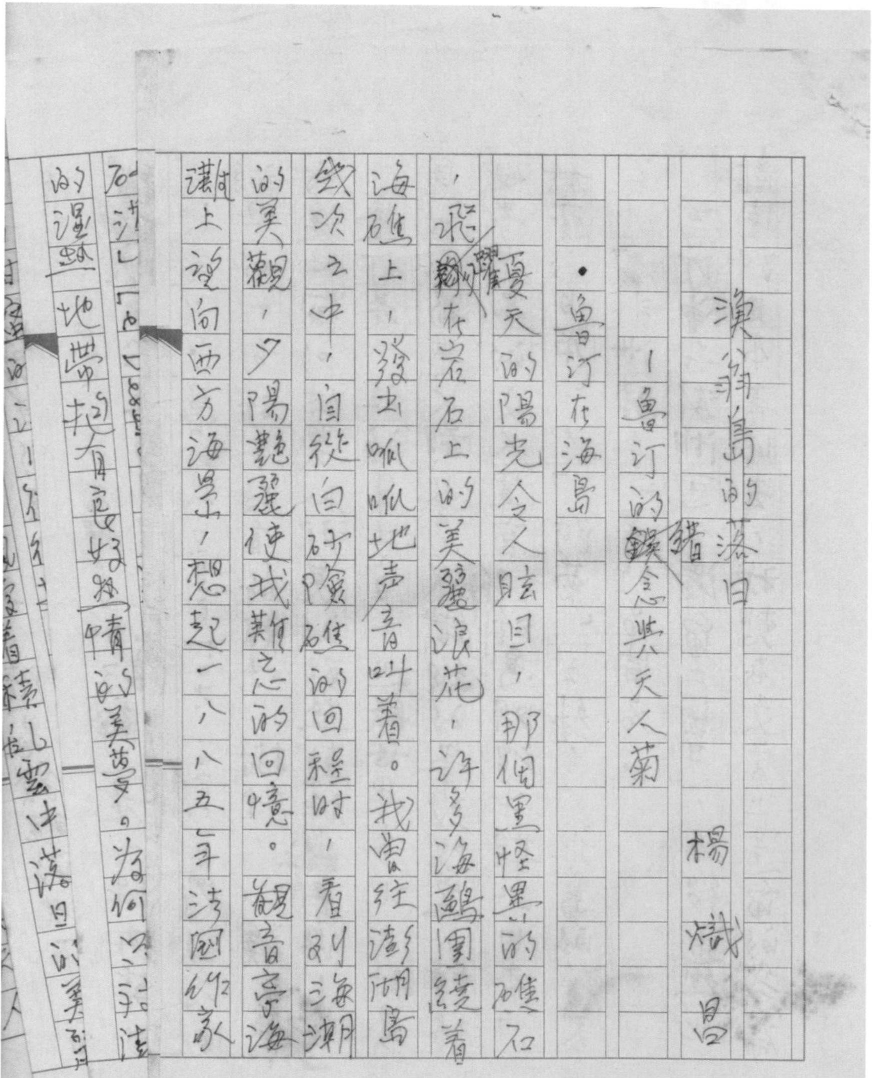
漁翁島的落日
—魯汀的錯念與天人菊
楊熾昌
‧魯汀在海島
夏天的陽光令人眩目，那個黑怪異的礁石
，飛躍在岩石上的美麗浪花，許多海鷗圍繞着
海礁上，發出吼吼地聲音叫着。我曾往澎湖島
幾次之中，自從白砂嶼礁的回程時，看到海潮
的美觀，夕陽艷麗使我難忘的回憶。觀音亭海
灘上望向西方海景！想起一八八五年法國作家

楊熾昌一九八六年一月二十八日給向陽的信。

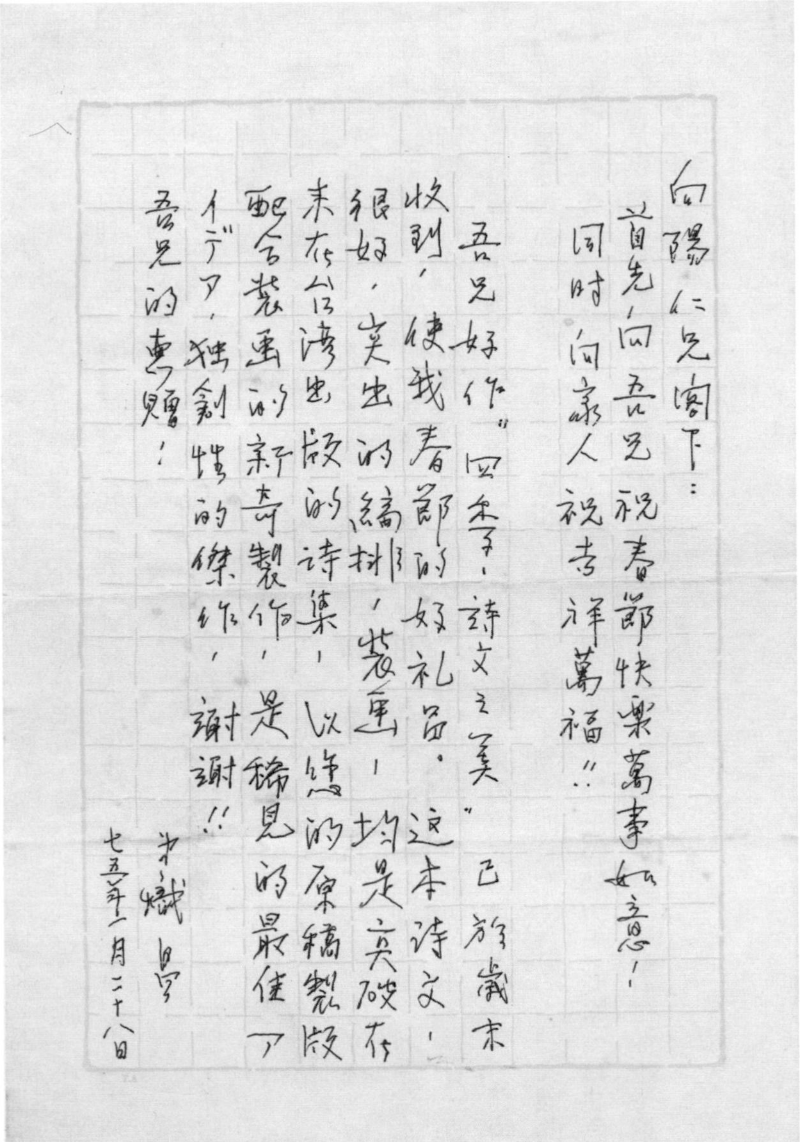

向陽仁兄留下：
首先向吾兄祝春節快樂萬事如意！
同时向家人祝吉祥萬福!!
吾兄好作"四季，詩文之美"已於歲末
收到，使我春節的好礼品。這本詩文，
很好，突出的編排，裝畫，均是突破在
来台灣出版的詩集，以您的原稿製版
配合裝畫的新奇製作，是稀見的最佳ア
イデア，独創性的傑作，謝謝!!
吾兄的惠贈！
楊熾昌
七五年一月二十八日

這段形容，是詩人的形容，雖然他的中文仍殘留日文句式，但像「夕陽在盪搖的海波中」、「變成月光的海色，嶼岬上最鮮豔滿開的天人菊成為毛氈，染彩地上」等，無一不帶有詩人奇詭的想像。我收到此稿，更覺興奮，我彷彿看到詩人的復甦，在天人菊的染彩中。立刻發稿見報，登載於十二月一日的副刊。

如此快速刊登，似乎也鼓舞了楊熾昌。他特地打電話致謝，我將我的感動說給他聽，希望他繼續寫作、繼續供稿。次月，《聯合文學》刊登他的隨筆〈臺灣的藝旦〉，《中國時報．人間副刊》也登出他的〈追尋《雪國》——川端康成與駒子〉。他的隨筆顯然開始受到重視了。

一九八五年我應邀到愛荷華大學參加「國際寫作計畫」，離臺三個月，十一月返臺後，收到他寄來的新書《紙魚》，收錄了他在新詩創作之外的日文評論、隨筆與專欄文章。通過這本書，更能清楚了解楊熾昌除了超現實書寫之外的現實書寫。在他的超現實世界之外，其實一直存在著現實主義的世界，彷彿陽光與月色，各自放出不同的光亮與色澤。我粗通日文，翻讀這本《紙魚》，更覺楊熾昌對於政治、社會和文化的通達與深刻，他論德國舞蹈、評美國的越戰政策、談社會主義國家的迷思、第三世界中立化的可能、民族主義勢力的形成、石油危機……，這些都是媒體評論員、文化或政治評論家的專長。僅以超現實主義詩人看待他，恐怕無法真正理解他的內在心靈世界，也無法正確評斷他在臺灣文學史上的位置。

四

我與他最後一次見面，是一九八六年八月九日，在南鯤鯓廟，第八屆鹽分地帶文藝營頒贈給他「臺灣新文學特殊成就獎」，這似乎也是他一生唯一獲頒的文學獎項，沒有獎金，只有獎牌，以及眾多以寫實主義書寫為志業的後輩作家對他的敬意和肯定。我還是副刊主編，與羊子喬、杜文靖和與會的鹽分地帶作家、學員在臺下為他用力鼓掌。

他是詩人，也是記者、主筆，遺憾的是他遭到錯謬的時代無情嘲弄。語言和認同的雙重阻絕，使他空有超越年代的前衛美學，卻無法盡情施展，終因戰爭來臨與政治變化而輟筆，否則他必能躍登國際詩壇，為臺灣新詩發光；戰後臺灣的長期戒嚴，二二八以及其後的白色恐怖統治又逼使他不得不離開新聞界，讓他自日治時期即已累積的採訪、評論長才未能發揮，否則他也能獻身臺灣媒體與政治改革行列，成為備受敬仰的報人——他是薔薇，曾經怒放，卻提早枯萎；他也是砲火，曾經謣謣，卻連遭阻絕。這是他的悲劇，或許也是與他一樣眾多曝曬過兩個年代太陽的臺灣作家共同的命運！

二〇一五年四月

〔手稿故事〕5

曠野盡頭一匹豹

——詩人辛鬱的冷與澀

一

詩人辛鬱辭世了，消息傳來，識者皆感哀痛，《文訊》為他製作紀念特輯，輯錄他的老友與詩人的追思文稿，談他的詩與為人，讀來也令人動容。

辛鬱，被詩壇稱為「冷公」，本名宓世森，一九三三年生於浙江杭州，就讀初中一年級時，因戰亂輟學；一九四八年逃家途中意外從軍，其後隨國民黨軍隊來臺，一九六九年退伍，總計服役近二十一年，是一位典型的「軍中詩人」，他的文學生命在軍中展開，他人生的黃金時光也在軍中度過；他曾參與金門八二三砲戰，見證了戰爭的冷酷與無情；他的第一本詩集名為《軍曹手記》（臺北：藍星詩社，一九六〇），付印之處是軍方印刷廠；出書之後，一九六一年他加入以軍中詩人為主的創世紀詩社，擔任過《創世紀》詩刊的總編輯、社長、社務委員、顧問，是該刊的主將之一。他的辭世，某種程度上也意味著曾經影響臺灣現代詩壇甚鉅的「軍中詩人」群的逐漸凋零。

辛鬱之所以被稱為「冷公」，固然源自詩壇中人自我嘲謔之語（商禽以嘴角歪斜稱「歪公」、楚戈以溫吞親和稱「溫公」、辛鬱以冷肅少言稱「冷公」），但也深刻地傳達了「冷公」此一謔稱之後的辛鬱的人格與文學特質。辛鬱為人不苟言笑，有板有眼，儼然鐵漢，看似難以親近；他的詩作亦然，在以超現實主義書寫為宗的創世紀詩人群中，他的詩既不詭麗，也不炫奇；他的題材，多來自現實底層和人間萬象；詩作語言，也不作興驚人之語，不強調繁複意象。他的詩總是冷冷地對應著人間群像、世間雜細，以抽離物外的冷冽觀察，寫出現實世界的冷酷本質。他的詩與商禽的詩，可說是《創世紀》超現實主義時期的兩大異數：商禽以超現實筆法掀翻底層社會的無奈與悲哀，辛鬱則以現實主義筆法直指現實社會的冷酷與蒼茫。

以辛鬱的名作〈順興茶館所見〉為例：

坐落在中華路一側
這茶館的三十個座位
一個挨一個
不知道寂寞何物

而他是知道的

準十點他來報到
坐在靠邊的硬木椅上
濃濃的龍井一杯
卻難解昨夜酒意
醬油瓜子落花生
外加長壽兩包
——他是知道的
這就是他的一切

不　尚有那少年豪情
溢出在霜壓風欺的臉上
偶或橫眉為劍
一聲厲叱　招來些落塵

他是知道的　寂寞是
時過午夜

這茶館的三十個座位
一個挨一個……

這首詩寫於一九七七年，以臺北市中華路順興茶館所見景象為題材，以素樸乾淨的語言，刻繪寫茶館中獨坐的老人（老兵）的寂寞和晚景淒涼，茶館三十個座位「一個挨一個／不知道寂寞何物」對應獨坐的老人（老兵）；又以硬木椅、龍井一杯、醬油瓜子落花生、長壽兩包等物品（「這就是他的一切」）來凸顯獨坐茶館者的淒涼和孤獨；詩末「寂寞是／時過午夜／這茶館的三十個座位／一個挨一個……」，更將人去椅空、豪情不再、獨留滄茫的老者心境，刻畫入微。這首詩之冷，真是冷到極點。「冷公」之稱，也就不再只是戲謔之語了。

二

我初識辛鬱之際，就在他發表〈順興茶館所見〉之前一年，地點在中華商場對面的「國軍文藝活動中心」的茶館。當時國軍文藝活動中心是軍中詩人群經常逗留、聚會的場所，在那裡最常看到的是主編《青年戰士報．詩隊伍》的羊令野，當時我擔任華岡詩社社長，要為同仁找尋發表園地，因而常帶詩稿到國軍文藝活動中心與羊令野見面，因而得識辛鬱、商禽、沙牧、張拓蕪、碧果等軍中詩人。

對一個剛開始發表詩作的年輕寫詩者來說，辛鬱給我的第一個印象算是和藹可親的。他並不多話，羊令野與我談話時，他一旁傾聽，也不插話，但眼光炯炯有神，自有一種橫眉為劍的威嚴。或許因為羊令野的關係，他開口問我的第一句話是「寫詩多久了啊？」這句帶有暖意的關心之語，對一個後輩來說，就算是一種鼓勵了。當時的辛鬱還是剛過四十的中壯盛年，已自軍中退役，在《人與社會》雜誌任職，他有時會帶《人與社會》這本刊物贈我，這是一本由學界菁英創辦的刊物，後來又知道他還參與過《科學月刊》的創辦，他家曾是《科學月刊》創刊初期的籌備處和辦事處。這使我對作為詩人的辛鬱，有了另一層更深刻的認識，他是推動臺灣學術與科學普及發展的推手之一，他是橫跨文學界和學術界（自然科學和社會科學）的詩人，而他當年並不誇談他和《人與社會》、《科學月刊》的關係。

一九七九年我退伍後到臺北工作，《陽光小集》也在這年冬天創刊，初期只是同仁刊物，收錄創設同仁詩作；一九八一年初我被同仁推為社長，同時準備改版《陽光小集》為詩雜誌，當時我因商禽介紹，已進入《時報周刊》任職，由於商禽和辛鬱是好友，我因而有更多機會和辛鬱見面，逐漸了解他當年在軍中基層自修、習作的過程，以及出版第一本詩集《軍曹手記》的過程，我向他約稿，希望他能把這過程寫出來，給《陽光小集》刊用，他也答應了，但直到一九八三年五月他才寫出交給我，《陽光小集》刊期雖是季刊，但同仁各有工作，習慣脫遲，等到刊出時已是當年八月底，十二期。從初夏等到秋天，他沒有埋怨過一句，每次見面他也不提，總是微笑談話，好像我沒跟他約過稿一樣。

他的這篇稿子，題目是〈鐵刺網與野菊花——說說我的第一本詩集〉，文長兩千餘字，文中提到了他在一九六〇年出版《軍曹手記》時的心境：

「軍曹手記」出版於四十九年十一月，列為「藍星詩叢」之一。那時候，我被海敏威（編按：海明威）的小說所迷，身為軍隊中的低階軍官（實則尚未具備軍官的基本資格），而又奉命再赴金門服行任務，對於戰爭，內心有一種既非畏懼但卻厭憎的複雜情緒，因此決定在臨行前把自四十年底以來的詩作結集出版，並且定名為「軍曹手記」，以紀念十二年來的軍旅生活。

這看似淡然的文句中，流露了他對一九五八年親身經歷的八二三砲戰的「厭憎」，以及砲戰後又要重返金門，面對戰事的不確定命運的「決定」：留下「紀念」軍旅生活的詩集。換句話說，他當時是以「遺著」的心理出版第一本詩集的。

這篇追述，接著談他出版這本詩集的過程：在沒有積蓄情況下，經由長官批准，將詩集交給部隊中的印刷中隊付印；求序於當時的覃子豪，覃同意列入「藍星詩叢」，但不願寫序，而要他找紀弦寫，「因為你（辛鬱）是現代派的一分子」；以及封面設計找楚戈，楚戈幫他設計了「頭上長些鐵絲網」的封面；詩集印製完成後，他將一百冊列為贈書，四百冊請一位朋友代銷，四天後就赴金了，沒想到那位朋友不久也調赴金門，……詩集幾經轉手最後失去下落，因一九八三年五月，辛鬱手稿〈鐵刺網與野菊花——說說我的第一本詩集〉。

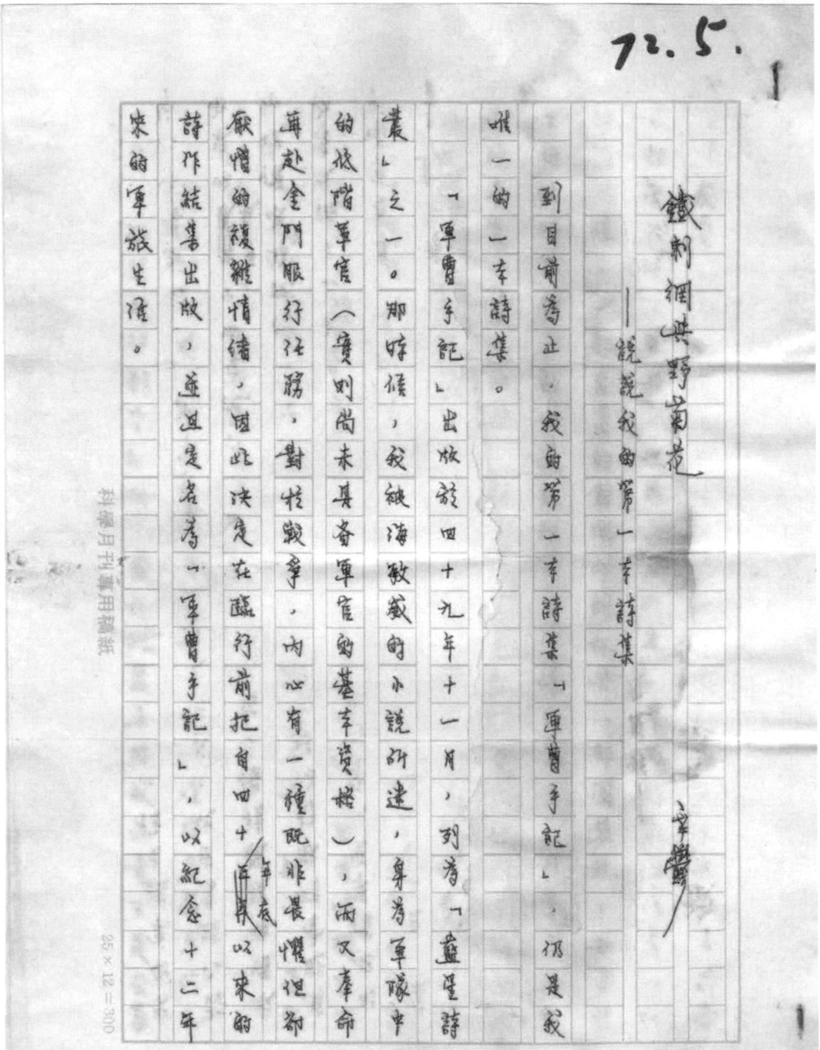

72.5.

鐵刺網與野菊花

——說說我的第一本詩集

辛鬱

到目前為止，我的第一本詩集「軍曹手記」，仍是我唯一的一本詩集。

「軍曹手記」出版於四十九年十一月，列為「藍星詩叢」之一。那時候，我被海敏威的小說所迷，身為軍隊中的低階軍官（實則尚未具備軍官的基本資格），而又奉命單赴金門服行任務，對於戰爭，內心有一種既非畏懼但卻厭惡的複雜情緒，因此決定在臨行前把自四十年底以來的詩作結集出版，並且定名為「軍曹手記」，以紀念十二年來的軍旅生活。

科學月刊專用稿紙　25×12＝300

此「它一本也未曾問世」。他寫這些出書過程，平平淡淡，彷似說的是別人的詩集，最後一句突然迸出「它一本也未曾問世」，卻又讓我在不禁發笑中又有悵然的傷感，這正是典型的辛鬱式的自嘲與幽默。

在這篇文中，他提到了對瘂弦與張默的感謝，其中關於瘂弦的部分這樣寫著：

瘂弦在收到「軍曹手記」後，給了我一封長信（可惜此信已失落），談到他的讀後感，他特別指出我的用字之「冷」之「澀」，形成一個特色，認為我可以朝這方面發展……，「冷」「澀」的特色，感覺上雖然不怎麼好受，但有時卻很想親近它，這如同「鐵刺網」與「野菊花」，前者讓人不好受，而後者呢？在田野上自有一種生趣情態，讓人想走進品嘗一番。

這篇文章，寫出了辛鬱出版第一本詩集的祕辛，也交代了他的詩風之所以「冷澀」的緣由，對於了解辛鬱的書寫與詩風之形成，具有相當的參考價值。以辛鬱另一首名作〈豹〉為例：

一匹
豹　在曠野盡頭

蹲著
不知為什麼

許多花　香
許多樹　綠
蒼穹開放
涵容一切
這曾嘯過
　掠食過的
豹　不知什麼是香著的花
或什麼是綠著的樹

不知為什麼的
蹲著　一匹豹
　蒼穹默默
花樹寂寂

曠野
消　失

這首詩寫於一九七二年，是一首有自況意味的詠物詩。詩分五小節，第一節以豹（凶猛）和曠野盡頭（蒼茫）構成凝靜不動的畫面；第二節則將鏡頭帶往花樹的香綠和天地的寬廣，對照「這曾嘯過／掠食過的／豹」對於自然和天道的無知；詩末逆轉直下，再以「不知為什麼的／蹲著　一匹豹」對照「蒼穹默默／花樹寂寂」，以及「曠野／消　失」。整首詩就是瘂弦所謂讓人不好受的「鐵刺網」和讓人想親近的「野菊花」的對話，豹的威猛與花樹、蒼穹的涵容，形成強烈對比，產生詩的張力，最後以「曠野／消　失」作結，冷然沉靜，表現出強者兀坐天地的蒼茫與孤獨；但也可轉喻為強者終將消失於蒼茫天地的無奈，可看成是詩人自況之詩。這樣的冷澀詩風，在辛鬱去後，如今也可蓋棺論定了。

三

我手中所存辛鬱最後一封信，是二〇〇四年二月二日的來信。在臺北，評審、會議或詩壇聚會，我們常有機會碰頭，連絡多用電話，信函往來已屬難得。知道辛鬱過世後，我從書房中找到這封信，信上他以「老友」稱我（雖然我是他的晚輩，他仍認為「相識盡三十載，稱老友辛鬱二〇〇四年二月二日給向陽的信。

向陽老友：（相識近三十載，稱老友似最貼切）

新年好，闔府平安。

"浮世星空新故鄉"敬收，已在細讀。謝謝。

去歲因病一場，作品量少，僅"垃圾世家"於病中及病癒後努力寫成，敘事化、美句不多，但有意味，所以影印寄奉，請指其一二。如不合意，即棄之可也！

"創世紀"到十月50年了，若你有空，寫一點感想或意見，找個地方發表，就是對我們這群老傢伙最大的策勵。我在此盼望着！

不多寫。祝

平安、健康

辛鬱 93.2.2

又及：

羊令野去世快10周年，我們幾個老友擬為老哥編一選集紀念之，你手頭若有羊公著作、手迹、書照，請準備一下，以便借用。此外已籌了一點費用，將請爾雅出版（今年10月推出）。

年度詩選從一九八二年起歷經三次團隊輪替，圖為部分編委於一九九一年「年度詩選觀察座談會」上合照。前排左起：李瑞騰、商禽、向明、張默、辛鬱；後排左起：焦桐、向陽、蕭蕭、白靈。

似最貼切」）。這信是回我編選《2003臺灣詩選》徵求同意之信：

> 去歲因病一場，作品量少，僅「垃圾世家」於病中及初癒後努力寫成，敘事化，美句不多，但有意味，所以影印寄奉，請擇其一、二。如不合意，即棄之可也！
>
> 「創世紀」到十月五十年了，若你有空，寫一點感想或意見，找個地方發表，應是對我們這群老傢伙最大的策勉。我如此盼望著！

辛鬱寄來的〈垃圾世家〉由八則小詩組成，是組詩，也可單獨存在，我選了其中〈七〉與〈八〉兩首，收入詩選。〈七〉以選戰前的藍綠對抗為題材，寫小市民「作為垃圾的我」，面對政論和叩應節目口水戰的無可奈何，冷而不澀，充滿反諷意味；〈八〉則以「某一類的我」化為紙漿，一頁頁、一行行、一字字「被解體溶化／被消除任何意義」的過程，最後結束於「而紙漿是某一類的我的再生／那詩呢」句，很顯然的，辛鬱試圖在〈垃圾世家〉的最後，強調詩的永恆性，以及詩在亂世之中、在眾多「垃圾」之中的救贖力量。這應是他即使在病中也信為必然的力量。

信末他為《創世紀》五十周年邀我寫稿，以及「又及」部分，為羊令野去世十周年將編紀念選集一事而費心，也都洋溢著他對現代詩念茲在茲的熱誠。我得知他辭世的夜裡，重讀此信，追想我在大學年代與他、與羊令野在國軍文藝活動中心喝茶、談詩的畫面，以及其後近四十年並不頻繁、卻鮮明如昨的交往，他的臉顏、笑喟與身影，更覺不捨。

如今他已從詩的曠野盡頭離去，曾經走過動亂年代，以詩的豹眼凝視社會底層的他，終於脫卸冷澀，重返充滿花樹的香綠和天地的寬廣，他生命中曾經的孤獨和蒼茫，也都還給天地，不再遺憾了。

二〇一五年六月

〔手稿故事〕6

沉默的巒峰

——巫永福以詩長青

一

秋夜讀詩，讀到詩人巫永福寫於一九五〇年代的一首詩〈沉默〉，不禁油然想起這位與我同屬南投縣出身的前輩的身影。巫永福先生，一九一三年生於山明水秀的南投埔里，從日治時期出發，跨越兩個時代，先後使用日文和中文寫作，逝世於二〇〇八年九月十日，享壽九十六歲，出道既早，寫作生命也存續甚久，可說是臺灣「跨越語言的一代」作家中的長青樹。

〈沉默〉這首詩詠讚中央山脈的巒峰，通過埔里的開發過程，寫出在臺灣被殖民的歷史之下人與土地的關係：

中央山脈的巒峰告訴我們
告訴我們故鄉城鎮的歷史

有如守護者　悠悠然地
把城鎮造成之前　之後
長久歲月的愛憎悲歡
城鎮角落的生死離別
激烈無比的爭鬥變遷
詳細地告訴我們　那巒峰
時而欣喜似地燃紅
時而瞭解似地點頭
時而哀傷似地消沉
也會打顫身心而憤怒
然而巒峰知曉得太多
致過分勞累了
終於很美麗地沉默下來
以安逸的姿態橫臥下來

這詩中「終於很美麗地沉默下來／以安逸的姿態橫臥下來」的巒峰，也是我童年時代每天面對的峰巒。巫永福先生筆下的中央山脈有如觀音橫臥，美麗而沉默，既是一首動人的地誌一九八七年解嚴前在街頭運動中的巫永福。（向陽攝）。

詩，同時也透過「長久歲月的愛憎悲歡／城鎮角落的生死離別／激烈無比的爭鬥變遷」表達出強烈的歷史感，指點出漢人來臺拓植、日本殖民和戰後初期歷經二二八事件之後的土地創傷。秋夜讀這首詩，追想前賢行誼，以及他堅毅而有威嚴感的臉容，這詩彷彿也是他生命的自述。

二

我與巫永福先生初識於一九八〇年代。我於一九七六年開始在《笠》詩刊發表臺語詩，與詩人趙天儀熟識，接著是陳千武，一九八一年我進入《自立晚報》編輯副刊，與日治年代出發的臺籍作家有了密切的來往，印象中與巫永福先生認識是在小說家王昶雄先生主催的「益壯會」聚會中；同年我應陳千武先生之邀，與笠詩社同仁到東京參加日本地球詩社三十周年祭，與當時年近七十的他在旅行中有了更多的交談；一九八二年一月，由陳千武先生主催的「中日韓現代詩人會議」在臺北召開，巫永福先生被舉為中華民國代表團團長，由於他和千武先生與我有同鄉（出身南投縣）之緣，因而更覺親切，而有了更進一步的往來。

這個階段我認識的巫永福先生是詩人。他的詩部分由千武先生自他日治時期的日文詩作譯為中文，部分則是他以自習的中文寫出。日文譯作有一首〈祖國〉，於一九七二年出版的《笠》第五十二期發表，這首詩控訴日本人的殖民統治，呼喊「祖國喲　站起來」，在鄉土文學論戰前後成為名作；中文作品有〈泥土〉一詩，起於「泥土有埋葬父親的香味／泥土有埋葬母親的香味」，結於「嫩葉有父親血汗的香味／嫩葉有母親血汗的香味」，表現鄉土的美感，也成為名作。我讀他的詩，可以深刻體會到他對土地的熱愛，也可以感覺到他在跨越日文和中文鴻溝之間的難以暢言。但這無損於作為詩人的他，在詩作當中潛藏的奮進、堅定和開朗的精神。

然而，巫永福先生對於成為一個小說家似乎更耿耿於懷。有一次聊天時，他對我說：「我其實更想成為一個小說家，日本時代我寫過一些小說，用日文書寫，順暢多了，用中文來寫，總是有未順的感覺。」沒錯，他二十歲時就考進東京明治大學文藝科（一九三二），受教於菊池寬、橫光利一等大師，受到日本新感覺派作家的深厚影響；同時也和張文環、王白淵、曾石火、吳坤煌等人共組「臺灣藝術研究會」，創刊了《フォルモサ》（福爾摩莎）雜誌（共三期），陸續發表了小說〈首與體〉、〈黑龍〉等小說，受到矚目。如果不是因為戰後的語言轉換，他一定可以成為一位大小說家，而不只是詩人。但這樣的悲哀，不止於他，龍瑛宗、張文環也都有著同樣的苦痛。巫永福先生最後以詩人定位，雖非所願，但能持續書寫，他從日文新詩到短歌、俳句，從中文現代詩寫到臺語詩，作品豐富繁多，也是一種幸福了。

巫永福生前有《巫永福全集》二十四卷傳世，其中詩集就有七卷、評論集三卷、文集兩卷、小說兩卷，此外另收日文創作小說一卷、日文詩一卷、俳句兩卷、短歌兩卷、短句俳句一卷、臺語俳句兩卷，也以詩作為多。詩人李魁賢曾加以統計，說巫永福的創作量「詩大約九百首、小說十五篇、散文大約一百五十篇」，就可看出他的主要創作領域還是在詩。詩，讓巫永福先生長青。

三

巫永福先生之所以在臺灣文壇長青，另一個因素，則在他對推動臺灣文學運動與發展的關注。除了年輕時組織「臺灣藝術研究會」，創刊《フォルモサ》雜誌之外，他在日治時期還參與了「臺灣文藝聯盟」（一九三五）的行列，為《臺灣文藝》供稿；參加張文環等創刊的《臺灣文學》雜誌，並與鹽分地帶作家吳新榮、郭水潭等時相往來。戰後他有一段相當長的時間遠離文學，加入實業界，到一九六五年出任東京短歌雜誌《からたす》臺北市部長，也加入臺北歌會、臺北俳句會；一九六七年加入《笠》詩社；一九六八年創立《臺北歌壇》；一九七七年接任《臺灣文藝》發行人；一九七九年創立巫永福評論獎；一九八四年，加入臺灣筆會；一九九三月成立「財團法人巫永福文化基金會」，將巫永福評論獎分為「巫永福文學評論獎」、「巫永福文化評論獎」及「巫永福文學獎」……。這些具體時績，都說明了他對臺灣文學的關注和參與之深，他的書寫和他的參與，讓他受到文壇與社會的肯定。

我手邊有一篇他寫於一九八四年十一月三十日的手稿〈臺灣的長青樹——讀謝里法著「臺灣出土人物誌」有感〉，以六百字稿紙寫了十四張半，字數長達八千七百字。在這篇屬於讀後感的文論中，他追憶謝里法書中所寫黃土水、劉錦堂、張秋海、王白淵、陳澄波、郭雪湖、范文龍、江文也等八位藝術家與他的人生因緣，文字相當動人。他除了追記這八位臺灣傑出藝術家的生平之外，同時也以自身的創作經歷回顧從日治時期到戰後的臺灣文藝界發展，顯現了他對於臺灣文學與藝術界的瞭若指掌，在這篇長文中，除了這八位之外，他隨手提到的藝術家就有王王孫、溥儒、張李德和、黃清呈、陳夏雨、蒲添生、顏水龍、廖繼春、李石樵、李梅樹、楊三郎、洪瑞麟、張萬傳、林玉山、林之助、陳進、張大千、黃君璧、郭芝苑……等，足見他不僅關心文學，對於藝術界的大家也相當重視並且互有往來。細讀他的這篇舊作手稿，讓我深刻感覺到巫永福先生的博學多識，以及他內心深處對於同屬日治時期出發的臺籍菁英惺惺相惜之情。

這篇長文末段說：「臺灣人自己的獎勵才是真正的獎勵」，更是動人，這或許也是他生前創設「巫永福評論獎」的初心和決志之所起吧。他以「臺灣的長青樹」為題來形容黃土水、劉巫永福手稿〈臺灣的長青樹——讀謝里法著「臺灣出土人物誌」有感〉首頁。

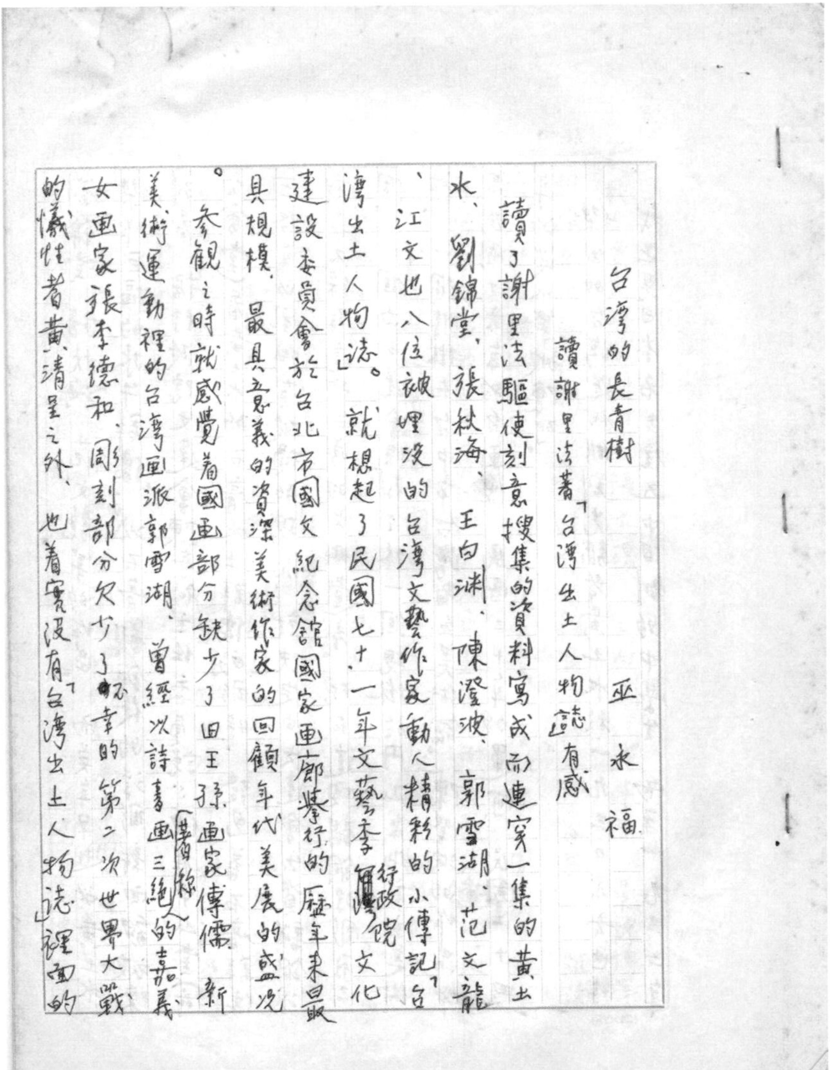
台灣的長青樹　巫永福

讀謝里法著「台灣出土人物誌」有感

讀了謝里法驅使刻意搜集的資料寫成而連穿一集的黃土水、劉錦堂、張秋海、王白淵、陳澄波、郭雪湖、范文龍、江文也八位被埋沒的台灣文藝作家動人精彩的小傳記「台灣出土人物誌」。就想起了民國七十一年文藝季行政院文化建設委員會於台北市國父紀念館國家畫廊舉行的歷年來最具規模、最具意義的資深美術作家的回顧年代美展的盛況。參觀之時就感覺着國畫部分缺少了旧王孫畫家傅儒、新美術運動裡的台灣畫派郭雪湖、曾經以詩書畫三絕著稱的嘉義女畫家張李德和、雕刻部分欠少了不幸的第二次世界大戰的犧牲者黃清呈之外、也着實沒有「台灣出土人物誌」裡面的錦堂、張秋海、王白淵、陳澄波、郭雪湖、范文龍、江文也等八位藝術家，指的應是他們的藝術成就，而非人生遭遇。這八位都是在大動亂年代中被埋沒的藝術家，人生際遇實際上並不「長青」，真正長青者，如今看來，似乎也非巫永福先生莫屬了。

四

我在主編《自立晚報．副刊》階段，與巫永福先生往來頻仍，他喜歡《自立晚報》這份臺灣人的報紙，也常投稿給副刊，多半是像〈臺灣長青樹〉這樣的長稿，而副刊有字數的限制，有時很難來稿就登，巫永福先生頗能體諒我這個小輩的難處，並不苛責。

有一次他寄來一篇〈小談臺灣現代詩〉，字數甚多，我斟酌甚久，最後還是附信退了稿，懇請他另賜短作，幾天之後接到他的回覆：

> 回稿與信均接悉。「小談臺灣現代詩」要在報上刊登略長，其中所寫人名太多，但這我是有用意的。
>
> 遵示以報導色寫了「紀弦的天真」，雖比你指定的一千五百長略長，二千多字即請原諒。
>
> 「再談彩繪」內有中國歷代畫院制度等，可作臺灣彩繪界的參考，屆時請寄副刊三分

給我以便轉送國外……

這封信讓我愧疚許久，信末「86.10.20」是我標記的來稿日，此時的巫永福先生年七十四，對我的退稿並無怨言，相對凸顯了我的無知。他以七十四高齡仍潛心寫作，所寫之文也非沒有參考價值，只因文字稍長，就被我退了，成為我編輯生涯倍感遺憾之事；巫永福先生不以為忤的態度，則讓我從中學習到了長輩寬闊的胸懷，我保留此信，加註日期，當時大概也有自惕自勉的想法吧。

一九八七年前後，正處戒嚴／解嚴交替時期，臺灣筆會自一九八四年成立之後也常參與社會運動行列，走上街頭，抗議執政的國民黨，反對政治迫害，當時的老作家中，巫永福先生也常與我們年輕作家一起走上街頭。他滿頭白髮，與我們同行，不僅有鼓舞年輕人的力量，同時也彰顯了不同世代臺灣作家對於自由民主與人權的共同主張。我至今仍保存當時在街頭為他拍攝的照片，他在抗議隊伍中領頭，手舉草帽，上纏「反對政治迫害」布條，白髮蒼蒼，面帶微笑，為他走過的人生、時代做了最鮮明的見證，也為臺灣的政治民主做了最堅定的宣示，這樣的精神，讓我想起他寫的一首詩〈含羞草〉中的兩句「氣憤地站在山坡上／為討回公道向風呼喚」。他以耄耋之年走上街頭，應該也有著這樣坦蕩、磊落的心境吧。

我從副刊主編轉任總編輯之後，由於工作關係，處理的都屬新聞和政治事務，與文壇的接觸日稀，但每次碰到巫永福先生，他總還是精神抖擻，不忘鼓勵我這同鄉晚輩。印象最深刻的巫永福給向陽的信（一九八六年十月二十日）。

PRINCE HOTELS

向陽學兄：

回稿與信均接悉。「談台灣現代詩」要在報上刊登略長

其中所寫的人名太多但它我是有用意的。

單乎此報導意寫了「紀弦的天真」跟此你指定的一千

字有長略長，二千多字即請原諒。

「再談彩繪」內有中國歷代重陵劃後等，可作台灣

彩繪界的參考」要送時請寄副刊三份給我以便轉送國外

日前因偶然的機會談起這件事，引起相當的注目。所

以要多幾分就是了，在台灣他們自己讓買自立晚報

就並不轉送。

轉此 奉託 順祈

時安

巫永福

86.10.20

是，每次參與文學界聚會，他總是坐在最前排聆聽，有時會站起來說話，他的中氣十足，一點也不顯老態；話語有時慷慨，但總不忘期許後輩為臺灣文學打拚。他的確是臺灣文壇的長青樹，從日治年代走來，走過白色恐怖年代到臺灣，走到可以隨心所欲的自由年代，一貫充滿鬥志，也充滿生氣！

我在秋夜懷念他，懷念「終於很美麗地沉默下來／以安逸的姿態橫臥下來」的他，這才知道他不只是文壇長青樹，還是護持臺灣的巒峰。

二〇一五年八月

〔手稿故事〕7

爾雅出版家

——隱地與《人生船》

一

爾雅出版社創社四十周年了，我因事無法前往參加慶祝活動，但是對於隱地先生和他創立於一九七五年的爾雅出版社，則充滿著感謝。

我與隱地認識應該也有近四十年了，他以散文、小說成名，更是重要的編輯人，早年主編《書評書目》，就是我這一輩文青必讀的刊物，這或許也是他由一個愛書人進而創立爾雅出版社，成為一個出版家的動力。爾雅出版社創立後，所出書籍都受到讀者的喜愛，很快席捲出版市場，與純文學、大地、洪範、九歌並列為「五小」，成為一九七〇至八〇年代重要的文學出版社之一，我還記得大學時代我購買五小的書的狂熱，可說是每出一本就買一本，按照編號一字排開在宿舍書架上，滿足文學想像的畫面。

我並沒有在爾雅出版過一本詩集或散文集。一九八〇年代是臺灣文學傳播臻於巔峰的年代，年輕作家要在爾雅等五小出版社出書相當不易，能在其中一家出版著作，就算是榮寵了。我因為幾位出版人的關愛，在九歌出版詩集《十行集》、大地出版詩集《歲月》、洪範出版《向陽詩選》，已屬幸運，加以著作不力，未能以著作和爾雅結緣，未免是一種遺憾。

但我對隱地先生的感謝還是永存在心，原因之一，是他在我接編《自立晚報．自立副刊》期間，常以資深編輯人的關懷，提供給我編輯事務的指導，也供稿給副刊，從不埋怨當年小報的稿費菲薄；原因之二，則是他在爾雅最盛時期，對於臺灣現代詩的推動付出了真誠的關愛，從一九八一年開始委請詩人張默先生編選《剪成碧玉葉層層》（女詩人選集）、《感月吟風多少事——現代百家詩選》，後又推出年度詩選，讓一直居於閱讀市場邊陲的現代詩也能受到廣大讀者的矚目；原因之三，則是他以極大魄力，主動提出出版我在自立副刊推出的「作家日記三六五」成書《人生船》一事，讓我看到了一個出版人對於他所處身的文壇及創作同儕的高度關切。

二

先從年度詩選說起。爾雅出版社最早出版年度小說選，影響廣大，且受讀者喜愛，相當暢銷，一九八二年九月，隱地先生主動找詩人張默，希望他出面編選年度詩選，獲得張默先生的同意，並組成了編委會，除張默之外，其他編委則有蕭蕭、向明、李瑞騰、張漢良與我。名單由隱一九八二年冬天，爾雅出版社決定推出年度詩選，該社發行人隱地（前排中）與六位編委於臺北市新公園合影。前排左起：詩人張默、隱地、向明；後排左起：詩人蕭蕭、向陽、李瑞騰、張漢良。（周相露攝）

地先生同意之後，我們隨即在新公園旁的太陽飯店召開第一次編輯會議，隱地先生也到場。我還記得，當天召集人張默先生將他擬訂的編輯計畫影印給所有人，計畫含詩選篇幅、選錄詩作、編集秩序（含導言、詩作發表序、作者簡介及編者按語、年度詩選決選會議記錄、當年詩壇大事記等），規劃詳盡。在我們討論過程中，隱地先生面露微笑，傾聽大家的討論，並表示尊重編委會的決定，希望我們編出好的詩選。那天他給我的印象，就像他的出版社名為「爾雅」一樣，溫文儒雅，明知現代詩市場有限，仍然願意為詩人做事、為詩壇盡力。

同年十二月二十五日下午，我們在太陽飯店開決選會議，隱地先生也到場。這一天開會時，他特別請攝影家周相露來，大家先在新公園合影留念。正式開會時，他一樣坐在一旁，微笑看著張默先生帶領我們進行編選討論，這次的編選會議開會時間冗長，我們逐一討論張默先生提出的詩人作品，最後敲定了九十九位詩人一百三十餘篇詩作，時間長達五個多小時。作為出版人的隱地，全程作陪，足見他對這本臺灣第一本年度詩選的重視。次年，張默先生編選的《七十一年詩選》正式出版，果然引起出版界和讀書界的矚目，隨即再版。此後年年出版，直到出版第十本之後，因為文學出版面臨低潮，方才畫下句點。

年度詩選的出版，可以說是當年沒有寫詩的隱地先生對臺灣現代詩推廣、傳播的最大貢獻，將一向被視為「票房毒藥」的詩集、詩選當成爾雅的出版大事來辦，這樣的魄力和執著，讓我對隱地先生特別刮目相看。看一個出版家，不是看他出了多少暢銷書（這當然也很重要），而是要看他出了多少有影響力的書。在年度詩選的出版上，隱地已無愧於出版家之名。二〇一一年，我指導研究生盧莳伶完成〈爾雅版年度詩選研究〉，既肯定他對現代詩發展的貢獻，也勉強可作為後進的我對他敬意的表達。

三

但更讓我動容，且難忘的是隱地先生促成《人生船——作家日記三六五》出版的氣魄和遠見。

一九八三年我在自立副刊策畫一個名為「作家日記三六五」的專欄，廣發邀請函給文壇作家，請他們提供日記，在副刊上逐日發表。我依靠的作家的名錄來自爾雅出版、應鳳凰所編的小冊子《作家地址本》，這本奇特的小書，是隱地先生的構想，卻成為我的點子，我檢視其中的作家名字，有名字、地址的，以及有名字但地址空白的，想像假設能邀請他們在副刊上提供日記，一年下來，就會有三百六十五位作家為副刊寫稿，每日一篇，這些不同背景、出身的作家提供的當天日記，也足以展現臺灣作家的生活與思考。

這個突發的奇想，使我在其後的一整年中忙碌不堪，卻也讓我得以和甚多原本陌生（包括已經久未寫作）的作家有了聯繫。隱地先生當然是我邀稿的作家之一，他提供的是「七十三年十二月三日．臺北」的日記，題目是「暢銷書排行榜」。

在這篇日記中，他以自己的小品集《心的掙扎》出書後躍居金石堂十一月份暢銷排行榜第二名，「內心頗為驚喜」起筆；接著提到爾雅出版社的出版的書分別在敦煌書店、《時報周刊》進入暢銷排行榜。這一連串的喜訊，讓他欣喜之餘，「襲上心頭的竟然是一股害怕」。這時的爾雅已是文學出版重鎮了，每出一書，必風靡書市。隱地先生還是在日記中寫出面對暢銷排行榜誘惑的自省：

為別人出書是我的職業。我經常想的兩個問題：什麼是代表這個時代的書？這個社會需要的是什麼樣的書？

讀者對於進入暢銷書排行榜的書，可以作為購買時的一種參考，卻實在不必盲目跟進、照單全收，我認為還有更多的好書值得我們去發掘，一個多元的社會，難能可貴的是各種類別的好書，都能獲得它的知音，興趣過於集中，甚至大家閱讀品味彷彿穿制服，實在不是什麼好現象。

既為出版的書暢銷而喜，復為讀者興味可能因此過於集中而憂，這就足以看出身兼作家、編輯人和出版家隱地的良知了。

或許也是這樣的良知，我在自立副刊推出的「作家日記三六五」專欄居然獲得隱地先生的垂青，而有了出版的機會。可以想像，這樣連載一年，容納三百六十五（實際是三百六十六）位作家的專欄，一旦要成書，其中有多少困難？首先，既高達三百六十六位作家，就不可能人人是名家、篇篇是精品，就出版市場而言，根本不可能暢銷；其次，這樣可見不會暢銷的書，還必須聯絡作家，徵求同意，出書之後，還要人人寄贈一本，出版成本和寄送費用均相當沉重；更大的負荷，則是是否給予轉載費用和編選費？以當時臺灣出版界的習慣，只寄贈書本，作家通常也會答應（即使到今天，也還有這樣的慣例）。

然而，隱地先生對這一切都未作考慮，專欄結束之後，一九八五年春天，我接到他的電話，說他想出版這個專欄，問我願不願意。接到電話時，我都傻了，怎麼可能？這會是一本很厚的書，而且很難賣！沒想到隱地先生告訴我，他認為要集合這麼多作家太不容易了；他也知隱地提供給自立副刊「作家日記三六五」的手稿〈暢銷書排行榜〉。

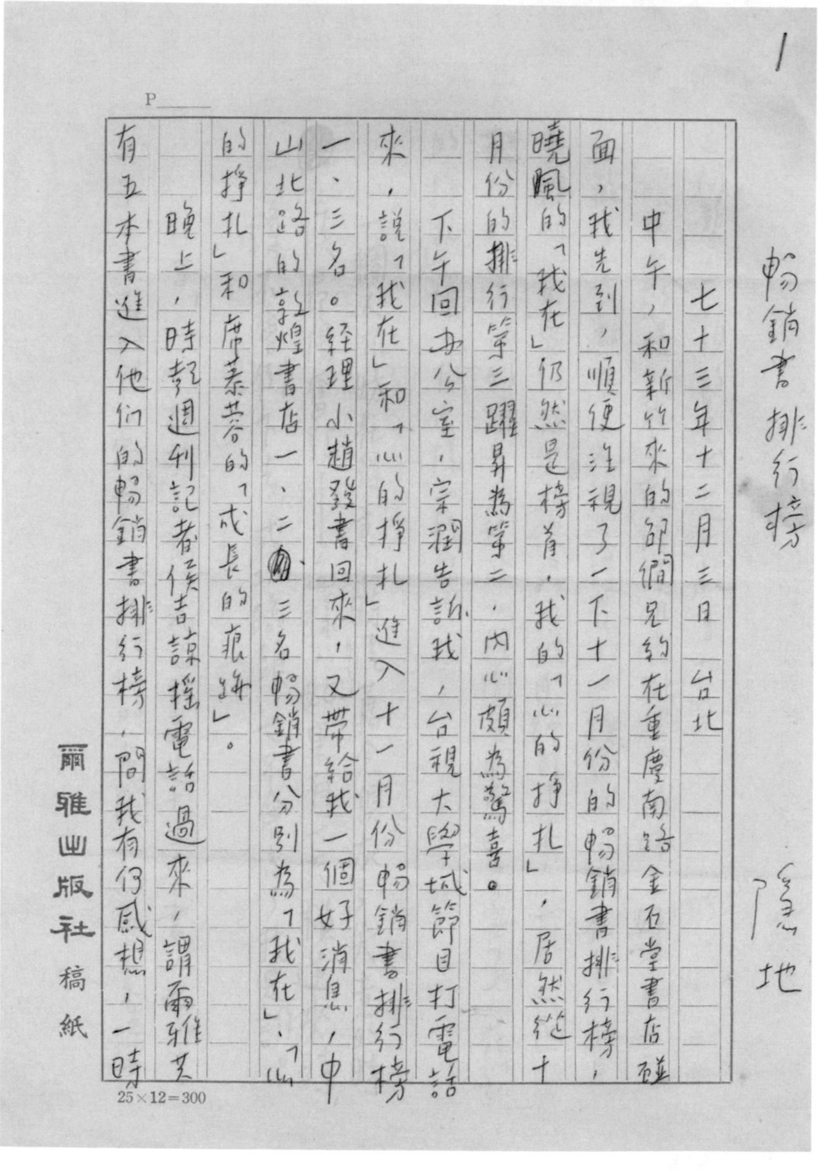

1

暢銷書排行榜

隱地

七十三年十二月三日　台北

中午，和新竹來的邵僩兄約在重慶南路金石堂書店碰面，我先到，順便注視了一下十一月份的暢銷書排行榜，曉風的「我在」仍然是榜首，我的「心的掙扎」，居然從十月份的排行第三躍昇為第二，內心頗為驚喜。

下午回辦公室，宗潤告訴我，台視大學城節目打電話來，說「我在」和「心的掙扎」進入十一月份暢銷書排行榜一、三名。經理小趙發書回來，又帶給我一個好消息，中山北路的敦煌書店一、二、三名暢銷書分別為「我在」、「心的掙扎」和席慕蓉的「成長的痕跡」。

晚上，時報週刊記者侯吉諒搖電話過來，謂爾雅大有五本書進入他們的暢銷書排行榜，問我有何感想，一時

爾雅出版社稿紙

25×12=300

道書不會暢銷，但他不在意。

一九八五年七月二十日，這也是爾雅出版社成立十周年的日子，在隱地先生的慧眼和魄力，這個專欄果然從副刊專欄化身為《人生船——作家日記三六五》正式出版。「人生船」是隱地先生命名的，副題則是專欄名稱，以作家同在一艘船上，結人生之緣為隱喻，也可以看出隱地先生對於同年代的臺灣作家的重視和珍惜。

一九八五年七月，爾雅出版社十周年，隱地推出向陽主編的《人生船——作家日記三六五》。

《人生船》出書之前，我擔心一本會太厚，定價會過高，曾建議隱地先生將之拆為四本，以「春．夏．秋．冬」分卷，讀者可零買，也可套售，但隱地先生最後還是決定以一冊方式出版，於是就成為厚達九百零五頁的厚書，定價三百五十元（以當年書價而言算是「貴」書）。這樣毫不考慮市場的魄力，讓我見識到了一個成功的出版家想為臺灣文壇做點事情的心意，以及他不以暢銷為慮的大度。更想不到的是，他還付給我一筆相當高的編選費用，又付給每位入選作家轉載費，這都超乎了一九八〇年代出版界的「常規」。

四

暖暖秋夜，找出一九八五年出版的《人生船——作家日記三六五》，這已經是三十年前出版的書，我珍藏至今，仍似新出。我也從當年三十而立的青年進入今日耳順之年。書封上的船泛在綠波之上，喻示的彷彿是逝水悠悠的人生，又彷彿是川上的擺渡。

我與隱地先生這三十年來一直維持著淡如水的君子之交，見面也總是在文壇聚會之處，但我對他三十年前出版《人生船》的壯舉一直都感念在心；這三十年間他也曾數度跟我提到當年出版這本「大」書、「貴」書的心情，他似乎也念念不忘這本書的意義，有幾次對我說：「很想知道這些作家現在的狀況」，聽說他在爾雅四十周年的會場上又提了。我想告訴他，收入其中的無名氏、辛鬱、沈謙、王夢鷗、龍瑛宗、王藍、林鍾隆、蕭白、楊熾昌、葉石濤、夏元瑜、林芳年、鍾鐵民、陳千武、王昶雄、梅新、黃得時、唐文標、楚戈……皆已去矣，徒留江波。他當然知道，但他仍念念不忘。

作為出版人，這應該是隱地先生最可貴之處，三十年前他出版《人生船》這一本厚書，為眾多臺灣作家留下了鴻爪，鴻爪已飛，雪泥仍在。儘管臺灣文學出版的盛世不再，繁華落盡，他為文學出版播種的初心，依然如是濃烈！

我在三十年後的秋夜，重讀當年為《人生船》寫的序〈有緣〉，日記內容，時間從一九四○到一九八四年，地點散布臺灣、中國、亞歐非美等大洲，光是聯繫，在沒有網路沒有臉書，只靠電話、信函的年代，真不知自己當年如何完成這樣艱困的工作？如果沒有隱地先生，這些作家及其日記也都將隨風飄散。我感謝隱地先生，這感謝綿延至今，未曾中斷！

二○一五年十月

〔手稿故事〕8

為臺灣塑像

——趙天儀的童心與詩心

一

冬日寒流，請元老詩人趙天儀來我任教的臺北教育大學，在我主持的「打破暗暝見天光：人權文學講堂」演講，目前行動稍不方便的趙天儀教授拄著拐杖來到，精神甚佳，他以〈一個詩人哲學家的遭遇——我的受難與奮鬥過程〉為題，講足了兩個小時。我坐在他身旁，聽他從幼年時代談到「臺大哲學系事件」，宛然看到一條生命長河，從日治年代展開直到此際。

演講剛開場時，他談他的出生、就讀幼稚園、小學時的故事，接著出人意表地唱了十多首日本童謠，他從〈牛若丸〉、〈浦島太郎〉、〈春が来た〉唱到〈夕焼小焼〉、〈青い眼の人形〉、〈オウマ〉。那大概是他一生最美麗的鄉愁吧，他的神情溫柔，彷彿重回童年，唱得不亦樂乎。在趙教授唱童謠的中途，貴賓席上的政治受難者蔡焜霖前輩也忍不住來他的身旁陪他合唱。這兩位走過日治時期，都曾遭受政治迫害的八十老人的歌聲，頓時讓寒夜不再淒冷，室內的

二〇一五年十二月，詩人趙天儀在「打破暗暝見天光：人權文學講堂」演講中，與政治受難者蔡焜霖合唱日本童謠。（徐觴攝）

聽眾們也因為分享他們的童年而格外感到溫暖。

這一天，是蔡焜霖前輩八十五歲生日，他與趙天儀教授都受日本教育，也都在國民黨統治期間遭到政治迫害。但此際他們滿面笑容地合唱日本童謠，我坐在他們身旁，竟有心酸的感覺。蔡焜霖前輩曾被關押綠島十年，在人生金華時光遭受白色恐怖的身心靈折磨，他告訴我，被關在綠島監獄時，每當心情鬱卒、痛不欲生，日本童謠就是他們這些政治犯用來療治傷痛、平撫心情、鼓舞求生的歌。趙天儀教授也是吧，在一九七四年臺大哲學系事件之後，他遭到解聘，直到一九九五年才獲得平反，這漫長二十年間，日本童謠想必也有同樣的療癒作用才是。

我看著兩位八十老人歡容唱童謠，想到他們在白色年代、在綠島監獄、在失去職業失去尊嚴的時刻，用童年的歌鼓舞生存意志，這是何等悲傷的事！但童年的歌卻也讓他們因此寬容、慈悲、堅強且無怨，讓他們從容走過死亡蔭谷，繼續前行，這又是何等幸福的事！

當晚我在臉書記述這件事，末段有感而發地這樣說：

> 元老詩人因為臺大哲學系事件，讓他的黃金時光陰暗下來，也讓他的人生之河在轉折中更形壯闊。哲學系讓趙天儀教授受苦，卻讓詩人趙天儀幸福，禍耶福耶？在老來重唱兒歌的容顏上有了解答！

二

與趙天儀教授認識，就在他因臺大哲學系事件遭到解聘之後，一九七五年他被安排到國立編譯館任職，這個階段他主編《笠》詩刊，同時也應當時接下《臺灣文藝》重責的鍾肇政先生之邀，主選詩作。而這個階段我正就讀中國文化學院東語系日文組，擔任華岡詩社社長，開始發表詩作。

一九七六年元月，我完成我的第一批臺語詩四首（〈阿公的煙吹〉、〈阿媽的目屎〉、〈阿爹的飯包〉、〈阿母的頭鬢〉），冠以「家譜——血親篇」之題，投寄《笠》詩刊，原以為這些在當年被視為禁忌的臺語詩一定無法發表的，沒想到隔一個月後，就收到趙天儀教授寄來的明信片，告訴我這批詩作會發表在當年四月號的《笠》詩刊。我至今清晰記得，接到這張明信片的那晚，我徹夜難眠，沒想到我的臺語詩能被發表，心中充滿驚喜與感激。

同年六月，臺北醫學院北極星詩社舉辦「北極星之夜」朗誦會，我應時任社長的林野兄前往，並朗誦臺語詩。當天前輩詩人到有陳秀喜女史、林煥彰先生和天儀先生。朗誦會後不久，他寫了一封信給我，說：「北極星朗誦會之夜，您的臺語詩朗誦，低沉、宏亮而有力，您的詩，我認為頗有潛力，願您好自為之，大家共同來努力。」

有此莫大鼓勵，我才能繼續寫下去，第二輯系列詩作「家譜——姻親篇」（〈愛變把戲的阿舅〉、〈落魄江湖的姑丈〉、〈做布袋戲的姊夫〉）一樣在《笠》詩刊登出，趙天儀教授作為詩人，在他遭受政治迫害、人生最慘澹的階段，發表這些違反「國語」政策的詩作，是需要負擔風險的，這讓年輕的我對他滿懷尊敬與感激。

為了擴大臺語詩的影響力，我開始「鄉里記事」的寫作，分批寄給詩人高準創刊的《詩潮》（狂誕篇二首）、詩人岩上主編的《詩脈》（顯貴篇三首）以及小說家鍾肇政先生主持的《臺灣文藝》革新號（百姓篇三首、不肖篇三首）。這些作品都獲得刊登，期間正是鄉土文學論戰如火如荼之際，一九七七年五月，〈鄉里記事——狂誕篇〉獲得《詩潮》創刊紀念獎；一九七八年三月，發表在《臺灣文藝》革新號的〈鄉里記事——百姓篇〉、〈鄉里記事——不肖篇〉獲得第六屆吳濁流文學獎新詩獎。我接到天儀先生來信告知，這才知道他也是吳濁流新詩獎的評審。這封信主要是回覆我投的一篇稿子〈始於查甫二字〉，談的是臺語和鄉土文學論戰的問題：

信悉。「始於查甫二字」一文拜讀，弟以為不發表為宜。此次文學論戰，內情複雜，盼吾兄保持冷靜，多創作充實的作品，少談自己沒有深入瞭解的理論。

昨天吳濁流新詩獎評審會開會，通過以吾兄的「鄉里記事」六首為正獎，特此致賀。

這時我已入伍，當大頭兵，信件會被檢查，天儀先生回函首段稱「此次文學論戰，內情複雜」，我可以體會，〈始於查甫二字〉對於鄉土文學論戰表示不滿，充滿年輕人的激憤，天儀先生要我「多創作、少議論」，藏有保護我的用心。在我的現代詩創作起步階段，在最不利於臺語詩（當年名為「方言詩」可知）出頭的時期，甫因「臺大哲學系事件」遭到迫害的天儀先生毫無畏懼地選用我的臺語詩作、提拔我得獎，卻又為我設身處地的苦心，可以想見。回到當年情境，如今我年已六十，依然感佩他的勇氣和對一位後起的年輕寫詩人的牽成！

一九七八年三月十三日，趙天儀給向陽的信，希望他面對鄉土文學論戰，「保持冷靜，多創作充實的作品」。

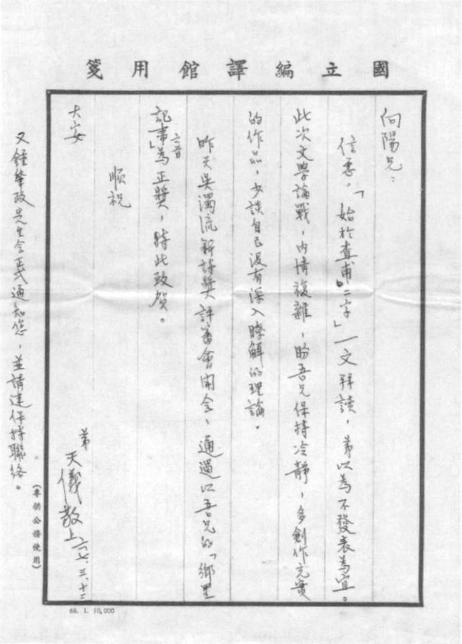
國立編譯館用箋

向陽兄：

信悉。「始於查甫二字」一文拜讀，弟以為不發表為宜。此次文學論戰，內情複雜，盼吾兄保持冷靜，多創作充實的作品，少談自己沒有深入瞭解的理論。

昨天吳濁流新詩獎評審會開會，通過以吾兄的「鄉里記事」六首為正獎，特此致賀。

順祝

大安

弟 天儀 敬上 六七、三、十三

又鍾肇政先生今天通知您，並請速保持聯絡。

（專供公務使用）

66. 1. 10,000

〈始於查甫二字〉的「查甫」（意指男性）出於連橫《臺灣語

典》。這本書也是天儀先生寄贈的。那是我入伍之後，持續臺語詩寫作，常感用字選字（漢字）之苦。當時臺語資料和文獻甚少，我手邊已有蔡培火編的《國語閩南語對照常用辭典》（臺北：正中），知道國立編譯館出有連橫《臺灣語典》一書，乃寫信請天儀先生幫我購買，信發出沒多久，他就寄來《臺灣語典》，附信說：「就送給您了，不必再多寄花郵費了」——他給我的信，總是以「兄」相稱，不寫「你」而寫「您」，信末自稱「弟」。這真是一位謙虛的長者、達理的紳士啊！

三

從年輕出道至今，算來我與天儀先生已有四十年往來。這四十年使我從青絲變為白髮，也讓他從中壯進入晚秋。四十年來，我在《自立晚報．副刊》服務時期，他不計稿酬，每有詩作都會寄給《自立》，他是一位煦煦君子，從年輕到此際依然寫詩不輟，把詩當成他的信仰，這樣的精神就足以稱作典範。

我與他的另一個交會點，是在靜宜大學中文系。一九九一年他應當時中文系系主任鄭邦鎮教授之邀，受聘為中文系教授，直到二〇〇八年以臺文所講座教授榮退；我則是在一九九四年應聘為兼任講師，兩年後專任，直到二〇〇一年二月辭職離開，同事約有六年半左右。在校期間，他對我照顧甚多，關心我的博士生學業，也提點我教學要訣。當時的靜宜中文系在鄭邦鎮兒的規劃下，逐步轉型，強化臺灣文學與傳播課程，欣欣向榮，而趙天儀教授正是臺灣文學教學與研究的標竿之一。

在靜宜大學任教的天儀先生，頗受校方和學生的尊重與喜愛。在靜宜大學期間他擔任過文學院長，成立「兒童文學專業研究室」，並與詩人陳千武先生一起推動兒童文學，擔任「臺灣兒童文學學會」創會會長，延續他自一九六五年即開始的兒童詩創作之路。他是一位充滿童心的詩人，這大概也是鼓舞他在人生的轉折點上持續前行的動力之一吧。

但他對臺灣文學傳播與發展的貢獻，還是在現代詩的耕耘與推動上。一九六四年，他與吳瀛濤、陳千武、林亨泰、詹冰、白萩等詩人合創笠詩社，次年六月出版《笠》詩刊，該刊至今依然活躍詩壇；他早期在《笠》詩刊撰寫〈笠下影〉、〈詩壇散步〉專欄，對臺灣現代詩的評論發揮作用，他的美學著作《美學與批評》、《裸體的國王》、《詩意的與美感的》、《現代美學及其他》等，也為寫實現代主義詩學奠定基礎；中年主編《笠》詩刊，對於本土詩的開拓，更多有貢獻。

而這也與他的詩觀有關。一九八五年六月，我請他為自立副刊的《文學月報》寫稿，他交給我題為〈詩人的三步——我的詩觀〉的稿子，這樣寫道：

> 詩人的第一步，該是做人。做一個人，做一個有人格者的人。隨波逐流，追逐名利者，離詩愈遠。沒有立場，左右逢源者，也離詩愈遠。……

一九八五年六月，趙天儀在自立副刊《文學月報》發表的〈詩人的三步——我的詩觀〉原稿。

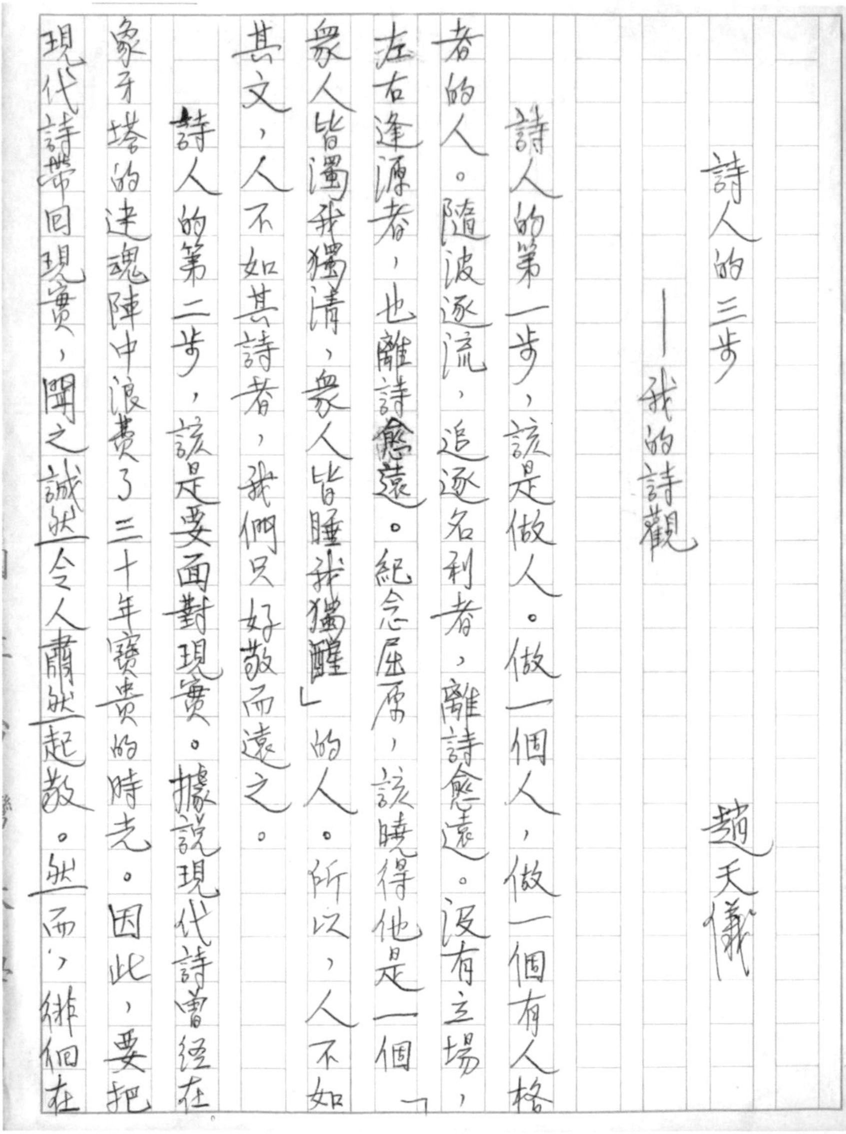
詩人的三步
——我的詩觀
趙天儀

詩人的第一步，該是做人。做一個人，做一個有人格者的人。隨波逐流、追逐名利者，離詩愈遠。沒有立場，左右逢源者，也離詩愈遠。紀念屈原，該曉得他是一個「眾人皆濁我獨清，眾人皆睡我獨醒」的人。所以，人不如其文，人不如其詩者，我們只好敬而遠之。

詩人的第二步，該是要面對現實。據說現代詩曾經在象牙塔的迷魂陣中浪費了三十年寶貴的時光。因此，要把現代詩帶回現實，聞之誠然令人肅然起敬。然而，徘徊在現實的十字街頭的現代詩，曾幾何時，卻依然面目可憎，依然流浪在另一個迷宮裏。現實固然現實矣，可是，沒有理想，沒有藝術的情操，甚至沒有歷史的眼光。以人云亦云，拾人牙慧的意識型態自傲而不自知，豈不可悲！

詩人的第三步，該是要創造藝術。詩人而不能創造詩的藝術，雖然說，口口聲聲如何關懷現實，反映時代，但是，如果只是口號的羅列，只是意識型態的直陳，只是政治情緒的發洩，充其量，只是變成另一種不同的宣傳品而已。我們知道，真正的藝術，是最好的宣傳；而一切的宣傳，卻不等於就是藝術。

> 詩人的第二步，該是要面對現實。……沒有理想，沒有藝術的情操，甚至沒有歷史的眼光。以人云亦云，拾人牙慧的意識型態自傲而不自知，豈不可悲！
>
> 詩人的第三步，該是要創造藝術。詩人而不能創造詩的藝術，雖然說，口口聲聲如何關懷現實，反映時代，但是，如果只是口號的羅列，只是意識型態的直陳，只是政治情緒的發洩，充其量，只是變成另一種不同的宣傳品而已。……

正是這樣的詩觀，使他既不滿意於「創世紀詩社」所倡的超現實主義的不面對現實，也不滿意於一九八〇年代崛起的戰後世代的政治詩書寫風潮。以今天的角度來看，他的詩觀是相當中肯的。

此一詩觀也反映在詩中。他的詩，從年輕時期的「抒情的寫實」到中年之後的「批判的寫實」，總是能扣緊臺灣的社會脈動，以明朗的語言，直入人心，讓人感動。

二〇〇八年，評論家彭瑞金主持臺文館「臺灣詩人選集計畫」，我應邀編選《趙天儀集》，在集後〈解說〉中如此評價他的詩作定位：

> 作為一位走過戰爭時期，歷經兩個殖民統治的詩人，趙天儀透過他的詩作以及漫長的詩齡，表現了一個臺灣詩人的堅持和心象：從日常生活中他選擇題材，從生活語言中他提煉詩的語言，而形成一個具有深厚生活性的詩的精神世界；透過這個精神世界，趙天儀以

至情至性的真實感覺，表現臺灣的鄉土（地理空間）、社會（生活空間）以及臺灣人的集體記憶（歷史空間），因此形成一個自足而又可以旁證臺灣變遷的詩的天地。以生活作為主幹，以鄉土、社會、歷史作為枝葉，臺灣的意象從而在他的詩作中浮出。

這是總結我從年輕時閱讀他的詩集，兼及他所寫的美學論述之後的看法。二〇一一年，他獲得吳三連獎的肯定，評審委員會〈評定書〉讚譽「他的詩初初看來，真樸素、坦白，卻包含對社會、生態、環保、教育等多方面的關懷，他無逃避做為詩人的知識分子應該抱負的文化使命感。」也持同樣的觀點。他從二十歲開始寫詩，得獎時已經七十六歲，歷經近一甲子的耕耘，終於獲得應有的肯定。頒獎典禮當天，我以吳三連獎基金會祕書長的身分擔任主持人，用臺語宣讀這份評定書，也為他的詩藝成就感到榮耀。

四

一甲子寫作生涯，天儀先生總計出版了十本詩集，除第一本詩集外，依序是一九六五年《大安溪畔》、一九七八年《牯嶺街》、一九八六年《壓歲錢》、一九九二年《林間的水鄉》、一九九三年《腳步的聲音》、二〇〇六年《歲月是隱藏的魔術師》、二〇〇七年《雛鳥試飛》、二〇〇七年《趙天儀詩集》、二〇〇八年《一棵永不凋謝的小樹》等。十本詩集中，

《腳步的聲音》（北京人民文學出版社）和《趙天儀詩集》均屬自選詩集，實際上有八本，相較於六十年寫作生涯，他的詩產量並不豐厚。

詩創作量不多，主要是因為他身分多重。詩人之外，他同時是學者、兒童文學家，著作旁及學術論著、文學評論、童詩論著、散文以及童詩創作，以總量來看，就有三十多部，其中以美學論述、童詩論述為其特長。如此多方開拓、跨越領域，詩壇中也不多見。

二〇〇八年，向陽編《趙天儀集》，列入臺文館「臺灣詩人選集．22」出版。

一九九二年出版詩集《林間的水鄉》時，他在後記〈詩的心路歷程——我的筆墨生涯〉一文中，提到〈小草〉這首詩來說明他的創作心路：

只要有一撮泥土，
我就萌芽；
只要有一滴露珠，
我就微笑。

生活的天地雖然很小，
但天上有繁星，

地上有螢火，
都點綴了夜裡的黝暗。

當陽光強烈地照耀，
我抬頭挺胸；
當狂風暴雨猛烈地衝擊，
我昂然而青翠。

豎立在曠野的小小的角落，
沉默是堅忍的音符；
啊，我在陽光中欣欣向榮，
也在狂風暴雨中渾身抖擻。

這首詩是他年輕時的作品，「在陽光中欣欣向榮，也在狂風暴雨中渾身抖擻」，不僅映現青年趙天儀的人生觀，同時也印證了他面對臺大哲學系事件的迫害之後，依然「抬頭挺胸」，繼續「昂然而青翠」的劫後人生。而這正是他在冬夜引吭高唱童年歌謠的最佳寫照啊。

二〇一五年十二月

〔手稿故事〕9

孤岩的存在

——白萩其人其詩

一

前不久應詩人陳謙、顧蕙倩之邀，為他們承接的有關白萩典藏計畫接受訪問，訪談地點在我服務的北教大圖書館，下午的陽光流淌於書廊之間，特別有著溫暖的感覺。我在訪談中說白萩一直都是一個前衛詩人，從他的第一本詩集《蛾之死》開始，他的詩就不斷地超越其他同年代的詩人，也超越他自己，一如他發表於一九五五年四月《藍星詩刊》，同年六月獲得中國文藝協會新詩獎，確立他在詩壇位置的〈羅盤〉首段所示：

握一個宇宙，握一顆星，在這寂寞的海上
我們的船破浪前進，前進！像脫弓的流矢
穿過海鷗悲啼的死神的梟嚎

穿過晨霧籠罩的茫茫的遠方
前進啊，兄弟們，握一個宇宙，握一顆星
我們是海上新處女地的開拓者

他的詩創作，就是不斷「握一個宇宙，握一顆星」，作為「海上新處女地的開拓者」的過程。當時的白萩，十七歲，以詩壇新秀之姿獲得覃子豪、紀弦等前輩的賞識，他在《藍星詩刊》發表詩作，也加入「現代派」，其後還因創世紀詩社之邀，擔任過《創世紀》編委，等到一九六四年再與詩人林亨泰創辦笠詩社。戰後臺灣詩壇的四大詩社都跟他種下因緣。這個歷程，說明了白萩的詩才受到不同主張的詩社的肯定。

但是，作為詩的開拓者，白萩並未被這些詩社的「主義」所框限，他獨樹一格，自成一家。這與他對於詩語言必須不斷開發新的看法有關，他說「我絕不在一個定點安置自己，我的歷程就是我的目的」。他的詩，在不同的階段，總有不同的語言，表現不同的風格。出版於一九五九年的《蛾之死》前半部分是包括了像〈羅盤〉這樣浪漫主義的詩作，後半部則以極具實驗性的圖像詩作展現，如〈蛾之死〉和〈流浪者〉。

〈流浪者〉如今已成為白萩的主要代表作。這首詩排列形式，宛如地平線上漠然站著一株孤獨的絲杉。我大學時讀此詩，便深深著迷於「望著遠方的雲的一株絲杉」這樣的句子及其排列的圖像感，尤其詩末「他的影子，細小。他的影子，細小／他已忘卻了他的名字。忘卻了他的名字。」的複沓，更是表現了流浪者的孤獨感。這就是白萩運作語言的功力，不落俗套，能產生意在言外的想像空間。

一九六五年，他出版第二本詩集《風的薔薇》，圖像詩之外，他開始嘗試韻律與節奏，他以類疊、複沓的語詞測試語言，結合圖像，表現出詩的繪畫、音樂和建築之美，他的名詩〈昨夜〉這樣處理：

昨夜來去的那一個人，昨夜
述說著秋風的淒苦的
那一個人，昨夜
以水波中的
月光向我
微笑的
那人
以落葉
的腳步走過
我心裡的那一個人
昨夜用貓的溫暖給我愉快的
那人

唉，昨夜來去的那一個人，昨夜
　的雲，昨夜來去的那一個人。

這首詩中反覆出現「昨夜」和「那一個人」，交互類疊，生出大珠小珠落玉盤的音節錯落；此外，白萩又巧妙地以長短不一的句式堆疊「橋」的具象，既是圖像，又有建築美感。

加入笠詩社之後，白萩展開他第三階段的語言追求。他試圖以簡語和日常語來改造現代詩，收在第三本詩集《天空象徵》（一九六九）中的「阿火世界」一輯，忽然捨棄先前的現代性，改用生活語言，預告了一九七〇年代鄉土語言入詩的先聲。就拿同樣是名詩的〈天空〉來看：

阿火讀著天空
一株稻草般的
在他的土地
「放田水啊」
天空寫著
砲花
戰鬥機

一株稻草的阿火
在風裡搖頭：
「天空不是老爹
天空已不是老爹」

白萩以最直截、最通俗的語言，寫農夫阿火面對「天空寫著／砲花／戰鬥機」，「天空不是老爹／天空已不是老爹」的控訴，簡單直白，表現了農民的無奈和反戰的意旨。

相對於「阿火世界」，同一集另一首名詩〈雁〉，則觸及歷史議題。〈雁〉詩以「祖先飛過的天空。／廣大虛無如一句不變的叮嚀」來表現臺灣人命定的傳承；以「仍然活著。仍然要飛行」來強調臺灣人不得不背負的使命。雁的悲哀，是生為臺灣人的悲哀。這都讓我們看到了白萩驅使語言「無惡不作」的魅力。這也就是何以李魁賢以「七面鳥」論白萩、陳芳明則以「雁的白萩」論之的原因。

二

我閱讀白萩是在高中時期，除了上述詩集之外，我也讀他的詩論，一九七二年他的《現代詩散論》由三民書局出版，我存藏迄今，書況良好。當時高三的我，逐篇閱讀，還加以點評。

他談詩的繪畫性、音樂性，談「現代」、論語言、詩的想像空間，談現代詩的淵源、流變與展望，都對初學現代詩的我產生很深的影響。

一九七三年我進入大學之後，讀到他的詩集《香頌》（一九七二），發現他又改了新的語言，他將夫妻之情和性置入詩中，採取斷裂的語言來表現，這與「阿火世界」的語言判若兩人。此際的白萩，因為商場不得意，舉家遷移臺南市新美街，以詩「獻給我生活在新美街的伴侶」，他以戀歌的手法，寫夫妻的恩愛，也寫生活的蒼涼。

就在寫作《香頌》的同時，白萩還展開了一系列他其後出版為《詩廣場》（一九八四）的批判詩作，運用典型的現實主義手法，寫社會的不公、政治的扭曲。其中最有名的是他發表於《陽光小集》第九期的〈廣場〉（一九八二），這首詩，是我向他約來的稿子，他很慎重地以工整的書法寫出交給我，在《陽光小集》上搭配訪問稿呈現。〈廣場〉這樣寫：

所有的群眾一哄而散了
回到床上
　去擁護有體香的女人

而銅像猶在堅持他的主義
對著無人的廣場

白萩於一九八二年以工整書法手書詩作〈廣場〉。

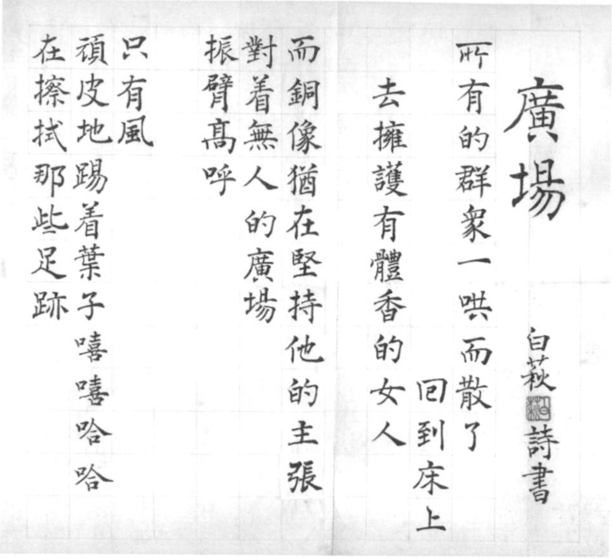
廣場

所有的群衆一哄而散了
回到床上
去擁護有體香的女人
而銅像猶在堅持他的主張
對着無人的廣場
振臂高呼
只有風
頑皮地踢着葉子嘻嘻哈哈
在擦拭那些足跡

白萩詩書

振臂高呼
只有風
　頑皮地踢著葉子嘻嘻哈哈
　　在擦拭那些足跡

這首詩，在今天來看就是一手好詩，但在一九八二年，戒嚴時期，也是黨外時期，這樣嘲諷「銅像」（當時的銅像全國各地都可見到，以蔣介石為最多）的詩作很容易引來政治問題，最有名的事例是，一九六三年四月二十三日，林海音主編的《聯副》刊登一首風遲的詩〈故事〉，寫一位船長漂流到一個海島上，被美麗有錢的富孀蠱惑，忘了前途和故鄉，導致被控侮辱領袖、散布反共大陸無望論，打擊民心士氣，風遲因此入獄，林海音則因此被迫辭職。

當時我思考這個後果，對白萩或者對詩刊來說，都難以承受，覺得還是謹慎為要。登還是要登，但要如何登呢？最後想到此詩當中有「主義」兩字，很容易被栽誣，於是商請白萩另寫一字「張」，貼到「義」上，改成「主張」，這樣即便有人告密，警總要查，也可以詩中的「銅像」並非政治銅像為由有所說明。白萩也同意了，這首詩的發表版本因此和詩集《詩廣場》中收入的，有「主張」和「主義」的差異。

但即使如此處理了，這一期《陽光小集》依然遭到查禁。詩刊出版後不久，有自稱「新聞局人員」者率十來人進入《陽光小集》發行代理忠佑公司取走六十一本詩刊，直到八月十三日才由臺北市政府以公文正式取締——我知道，出問題的就是白萩的這首〈廣場〉，取締者則是警總人員，只有警總可以假冒「新聞局」取締，事後卻由「臺北市政府」開「取締違禁出版品收據」認帳。

次期出版的《陽光小集》（第十期），推出「誰是大詩人——青年詩人心目中的十大詩人」，白萩以二十四票略低於余光中二十六票排名第二，而在使命感、現代感、思想性、現實性等斯項指標評比上則都名列第一。這個活動由當時的四十四位知名青年詩人不具名投票，回收二十九張，當時已久無創作，剛復出的白萩卻仍得到新世代詩人的肯定，這已足夠說明他的詩作

《陽光小集》第十期推出「誰是大詩人——青年詩人心目中的十大詩人」，白萩排名第二。

的耐讀和深厚。

同一期，針對《陽光小集》被查禁事件，我親撰了兩篇社論來回應。社論一〈在陽光下挺進——詩壇需要「不純」的詩雜誌〉寫給詩壇，宣告遭查禁之後的《陽光小集》「寧可踏實地站在臺灣這塊土地上，與人群共呼吸、共苦樂，寧可磊落地站在詩的開放的陽光下，種植各種花草、欣賞各種風景」，而向前行代詩人的「信條」、「主義」告別；社論二〈惶恐的寵幸——為「陽光小集」遭取締向讀者說明〉則不只寫給讀者，也針對警總查緝人員，「我們深感榮幸，這表示做為詩雜誌，陽光小集所希望達成之影響力已有初步成果」。

十大詩人票選結果出爐之後，我隨即撥了電話給白萩，告訴他這個消息，電話中他很客氣，直說「沒那麼偉大啦」，但我知道這對他的意義是重大的，幾乎已停產的他，復出不久，仍然被後輩所尊敬，對一個孤獨的詩人沒有什麼比這更重要的了。我沒有告訴他，刊登他〈廣場〉一詩的第九期《陽光小集》遭到查禁了，他毋須知道，這理當由我承擔。

三

我與白萩初次見面是何時，現在怎麼想也想不起來了。我還記得一九七九年秋，《中國時報》舉辦第二屆「時報文學獎」，首度推出「敘事詩獎」，我以〈霧社〉長詩應徵，五位決審委員之一就有白萩，當時我的〈霧社〉以一票之差落敗於白靈的〈黑洞〉，白萩並未投給我。

雖感到遺憾，但無損於我對他的尊敬。

我與他見面、接觸、同行的時間，最多的時段大約也多在一九八〇年代。印象最深刻的是一九八二年陳千武策畫「中日韓現代詩人會議」，我代表《陽光小集》出席籌備會，與他交談甚歡；一九八三年五月，我主編的《自立晚報．副刊》和《笠》詩刊合辦「藍星、創世紀、笠三角討論會」，白萩擔任主席，籌備、開會當日和事後文稿刊登，我們之間也常有聯繫；一九八四年之後幾次由陳千武主催的亞洲詩人會議，在東京或在漢城（今首爾），我都獲邀，總而能與他同行談話。白萩話不多，但論詩則滔滔不絕，對於我這個後輩，他和陳千武一樣，總是鼓勵得多，關懷得多，他常說「以後就看你們這一代了」，語氣當中多少帶有鼓舞之意。

一九八八年報禁解除，我由副刊主編轉任《自立晚報》總編輯，此後與文壇、詩壇聯繫漸少。偶爾與白萩見面，總是匆匆打聲招呼、握手寒暄而已。一九九二年九月，「詩的星期五」邀請白萩和我同臺朗誦，當天他由臺中北上，朗誦他寫的詩，我印象深刻的是他朗誦情詩〈藤蔓〉（收於詩集《香頌》）的神情，他朗讀的語氣和緩，神情柔美，可見在冷靜理性的外表下，他的內心其實是浪漫火熱的，這是我所不認識的白萩吧。

一九九六年十一月，白萩獲得吳三連獎，這是相對於國家文藝獎的民間最重要獎項，我當時擔任吳三連獎基金會副祕書長，在現場負責招待，對於他的得獎欣喜萬分。高三時讀他的詩和詩論的景象，又浮在眼前。這時的他，幾乎已經停筆了，吳三連獎是對他創作生涯的肯定。他的詩，在他生活的這塊土地上仍不被一般大眾所熟悉，這大概是他心中最大的遺憾吧。

白萩自撰〈白萩年表〉。

Date No

白萩年表

1937年	民國26年	• 6月8日生於台灣省台中市。
		• 7月7日蘆溝橋事變。
1942年	31年	• 8月入日本寺廟所附設之幼稚園，受學前教育。
1944年	33年	• 8月入省立台中師範附屬小學就讀，受日文教育。
1945年	34年	• 盟軍轟炸台灣全島，學校停課，與祖父母弟妹疏散至台中縣霧峰鄉。
		• 10月25日，日本投降，台灣光復，重返祖國懷抱。
1946年	35年	• 學校恢復上課，棄日文改授漢文。
1947年	36年	• 學校奉令停教漢文，改教國語，從ㄅㄆㄇㄈ開始。
1948年	37年	• 與趙天儀同為附小之書法選手，受張錫卿校長及導師特別教導。
1949年	38年	• 開始接觸世界文學名著及舊詩詞。
		• 6月中旬，小學畢業，同時考上省立台中一中、省立台中商職，接受父親意見，入省立台中商職就讀。
1950年	39年	• 中央政府遷台。
		• 母患不明症狀之重病，整年躺在床上無法起身。
1951年	40年	• 年初母病不治逝世。
1952年	41年	• 接觸新詩，並嘗試創作新詩及散文，在台中民聲日報副刊發表。
		• 水彩畫參加中部美展，獲特選。
1954年	43年	• 發現公論報上的藍星週刊，開始大量詩創作及投稿。
1955年	44年	• 6月24日，以「羅盤」一詩，獲中國文藝協會第一屆新詩獎，與林泠同被譽為天才詩人。
		• 與紀弦、覃子豪、葉泥、林泠、鄭愁予、黃荷生等初次會面。
		• 省立台中商職高級部畢業。
		• 8月入台灣省教育廳衛生教育委員會任職。
1956年	45年	• 2月加入現代派。
		• 8月轉至省立台中農學院（國立中興大學前身）教務處任職。
1957年	46年	• 作品被選入「中國詩選」，由墨人、彭邦楨主編，高雄大業書店出版。
1959年	48年	• 5月，「蛾之死」詩集，由藍星詩社出版。
		• 「流浪者」一詩刊登於現代詩第23期。
		• 接到許常惠從巴黎來信，並與之訂交。
		• 9月「白萩詩四首」，由許常惠譜成現代樂曲，曲譜由國立音樂研究所出版，並於台北市中山堂舉行演唱發表會。
		• 加入創世紀為編輯委員。
		• 「囚鷹」一詩，被選入「當代中國名作家選集」，由丁穎主編，文光圖書公司印行。

二〇一三年，我編選的《臺灣現當代作家研究資料彙編・白萩》一書由臺文館出版，在編選的〈綜述〉中，我如是總結我對他的詩生涯的看法：

> 白萩的確是多變的詩人，他的多變，表現在詩語言之上，也表現在詩題材之上。從形式上看，他是一位「永遠的現代主義者」；從題材上看，他又是反映邊陲文化與社會的現實主義者。……在他的詩路歷程中，產生了各種「變異」（詩體、語言、風格），映照他的人生行路，忠實地表現了他的思想、情感（有時則是情緒），他的昂揚、消極、悲傷、絕望，以及他的焦慮、憤怒、抵抗與批判。

二〇一三年，林淇瀁編選《臺灣現當代作家研究資料彙編．白萩》。

從變的角度看，白萩的確像一隻雁，「懸空在無際涯的中間孤獨如風中的一葉」；他的詩作一如他的人，一貫特立獨行、不與人同，他和四大詩社都有因緣，但在詩的表現上則又未必服膺這些詩社的基本主張，稱他為現代詩壇的孤雁也不為過。

但是，如果從不變的角度看，詩人葉笛形容得最好，白萩在現代詩壇中，無論其語言或思想，都如「一孤立的岩石」。我所認識的白萩，冷靜、理性、堅定，在詩的志業上也確如葉笛所說「是矢志要擊破已存在的美，創造新的美的，少數『任何事都被允許』的詩人」。

他的詩與人，儼然孤岩，任海潮如何來回衝擊，終究恆定不動。

二〇一六年二月

〔手稿故事〕10

一尾活龍

——臺語歌詩健將黃勁連

一

三月春日，應詩人方耀乾的邀請，到臺南田寮「臺灣詩路」參加他策畫的「臺灣詩歌吟唱會」，這是臺灣詩壇一年一度的盛會，在木棉花開時節舉辦，已經連續十六年，主辦單位是鹽水田寮社區發展協會和臺南市月津文史發展協會。作為臺灣南方的文學盛會，在別具特色的「臺灣詩路」舉辦，詩與歌繚繞於美麗的田園之間，更添春風和暖。臺灣的文化，是這樣由民間、由土地中蘊蔚出來、生湠出來的。

詩歌吟唱會在〈阮若打開心內的門窗〉、〈望春風〉的歌聲揭開序幕，由耀乾兄主持，我與林佛兒、李若鶯賢伉儷坐在同一區，聽歌手演唱、聽詩人朗誦詩作，對於「臺灣詩路」主人林明堃提供場地讓臺灣的詩歌能在這美麗田園中傳唱，不由得充滿感佩之意。他以詩路為詩人立詩牆，沿著田間小道，留下眾多臺灣詩人的詩作；又以田莊庭院提供詩會之用，讓土地和詩歌結合。這樣的用心，回報甚少，他仍樂此不疲，這就是可敬之處。

此行最高興的是見到了許多久違的詩人，特別是為臺語文學奮鬥不懈的黃勁連兄。他是我文化學院的學長，也是在我之前就接掌華岡詩社的前幾任社長，我在擔任華岡詩社社長時，他已畢業多年，並在臺北創辦大漢出版社，生龍活虎地為臺北出版業帶來相當大的新氣象。我還記得，一九七六年大漢推出他主編的既叫好又叫座的《中國當代散文大展》時，他意氣飛揚的神態；我更記得，這套暢銷書付印之前，我就是校對之一，還因為付梓在即而在大漢出版社打過地鋪，算來這是四十年前的事了。當年兩人都是黑髮青年，如今相見，已是白髮老翁矣。

見面不免談及舊事，回憶當年。勁連兄一直說，他還記得他最早在南部地區舉辦詩歌朗誦會，當時在北門高中舉辦，他要我去朗誦〈阿爹的飯包〉的事。啊，那是一九七六年的事吧，這前一年我已開始發表臺語詩，〈阿爹的飯包〉是最初的一批詩作之一，發表不易，後來由趙天儀主編的《笠》詩刊發表；我希望被更多人聽到，因此開始到處朗讀這批臺語詩，那時候的勁連兄已經創辦大漢出版社，他策畫在故鄉北門高中舉辦文藝營，有一節詩歌朗誦會，邀集許多臺北的詩人南下，我還是初出茅廬的大學生，承他看重，因此有了生平第一次南瀛之行，一直感念在心。

在田寮臺灣詩路的詩歌吟唱會中，聽他提及這段往事，不禁勾起了與他相識四十年來的前塵往事。回暖暖之後，在書房中找到一封一九九二年他寫給我的信，談的還是「詩」事，對照他在臺灣詩路詩會中與我的談話，這才驚覺，四十年來，這位寫詩的學長，一路上對我的照顧二〇一六年黃勁連（右二）與岩上（右一）、何信翰（左一）、向陽（左二）在臺灣詩路「臺灣詩歌吟唱會」喜相逢。

與提攜，一如春風，如此和煦。

二

這封寫於一九九二年一月四日的信，是用頗雅致的便條紙寫的，寫了五頁，信上這樣說：

向陽大詩人：

有三項大代誌奉告：

一、第二期的「蕃薯」需要汝的大作，請撥工寄二、三首新的作品來。

二、二月十四日下晡三點洛五點，南鯤鯓廟為著卜慶祝《鯤海樓》落成，卜店美奐美奐的會議廳舉辦一場空前未有、非常大場的「古今詩詞吟唱大會」，趙天福的唸詩樂團十二名，佮臺灣三十位名詩人卜現身大車拚，請汝一定南下捧場。無，五府千歲會無一九九二年一月四日黃勁連寫給向陽的五葉短箋。

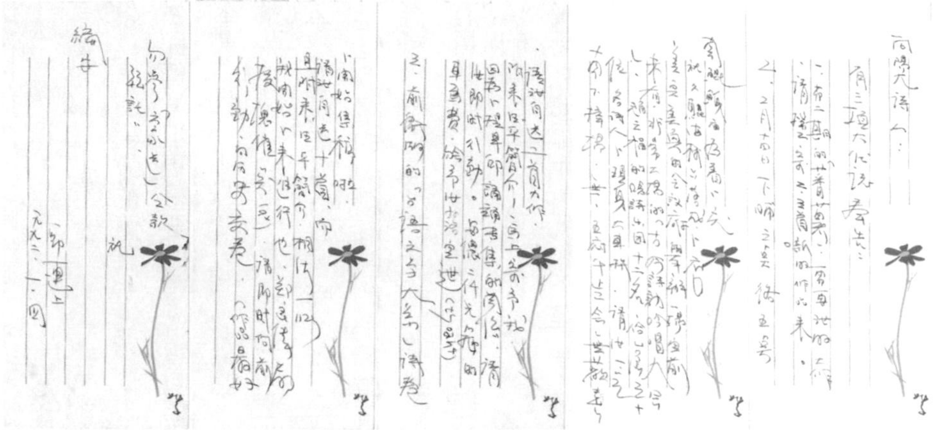

歡喜。請汝自選二首力作，附來生平簡介，馬上寄予我。因為卜提早印朗誦專集的關係，請汝即時行動。每儂二仟箍的車馬費，袂予汝落空紲（tsoah^4）。

三、前衛版的「台語文學大系」詩卷卜開始集稿啦，請汝自選十首，而且附來生平簡介，相片一張，我開始卜來進行也。鄭良偉教授塊催矣（a^4），請即時向前行動，向歷史交卷。（作品最好勿參「六家選」仝款）

拜託〃

祝

編安

勁連上

一九九二、一、四

我一直珍藏這封信，這是臺文書寫的批信，作為一九九〇年代臺語文運動的文獻，勁連兄的這封批信具有重大的意義，它留存了當時的臺文書寫方式，同時也彰顯了一個臺語文學推動者的即知即行。但更重要的是，這封信中所說三事，「蕃薯」，指的是他與林宗源、林央敏等人創辦的戰後第一本臺語詩刊《蕃薯》（一九九一年創刊）。

《番薯》詩刊乃是一九九〇年代臺語文運動的重要刊物，這個時候的勁連兄應該已出版他的第一本臺語詩集《雉雞若啼》了。雖然他在臺語詩的書寫上起步較晚，但是「即知即行」（一如他給我信中一再強調的「即時行動」）的態度讓他做起事來往往一往直前，行動力十足。《蕃薯》詩刊在推動臺語文的運動上宛若號角，對於推動臺語文書寫、栽培臺語文作家的貢獻，有目共睹，靠的就是勁連兄督促詩人寫作，努力催稿的編輯心態和勤快俐落。

這樣的編輯態度，並非從《蕃薯》才開始，勁連兄早在一九六九年就讀文化大學文藝組，加入華岡詩社的那年，就和王健壯、吳德亮、羊子喬等詩友創辦了「主流詩社」，出版《主流詩刊》，與《龍族》、《大地》兩詩刊，並為一九七〇年代戰後世代向前行代的晦澀詩風挑戰、批判的重要詩刊，他當年以華文寫作的重要詩作、評論，也都擲地有聲，後於一九七一年出版了第一本詩集《蓮花落》，並接編《主流詩刊》，推動現實主義詩學。他的勤於約稿，來自他的編輯長才早有開發。

一九七五年大漢出版社的創辦，使他在編輯事務上更加地精進。那時他剛退伍，就和好友張芳正、曹明兩位朋友合資創社，並兼總編輯，在商業和市場壓力下，專出文學書籍，他以

《當代中國散文大展》三冊為初創業的大漢奠定了良好的基礎，上市一個月，隨即再版，其後成為暢銷書，這就可見作為編輯的他，識見、能力的不凡。《蕃薯》在他的編輯長才下當然更見不俗。

不只如此，其後他主編《蕃薯詩刊》、《菅芒花詩刊》，以迄至今仍主其事的《海翁臺語文學雜誌》，都十足印證了他的編輯長才，和對臺語文學的致志專情。

三

這封批信談的第二件事，則與南鯤鯓廟、詩歌朗誦有關。勁連兄在辦活動、推展文學的能力也令我讚佩。在臺灣詩路見面當天，他跟我提到曾約我到北門高中參加他策畫的詩歌朗誦時，說：「向陽啊，我猶會記得汝彼時猶是高中生……」，實則是他記錯了。

我到北門高中的那年是一九七六年，當時是他和鹽分地帶的高琇嬅、吳鉤、施國策共同策畫，以「南瀛文藝營」為名邀集了吳濁流、張良澤、趙滋蕃、邢光祖、楊青矗、高準、郭楓等名家到鹽分地帶演講，其中也辦了一場詩歌朗誦會，我那時才剛出道，出版第一本詩集不久，是個新手。但這不重要。重要的是，勁連兄早在這場文藝營之前，一九七三年七月，就和吳鉤共同策畫，在南鯤鯓廟舉辦了「全國詩人聯誼大會」，邀集二十多位詩人參加——鹽分地帶、南鯤鯓廟、詩歌朗誦，最後三位一體，促成了一九七九年「第一屆鹽分地帶文藝營」的舉辦

（策畫人除了他以外，另有杜文靖、羊子喬、黃崇雄和吳鉤）。

「鹽分地帶文藝營」從一九七九年第一屆辦到二〇〇九年第三十屆落幕。這三十年間，鹽分地帶文藝營其後由《自立晚報》接辦，我擔任副刊主編之後，也和杜文靖、羊子喬參與其事，負責策畫；《自立晚報》停刊後，文藝營轉由吳三連臺灣史料基金會承辦，我任基金會祕書長，同樣負責策畫。但無論鹽分地帶的主辦單位如何移轉，這三十年間，勁連兄都是這個文藝營的重要支柱。可以說，他和羊子喬、杜文靖三人就是鹽分地帶文藝營的催生與推動者。而我，在擔任副刊主編和基金會承辦的階段，也年年八月就到南鯤鯓廟負責營務，與勁連兄、鹽分地帶的文友們以一年一會的方式談文論藝。

鹽分地帶文藝營承傳的是日治時期鹽分地帶文學的香火，延續的是臺灣文學的傳揚和教育。勁連兄的衝勁、羊子喬兄的細膩和已過世的杜文靖兄的大度，是這個文藝營得以年年舉辦的重要因素。我每想起從年輕到中年這個階段在南鯤鯓廟和勁連兄等好友共聚一堂，暢快喝酒，快樂唱著臺灣的歌，偶或相爭相吵的種種，就覺得有此因緣，人生美好。

勁連兄是閒不下來的，他的心中彷彿有著不熄的文學火炬，還不只鹽分地帶文藝營，一九九四年二月，他又和詩人莊柏林共同策畫、舉辦了「南鯤鯓臺語文學營」，也是在南鯤鯓廟舉辦；其後他又策畫了「海翁臺灣文學營」，年年舉辦至今。這樣驚人的活動力，這樣為臺灣文學傳承奉獻不止的熱血，在臺灣文學史上要找到第二人恐怕難矣。

四

這封批信提到的第三件事，是關於「臺語文學大系」之事。雖然勁連兄當年信中說的，是前衛出版社將出版「臺語文學大系」詩卷，但我沒記錯的話，該書並未出版，我不詳其原委。不過，勁連兄很快地就在他擔任金安出版社臺語文顧問之後促成了金安版的《臺語文學大系》的出版，這不只是每人十篇，而是每一本，從許丙丁、林宗源、向陽、林央敏、黃勁連、陳明仁……一路下來到路寒袖、方耀乾，依照發表臺語詩的先後序，出了十五本。

這套《臺語文學大系》是在二〇〇一年推出，可說總結了二十世紀臺語文學的總體成績，為臺語文學的開花散葉做出了最基礎的奠磚，也給出了最鮮明的成績。勁連兄既是這套臺語文學經典的總策畫，也是總編輯，功不唐捐。但他很謙虛，他請推動臺語文甚力，也貢獻甚大的詩人林央敏為這套書寫總序，讓這套大序在理論部分也有相當扎實的依據。

但這一套書並非始創，更早之前，一九九五年，勁連兄就說服臺南縣文化局推出「南瀛臺語文學叢書」一套，由他主編，收入了莊柏林、陳雷、胡民祥、黃勁連、李勤岸、涂順從等六位作家的詩文，每人各一卷，展現了當時臺南縣臺語文學創作的堅實陣容。

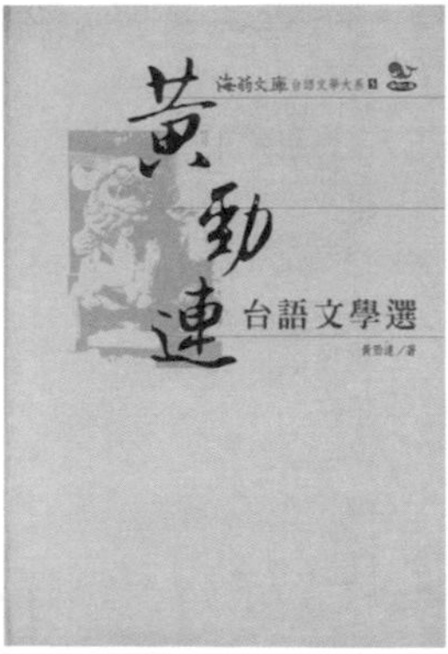

黃勁連總策畫的「臺語文學大系」第五冊《黃勁連臺語文學選》。

五

展讀勁連兄寫於一九九二年一月的這五葉便條紙，回想與他交往四十年的往事，我看到的他，用臺語說，是臺灣文學界的一尾活龍。他的字典，沒有挫折兩個字；他的口頭禪，一直就是「即時」緊辦、進行、來做。這樣一位從年輕迄今從無鬆懈，從不餒志，為鹽分地帶文學、為臺語文學，也為臺灣文學不斷奉獻的詩人，在我的文壇閱歷中，實屬少見。慶幸臺語文學界有這尾活龍，臺語文學方才能在依然處於邊陲的情境下發光；慶幸鹽分地帶文學有這尾活龍，方才銜接了日治時期鹽分地帶作家的大業，繼續發皇至今。

但他畢竟是詩人，從年輕時代參加華岡詩社、創辦《主流詩刊》乃至如今仍繼續愛詩寫詩，前述的工作是為臺灣文壇奉獻，詩，特別是他曾強調並成為他主要特色的「臺語歌詩」應該才是他的最愛。一九四七年生的他即將晉入七十才開始之年，作為臺語歌詩的健將，我期待他繼續發動火車頭，在臺語詩的創作上為臺灣寫下更多佳篇，套句他給我信中的話，「向歷史交卷」，「無，五府千歲會無歡喜」！

二〇一六年四月

〔手稿故事〕11

龍哭千里

——溫瑞安與神州詩社傳奇

一

夏夜整理書房，找到一張與溫瑞安合影的照片，那大約是一九八六年的事了，當時他從香港來臺北辦事，印象中是林佛兒請他吃飯，約了我作陪，在一家餐廳中拍下的。那是溫瑞安於一九八〇年遭警總逮捕，其後驅逐出境後，我與他再相會的一次，但也僅止於那一次，迄今三十年未再見到他，不知他近況好否？

溫瑞安是馬華作家，來自馬來西亞，在馬時期加入「天狼星詩社」，一九七三年以僑生身分來臺，就讀於臺大；一九八〇年九月二十五日，和同樣來自馬來西亞的女詩人方娥真遭警總逮捕入獄，次年一月遭軍事法庭以「為匪宣傳」罪名判感化三年，實際約羈押三個月後遣送出境回馬來西亞。溫瑞安在臺求學、活動約七年，其間創辦了「神州詩社」，除了詩刊之外，也創刊《青年中國》雜誌、發行《神州文集》，在一九七〇年代的臺灣詩壇，捲起過一陣風雲，成為戰後臺灣新詩發展過程的一則傳說。

神州詩社是馬華文學介入臺灣文學、社會與政治最深的社團，它崛起得快，發展得猛，也墜落得相當迅疾；它以詩結盟，卻有類似幫會的組織；它的成員，不僅止於來臺求學的馬來西亞僑生，同時還吸收了臺灣的文藝青年，成為馬、臺文青的大本營，全盛期加入社員多達近兩百人；它的活動方式，除了出版詩刊、文集之外，也大異於當時的臺灣青年詩社，在溫瑞安領導下，以「試劍山莊」為基地，聚會讀書、辯難、歌唱、練武，並動員全社社員到各大專院校推廣詩作，儼然是有著鐵的紀律的隊伍。不過幾年之間，神州詩社便成為一九七〇年代後半期最受矚目，但同時也受到「側目」的詩社。

作為神州詩社的核心人物，溫瑞安的詩一如他的人，狂放矯健，浪漫與激情兼而有之，他以武俠入詩，動輒寫出兩三百行的長詩，與當時的臺灣年輕詩人相較，自成一格，因而突出了他在臺灣詩壇的位置；與他一樣遭到警總逮捕的詩人方娥真，晚他一年來臺，詩作風格婉約、典麗自然，一如其人。溫瑞安和方娥真被捕入獄，並不是因為他們的詩作，而是因為神州詩社（後易名為「神州社」）遭人密告、檢舉，認為有「匪諜」嫌疑，說他們「假借文藝之名，吸收青年學生，採檢討批鬥、競賽等方式，並鼓勵社員以社為家，致部分社員離家、休學或退學」；說他們帶領社員讀「匪書」、唱「匪歌」、看「匪」電影，「引發社員對大陸的嚮往」，因此犯了「為匪宣傳」的罪名。

溫瑞安、方娥真遭警總逮捕之時，轟動臺灣文壇。戒嚴年代，警總辦了非常多的「匪諜」

一九八六年溫瑞安回臺與向陽在臺北某餐廳合影。

案，一九八〇年美麗島大審剛結束，為臺灣民主運動奮鬥的美麗島領袖已被關入大牢，接著逮捕被認為有「大中國思想」的神州社溫瑞安、方娥真，使得神州社因此瓦解，這和國民黨當年仍然堅定不移的反共政策有關，既不允許獨、也不容許統。溫瑞安事件的發生，可說是國民黨持續肅清「紅色思想」的鮮明案例；這個事件最直接的受害人當然是溫瑞安和方娥真，間接受害人則是當年聚集在神州社的眾多文藝青年，包括十六歲就加入該社的林燿德（一九六二—一九九六）。

二

我小溫瑞安一歲，他於一九七三年來臺時，我就讀文化學院東語系日文組，當時已讀過他在《中外文學》、《幼獅文藝》、《中華文藝》等刊物發表的詩和散文，對於他雄渾的文筆和寫作才氣，以及相較於同齡作家的文風，印象頗為深刻。他的萬把字散文〈龍哭千里〉，洋溢著一股「中國想像」，徜徉恣肆，洸洋無際，顯現了來自僑居地的他對文化中國的嚮往；他的第一本詩集《將軍令》出版於一九七四年，後記就直接宣示：「我們總不能、總不能看見這頭受傷的蒼龍，絕滅在我們這一代的手裡」，都可以看出他對「龍」以及想像中的「中國」的感情。

即使在臺灣，一九七〇年代的臺灣，「龍」和「中國」這兩個符號也是連結在一塊的，戰後世代組成的「龍族詩社」，同樣也有著這樣的情懷；校園民歌中，有名的〈龍的傳人〉，何嘗不也如此？當時臺灣的現代詩被稱為「中國現代詩」，散文被稱為「中國現代散文」……，也莫不如此。這讓從馬來西亞來到臺灣的溫瑞安感覺到了「回到中國」（相對於馬來西亞）的溫暖。在這裡，他如魚得水，也受到當時的文學刊物的歡迎，因而意氣風發，而有重振「中華文化」的豪情和行動。回到那個年代，這樣的感情儘管是虛幻的，但可以理解。

當時的我，也有這樣的「文化中國」夢想，在國民黨的體制教育底下，歌詠從未看過的長江黃河，懷想五千年道統文化，成為不經大腦思考、也毫無懷疑的「常識」。大三那年，我擔任文化學院「華岡詩社」社長，在好友渡也的協助下，與詩壇開始有了接觸，我們在華岡辦「中國新詩系列講座」，邀請紀弦、瘂弦、洛夫、張默、管管和羅青來學校演講，出版《華岡詩刊》、詩頁，一時之間使得華岡的現代詩風大盛。也因為渡也的介紹，我和溫瑞安以及方娥真、黃昏星、周清嘯、廖雁平等青年詩人見了面，其後並成為常相往來的好友。

現在回想起來，當時的校園詩壇還真熱鬧，除了溫瑞安帶領的天狼星詩社跨校際之外，臺大有「現代詩社」（楊澤、羅智成、詹宏志、廖咸浩等）、政大有「長廊詩社」（陳家帶、游喚等）、師大有「噴泉詩社」（陳黎等）、臺北醫學院有「北極星詩社」（林野、舒笛等）、高師大有「風燈詩社」（楊子澗、寒林、歐團圓等）、高醫有「阿米巴詩社」（陳豐偉等）……，年輕的校園詩人互相往來，以詩會友，相當熱鬧。

相對於各大學詩社的鬆散，溫瑞安領導的天狼星詩社帶勁而有紀律。我到過他們的試劍山莊，社員言必稱溫瑞安「大哥」，以抱拳方式相互打招呼，他們有尊卑之分，紀律嚴明；大哥溫瑞安一聲令下，無不景從。他們一方面為了推廣詩集、文集，一方面也為了籌措生活費和山莊開銷，幾乎每周都要外出「打仗」，帶著書籍到不同校園推廣、演講。當然，也來過華岡，讓我見識到溫瑞安的領導魅力和氣魄。黃昏星曾告訴我，他們有時沒有收入，就只能靠打工、吃泡麵過日子，但依舊意氣風發，放聲唱歌、練武、寫詩。這是不可思議的傳奇。年輕和對中國想像，使他們自認為擔負振興中華文化的重擔，頂風逆浪，也要狂傲地走下去。

但我並沒有加入他們的詩社，只維持著詩友關係，在他們的詩刊、文集發表詩作。一九七七年，我在故鄉出版社出版第一本詩集《銀杏的仰望》，出版社負責人林秉欽告訴我，他將資助溫瑞安的《神州詩刊》，沒過多久，以《高山．流水．知音》為書名的《神州詩刊》就出版了，副題「天狼星詩刊第六期」。接著皇冠出版社也為他們出版了七本《神州文集》，顯見當時臺北出版市場對他們的重視和支持，也標誌了溫瑞安在臺推動文學的高峰。

我從華岡畢業後，入伍，直到退伍後再來臺北工作，才再和溫瑞安以及神州社聯繫上。他們的熱情不減，似有熊熊的火在心中燒。這個時期，一方面因為我上班忙，一方面也因「中國夢」已退燒，我已不再像大學時期那樣和神州社密切往來。一七七七年鄉土文學論戰爆發後，因為我寫作臺語詩，並獲高準所辦《詩潮》創刊紀念獎，我的臺語詩也被相關單位列為「工農兵文學」黑名單，受到國民黨批判，讓我更清楚自己的文學之路；一九七九年，我以霧社事件為題材寫長詩《霧社》，同年美麗島事件爆發，次年三月美麗島案軍事法庭大審，都讓我從「中國夢」中醒來。

儘管如此，友情不變，我萬萬沒想到，溫瑞安、方娥真卻因為他們的「中國夢」，在美麗島事件之後，雙雙被逮捕入獄。一九八一年二月十二日，我打開報紙，在第三版赫然看到這樣的新聞：

> 【臺北訊】臺灣警備總部昨天宣布，創辦「神州社」的馬來西亞華僑溫瑞安及方娥真，因從事為匪宣傳之不法活動，經警備總部軍事檢察官提出聲請，軍事法庭已裁定各交付感化三年，以保護管束代之。

這是讓我震驚但又知道必然發生的事。那個年代，連臺獨都被視為「受到共匪蠱惑」、一九八三年夏天，溫瑞安寫給向陽的信。

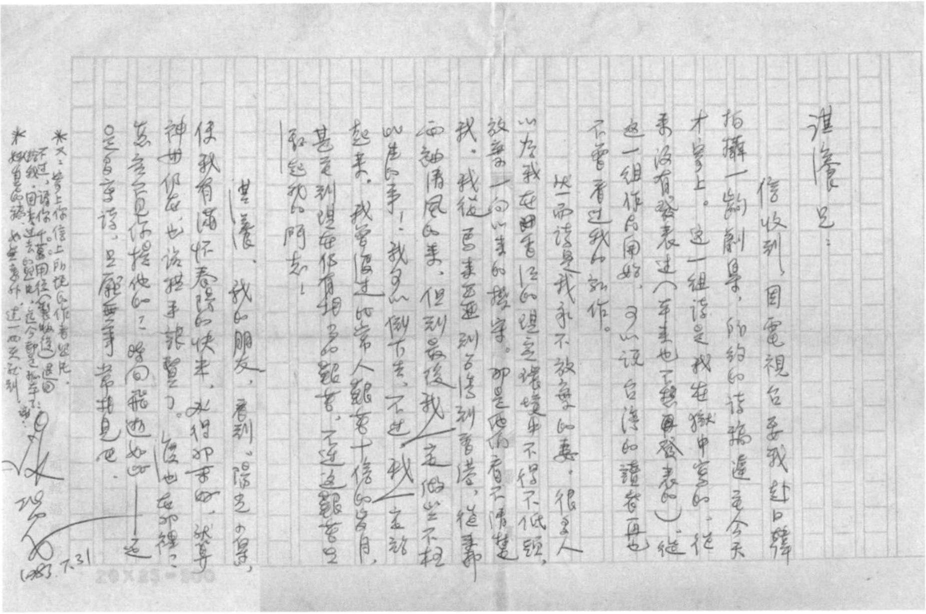
湛濃兄：
信收到，因電視台要我赴台灣指導一齣劇集，所約的詩稿遲至今天才寄上。這一組詩是我在獄中寫的，從未沒有發表過（本來也不想再發表的），從這一組作品開始，可以說台灣的讀者再也不曾看過我的新作。

1983.7.31

「為匪宣傳」、「挑撥政府和人民的感情」而治罪啊。我只能為溫瑞安、方娥真禱告，希望他們在獄中平安。

三

再度與溫瑞安聯繫上，已是一九八三年。當時溫瑞安和方娥真已被遣返離境近三年，溫瑞安在香港受金庸賞識，他的武俠小說在《明報》連載，叫好又叫座，很快打開了知名度；他也因此受到香港「亞洲電視」的倚重，為該臺撰寫劇本。我為了《陽光小集》策畫的詩刊詩社史專輯，從高信疆先生處拿到他的聯絡地址，寫信到香港，請他提供「神州詩社」社史，並賜寄詩稿，末了還問他有無獄中詩作，一併歡迎。

八月初，我收到他的回信、〈「神州詩社」的起落興亡〉、以及〈獄中詩〉三首（〈霸王篇〉、〈白髮篇〉、〈急急廿七〉）。這是多麼令人興奮的事，我知道溫瑞安已經在香港有了工作，能夠繼續寫作，安心多了；他寄來的〈獄中詩〉三首更彌足珍貴，大概也只有《陽光小集》可以刊登，再加上他親自撰寫的神州詩社「興亡」過程，也是第一手文字，對《陽光小集》來說，這都是求之不可得的稿子。

溫瑞安給我的信上這樣寫：

> 信收到，因電視臺要我赴日韓拍攝一齣劇集，所約的詩稿遲至今天才寄上。這一組詩是我在獄中寫的，從來沒有發表過（本來也不想發表的）。從這一組作品開始，可以說，臺灣的讀者再也不曾看過我的新作。
>
> 然而詩是我永不放棄的妻。很多人以為我在香港的現實環境中不得不低頭，放棄一向以來的操守。那是他們看不清楚我。我從馬來西亞到臺灣到香港，從來都兩袖清風的來，但最後我一定做些不枉此生的事！我可以倒下去，不過，我一定站起來。我曾度過比常人艱苦十倍的歲月，甚至到現在仍有相當的艱苦，不過這艱苦只激起我的鬥志！
>
> 淇瀁，我的朋友，看到「陽光小集」使我有滿懷春陽的快樂，辦得那麼好，就算神州仍在，也該拱手讓賢了。渡也在那裡？怎麼不見你提他的？時間飛逝如此——還是多寫詩，只願無事長相見吧。

這時我已擔任《自立晚報．自立副刊》主編，坐在編輯檯上讀溫瑞安從香港寫來的信，既為他以在香港謀得工作高興，也為他仍惦記著當年帶我去見他的渡也而感動。這就是溫瑞安，一旦視為朋友，就永遠是朋友了。

〈獄中詩〉在那個年代到底是敏感的題材，何況溫瑞安事件仍沒從人們的記憶中消失。這輯詩作，〈霸王篇〉文末註記「稿於民國七十年一月四日獄中」、〈白髮篇〉文末則附記「稿於一九八一年一月四日之號囚室」，〈急急廿七〉的附記更長：

> 於民國七十年一月五日，廿七歲的第一首詩。人在猝發的囹圄中，當然沒有錶，沒有筷子，沒有陽光，沒有兄弟朋友，也沒有出去的日期，更不知道小方在何方，那是一個漫長的秋冬，幸好，還有不死的等待，刻骨的懷念。

三首詩，寫出了溫瑞安在獄中的焦慮、狂傲和多情。詩中有著慷慨、從容作楚囚的狂氣，也有對同被羈押於囚室但無法知道訊息的方娥真的深情。我讀著這三首詩稿，決定冒險刊登，一九八三年八月底，這輯詩作便在《陽光小集》第十二期刊登出來了。刊登之後，大約一個禮拜，我在報社接到自稱警總的人來電，問我如何取得溫瑞安的詩，我回他：「寫信要來的。」對方說：「你最好不要跟他聯絡！」電話就斷了。

▼ 溫瑞安〈獄中詩〉三首，刊於《陽光小集》第十二期，一九八三年八月三十日，頁七七—七八。

▼▼溫瑞安手稿〈「神州詩社」的起落興亡〉。

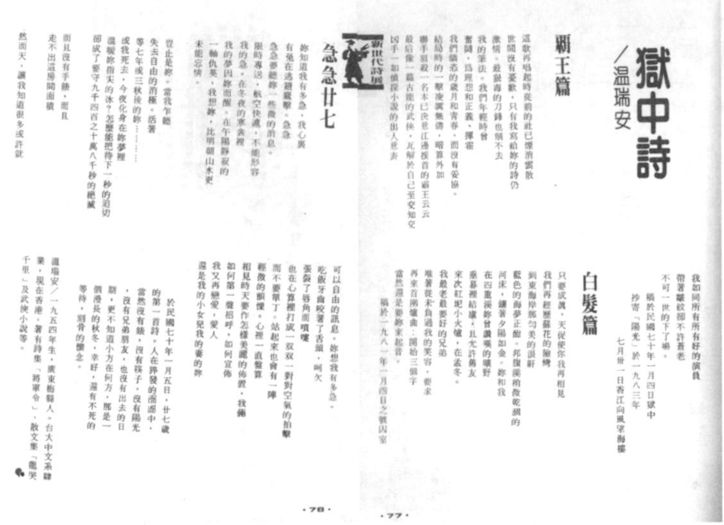

獄中詩

／温瑞安

霸王篇

還歌再唱起時從前的社已煙消雲散
世間沒有憂歡，只有我寫給妳的詩仍
激情。最狠毒的刀鋒也削不去
我的筆法。我們年輕時曾
奮鬪，爲理想和正義，揮霍
我們簇悉的歲月和青春，而沒有妥協。
結局時的一擊凌厲無儔，暗算外加
聯手狙殺一名木已決意江邊授首的霸王云云
最后像一篇古龍的武俠，瓦解於自己至交知交
囚手一如偵探小說的出人意表
我如同所有所有好的演員
帶著皺紋卻不許蒼老
不可一世的下了場。

稿於民國七十年一月四日獄中
抄寄「陽光」於一九八三年
七月卅一日香江向風望海樓

白髮篇

只要成眞，天促使你我再相見
我們再經歷蘊花的臉縴
到東海岸挪勻美的淚眄
藍色的海夢正酣，邦腹溪稍微乾涸的
河床，鍍著夕陽如金，妳和我
在四重溪妳曾讚嘆的曠野
垂暮裡結廬，且允許舊友
來次紅坭小火爐，在孟冬。
我最老最要好的兄弟
唯著從未負過我的笑容，要求
再來首兩爐曲：開始三個字
當然還是要妳來起音。

稿於一九八一年一月四日之雙囚室

·77·

新世代詩展

急急廿七

妳知道我有多急，我心裏
有兔在逃避叢擊，急急
急急要聽妳一些微的消息。
限時專送，航空快遞，不能形容
我的急，在冬夜的寒衾裡
我的夢因妳而醒，在午陽靜寂的
一軸仇英，我想妳，比明朝山水更
未能忘情。

豈止是妳，當我乍聽
失去自由的消極，活著
等七年或三秋後的妳…………
或我死去，今夜化身在妳夢裡
溫暖妳指尖的冰？怎麼能把待下一秒的迫切
卻成了要守九千四百之十萬八千秒的絕滅

而且沒有手銬，而且
走不出這房間面積

然而天，讓我知道很多或許就
可以自由的訊息，妳想我有多急。
吃飯牙齒咬著了舌頭，呵欠
張裂了唇角而噴嚏
也在心算裡打成一双双一對對空氣的拍擊
而不要單丁，站起來也會有一陣
輕微的顫慄，心裡一直盤算
相見時天要作怎樣美麗的佈置，我倆
如何第一聲招呼，如何宣佈
我又再戀愛，愛人
還是我的小女兒我的妻的妳

於民國七十年一月五日，廿七歲的第一首詩，人在猝發的囹圄中，當然沒有錶，沒有筷子，沒有陽光，沒有兄弟朋友，也沒有出去的日期，更不知道小方在何方，那是一個漫長的秋冬，幸好，還有不死的等待，刻骨的懷念。

溫瑞安／一九五四年生，廣東梅縣人。台大中文系肄業，現在香港。著有詩集「將軍令」、散文集「龍哭千里」及武俠小說等。

·78·

「神州詩社」的起落興亡

溫瑞安

NO. 1

20×20＝400

在一個文藝性質的社團裡，用「起落興亡」四個字，似乎是過重一些，因為文化事業乃深遠的事業，也許一個文化社團本身已失去了創作與活動能力，不過，它曾經一度存在過的作品與精神仍可普及廣遠，對後人影響至深。不過就「神州詩社」而言，的確，它「起」得快，也「落」得迅速，「興」得蓬勃，但也「亡」得徹底，很有曇花一現、落櫻繽紛的味道，跟他們的提倡的「俠風」：「風蕭蕭兮易水寒，壯士一去兮不復返」的況味不謀而合，故適用「起落興亡」四字。

「神州詩社」崛起是在一九七四年，溫瑞安偕方娥真、黃昏星、廖雁平等人來台後的創。在未來台之前，「神州詩社」的前身是馬來西亞的「天狼星詩社」，溫瑞安當時華僑詩社中一枝獨我手上還有溫瑞安為《陽光小輯》撰寫的〈「神州詩社」的起落興亡〉，我想，管他的，詩都刊了，這文就放到第十三期規劃的「政治詩專輯」中吧。當年九月，我把稿子交給擔任社長的張雪映，也不知什麼原因，這篇稿子連同政治詩專輯的其他稿件，等到半年之後，張雪映才送回給我做出版前的審閱，我看過後，一無增刪，回送當時在南部的總編輯李昌憲，進行最後的編輯，交付印刷。這輯稿時間的拖遲、出版時間的延擱，跟我本無關連；且《陽光小集》出刊以來一直就有類似的脫期現象，甚至曾將兩期併為一期，因此我並不覺得有何不妥。

《陽光小集》十三期印出來後，我拿到手上，卻發現這版本比我原來看過的內容多了一些「東西」：首先是封面，六則標題中的第一則用了「陽光小集被收買了嗎？」這樣聳動的字眼；其次，內文〈陽光短打〉第一則「獎的另外一面」暗諷我「靠良好的人際關係和有力團體的推薦」得到國家文藝獎；另外一則「詩也講方言？」，譏嘲我、林宗源和黃樹根寫作臺語詩「豈不是事先斷絕了不懂這種方言的讀者，大大降低了可能引起的共鳴嗎？還是他們認為每個人都該懂得這種語言呢？」；最後是，未必了解整個過程的總編輯李昌憲（他是直率而單純的詩人）寫的〈編輯記事〉，把延遲出刊導向「陽光小集的同仁都被出賣了」。

這樣的「添加」處理，讓當時身為發行人的我相當不高興。政治詩專輯是我提議的，專輯內容規劃也是由我召集幾位同仁共同討論定案的，最後定稿的是我，並未刪除或更換任何稿件；還交代要將最敏感的「政治詩座談會」交給《自立副刊》和《陽光小集》發表，再加上同樣高度政治敏感的溫瑞安的稿子也是我約來的。出刊之後，怎麼會生出「出賣」這樣的說法，且以封面和「編輯記事」擴而大之？

當中顯然出了岔，我至今依然無法理解。不高興之外，我還強烈感覺同仁中似乎有人耍心機、動手腳，無中生有，汙衊自身詩社與同仁。辦一份詩刊，費時費心，費力還花錢，為的是對詩有一股熱愛，但若同仁不同心，詩刊還有必要持續嗎？一怒之下（當時的我畢竟年輕氣盛），我決定就此停刊《陽光小集》，解散詩社，那是一九八四年六月的事。

三十多年來，有關《陽光小集》為何解散，有諸多臆測之詞，更有中傷之言，說是國民黨文工會介入。我總是一笑置之，未嘗多做解釋，原委就這麼簡單，我生氣了，我不屑和離心離德之人合辦刊物，如此而已。我主責時的《陽光小集》第九期（一九八二）曾被查禁，我編的《自立副刊》也曾被以「為匪宣傳」為由停刊（一九八四年三月十三日），這兩事都跟警總有關，我都承擔了，文工會怎有能耐干預《陽光小集》的內容和出版時程？

事隔三十多年，都過去了，恩怨等如塵土。我拿出當年溫瑞安手寫的文稿，看到他在文末形容神州詩社的「土崩瓦解」，「像流星劃過夜空，雖曾燦爛而不能永晝」，想到《陽光小集》的星散，竟也有戚戚之感。

四

江湖已老，當年的年輕詩人溫瑞安已經幾乎停止了詩的寫作（或許還寫吧，只是未發表），我也與他失去了聯繫。透過媒體和網路，知道他在香港非常活躍，一九八三年他給我的信和來稿，還強調「詩是我永不放棄的妻」，但這之後他的主要作品已轉為武俠小說，他的武俠名著《四大名捕會京師》及《神相李布衣》等都在香港亞洲電視開拍播出，有人譽他是繼金庸之後最重要的武俠小說大家；聽說他也曾在香港創辦《溫瑞安（超新派）武俠》周刊，引發過熱烈的反應……。

我記憶中的溫瑞安還是二十來歲的那副模樣，矯健、狂放，帶有任俠之風，重義氣與然諾，帶著神州社的一票朋友，從山下趕來陽明山我租賃之屋，以雙手抱拳做招呼，果然一副掌門人架式，讓滿天的星斗都不得不隨之閃爍。那時的溫瑞安寫很長的詩，懷想很舊的中國，想走很長的文學路，我們談詩論文，也談文壇瑣事和未來計畫，狂歌於山巔，縱目山下的燦熠燈海。如今俱老矣，但願進入人生之秋的溫瑞安，能夠重拾詩筆，以詩為妻！

二〇一六年六月

〔手稿故事〕12

孤獨憂鬱的「魔鬼」

——施明正的愛與死

一

突然想起施明正（一九三五—一九八八），這位自稱為「魔鬼」的秀異小說家、詩人和藝術家。當我下筆寫此文時，翻查資料，才驚覺此日八月二十二日也是他為聲援獄中絕食的四弟施明德而絕食，終至以肺衰竭過世的日子。算來，他離開這個讓他痛苦的土地已經二十八年了。

二十八年後的此際，想起本名施明秀的施明正，是因為正在編輯為國家人權博物館籌備處主編的《打破暗暝見天光》一書，這是我策畫主持的人權文學講堂演講的結集，其中特別規劃了一場由小說家宋澤萊主講的「渴死者——施明正絕食到死的原因及其小說的時代意義」，另有一場請施明德講「不被監獄馴服的自由人」，兩場演講中施明正都被提到，我閱讀已經處理好的講稿，特別是宋澤萊的長稿，一開頭談的就是施明正絕食到死的原因：

宋澤萊演講施明正絕食原因及其小說的時代意義。（徐鶊攝）

一個是他想要救援正在三軍總醫院絕食的弟弟施明德，所以他本人也只好用絕食來向國民黨政府施壓，不料卻不獲回應，因此他只好繼續絕食，歷經四個多月終於死亡。另一個原因是他的身體不好，在長期的酗酒之下，身體非常的弱，本來就沒有絕食的條件，他卻不加以注意，因此絕食到最後，身體崩壞，引發肺衰竭，呼吸困難而死。這兩個原因可以算是首要的原因，也是直接的原因，但不能說是絕對的原因或是唯獨的原因。

宋澤萊在這兩個可能的原因之外，特別指出施明正的絕食還有文學的原因，分別是「難以背負的冤屈以及難以面對的荒謬世界」、「叫人顫慄發狂的特務偵伺與騷擾」、「難以承擔的自我屈辱和他人給的屈辱」、「視獄中的自殺為一種行動美學」等原因。宋澤萊的分析，讓我想到我在一九八五到一九八八年間熟識的施明正，的確是通過他的書寫（小說與詩），還有他的舉止言談，透露出這些絕食自殺的預兆與訊息，只是即使是在他晚年與他常有往來的我，當時也未必能清楚這些「預兆」，如今事後追想，施明正晚年的身影，如在眼前，更覺不捨。

二

我與施明正認識，是在他大量發表小說創作之際，一九八〇年代，施明正在臺北忠孝東路開了「施明正推拿中心」，並在《臺灣文藝》發表〈渴死者〉，獲吳濁流文學獎小說佳作（一九八一），同年由文華出版社出版他的詩畫小說合集《魔鬼的自畫像》，其後又發表〈喝尿者〉而獲吳濁流文學獎正獎（一九八三），並由前衛出版社出版他的短篇小說集《島上愛與死》（出版後即遭警總查禁）。當時我擔任《自立晚報．副刊》主編，報社在濟南路二段，與他主持的推拿中心近在咫尺，走路只消幾分鐘路程，但初時也只有電話聯繫，並不算熟。

真正與施明正較常往來，應該是一九八五年的事。當時我常到他的推拿中心，與他聊天，我們談的多半是詩、他的小說，偶爾也會觸及政治；這年六月，他準備出版《施明正詩．畫集——魔鬼的妖戀與純情及其他》，希望我為他寫篇序，我因此熟讀了他的詩作，並以〈變奏者——點描施明正的《魔鬼的妖戀與純情》為題，指出他的詩「自成系統地描摹出了他的愛恨思感，也強烈寫下了他在妖戀與純情的矛盾中自我療養的悲喜」。

但當時我沒注意到的是，我在序中引了他兩首詩，其實也都透露了一如宋澤萊所分析的「渴死」訊息。其中一首〈乞〉這樣寫：

由活在永恆的十字架
那人之旁，自我放逐，而又皈依
形成了我的病歷表

記載著我人格昇降的
病例。自模稜的人際
乞活的我，唯有越騰人菌
越騰到無菌的零下高處
那不勝孤寂的嚴寒
我乞憐悲憫及於眾生，恒向人群

這首詩表達了施明正內心的孤獨，以及對於充滿「人菌」的人間世的無奈，而有著「越騰到無菌的零下高處」的心境，儘管詩末說「我乞憐悲憫及於眾生，恒向人群」，實則已透露了他告別「模稜的人際」的渴望、想要奉獻生命來救贖人群；另一首是置於終篇的〈凱歌〉，我節錄了三行：「為死後的殘留，詩人喲／別再迷戀妖戀，您得趕緊／趕在死亡之前，繪下生命」，當時我認為這是他「強旺的生命力」，是「他的執著狂熱」的精神所在，如今想來，這卻又好像是他為晚年的絕食預發的訣別詩啊。

一如他的小說總是充滿自傳意味，他的詩可說是內在心靈的告白。施明正出生於天主教家庭，十六歲之前是虔誠的天主教徒，之後因為追求文學藝術，投入詩神繆思的懷抱，十八歲遠離教堂，三十二歲出獄之後失魂落魄，只在痛苦時才呼喚天主，直到創辦推拿中心之後才再回到天主教，這就是他在詩中說「由活在永恆的十字架／那人之旁，自我放逐，而又皈依／形成了我的病歷表」的背景；然而他總是存活在聖靈和「魔鬼」的矛盾之中，他對文學、藝術、愛情的浪漫追求，最後卻因為一九六二年與施明雄、施明德兩位胞弟共同涉入「亞細亞同盟案」（或稱「臺灣獨立聯盟案」），以「參加叛亂組織」的罪名被判五年徒刑而中輟（同案施明雄五年、施明德無期徒刑），並且導致他人生的巨大轉折和心靈的嚴重挫傷。

我認識施明正時，正是他來到臺北重建自己人生的階段。最深刻的印象是他酒不離手，一杯一杯地喝，彷佛把酒當成了開水；其次是，一進入他的推拿中心，就可看到牆上掛著蔣經國照片，他言必稱「三民主義統一中國」、「偉大的領袖」，這在他的小說中也是常見的，如小說〈指導官與我〉中就有不少類似的片段回憶，他寫到美麗島事件之後，自己經常整個月足不出戶，「想到寫過這類小說（〈喝尿者〉等等）的施明正，還能自由自在地喝著洋酒吸著洋菸、戀著愛、醫著病人，豈不是我自由中國之所以能夠以三民主義統一中國的明證。」

一九八七年出版的《施明正短篇小說精選集》和一九八五年出版的《施明正詩．畫集》。

一九八六年二月十八日施明正題贈向陽的玉照。

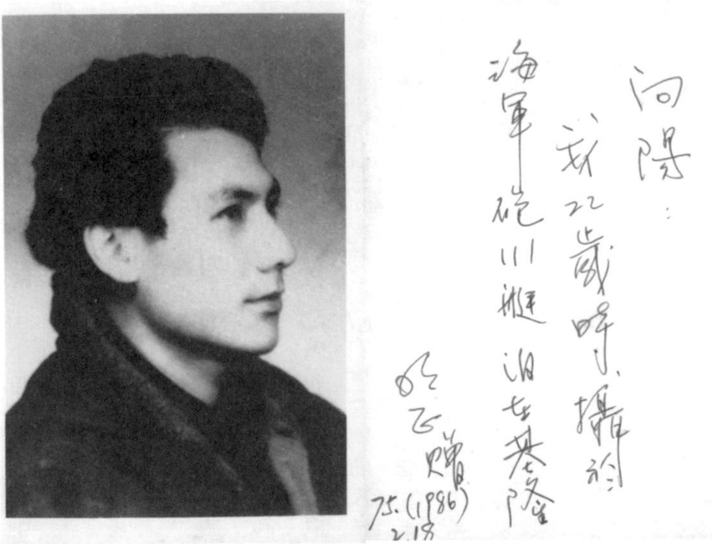

我可以強烈感覺他對曾經遭受的牢獄之災的恐懼，我們即使聊的是現代詩，他最尊敬的兩個詩人，一個是紀弦、一個是痖弦，這兩位曾是他年輕時期寫詩的偶像，他也不時會脫口而出「三民主義統一中國」，我感覺那好像已經深深植入他的腦中，成為他的口頭禪，作為一種盾牌與自我保護的假面，那是在人生最黃金的階段落入白色恐怖牢籠的施明正唯一可以衛護個人自由的方式了。

隨著交往漸多，喜愛閱讀《自立晚報》的他，偶爾也會問我，「在自立報社工作會不會害怕？」這類的話，一九八四年三月十三日，我主編的《自立副刊》因為刊登林俊義雜文〈政治的邪靈〉一文被警備總部以「為匪宣傳」罪名查禁，其後不久我遭約談的事，他也知道。我大略把案情說了，並告訴他，「當然害怕」，他回答我：「你要感謝大有為政府仁慈恩典啊，你沒有被抓、沒有坐牢，這就是自由中國言論自由的充分證據啊。」我只能苦笑，在那樣的年代，他比我勇敢百倍，但他每每自稱是個「廢人」、「廢料」、「心靈殘廢者」，說完他也苦笑，又喝下一口酒。

三

美麗島事件之後，臺灣的政治開始了巨大的變化，黨外運動更加如火如荼展開。這個階段的施明正內心的驚懼、恐慌可想而知，他的紓解方式就是以文學創作、畫畫為病人推拿來療傷。這意外地使得臺灣文學出現了一個傑出的小說家，他透過自傳性很濃厚的小說，寫出白色恐怖年代臺灣人心靈中的懼怕、徬徨和無奈的傷痕，同時也見證了一個大扭曲年代的政治邪靈的處處存在。在詩中，他是一個變調的琴手；在小說中，他是一個喑啞的歌者。

施明正的快樂，只存活於未入獄之前；他的豪氣和英挺，也都留給尚未入獄前的時光。一九八六年二月十八日，在他的推拿中心，談啊談的，他興致很高地告訴我：「你沒看過我年輕時英俊的樣子吧？等我一下！」就走入臥室，拿來一張二十二歲時拍的照片，在照片背面寫下：「向陽：我二十二歲時，攝於海軍砲一一一艇泊在基隆……明正贈」。那時他進入海軍已一年，擔任電信一等兵，英俊挺拔，隨艦艇巡邏臺灣海域，意氣風發，又喜愛文學、藝術，受到紀弦、瘂弦的賞識，人生一片光明，那是一如施明正所說「現代詩盟主紀弦心目中的能詩能畫能酒能戀的美青年」（〈指導官與我〉）。二〇一六年的此際，我看著這張三十年前施明正贈我的照片，讀他書寫此一時期遭遇的〈指導官與我〉，方才理解他對政治剝奪掉他的青春和人生的憾恨。

其實，就在這個時期，一如〈指導官與我〉所述，他的推拿中心，總不時會有不同單位的調查人員「來訪」，讓他不堪其擾，他之所以「三民主義統一中國」話不離口，應該也跟這有關吧。一九八六年冬，施明正跟我提到畫家林天瑞（一九二七—二〇〇三），說他在「亞細亞同盟案」後受到偵訊時，因為被嚴厲要求要交出五個朋友的名字，先寫紀弦和瘂弦而不被接受，最後只好寫下林天瑞，導致林被約談，從此成為陌路，直到一九八三年農曆年後才復交；

一九八六年，施明正為畫家林天瑞畫展所寫的評論原稿首頁。

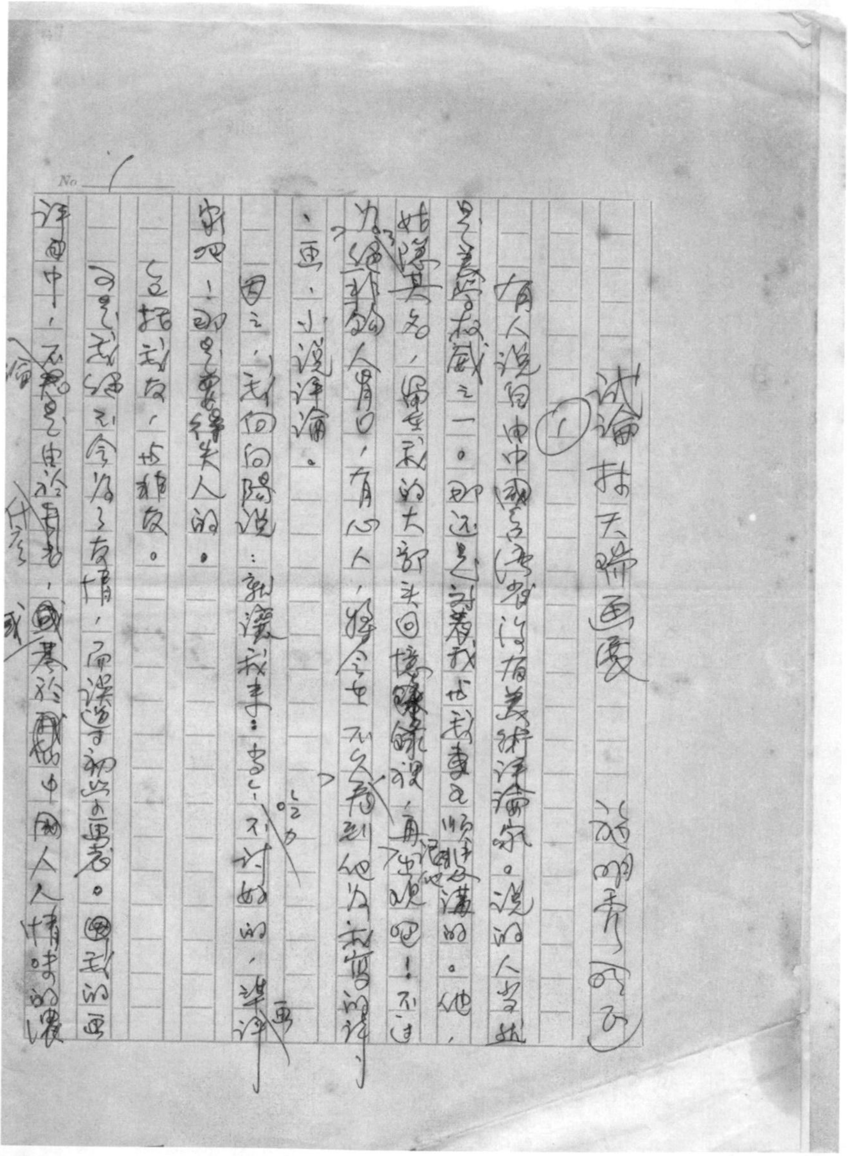

又說林天瑞被約談後，出現恐懼症，曾經屎尿失禁一個多月，繪畫生涯因此停頓，讓他深感對不起，幸好林天瑞療癒復出，將開畫展。他問我想寫一篇文章推介林天瑞的畫，不知可否？我說當然可以，我來安排刊登。

幾天後再見面，施明正已經寫好題為〈試論林天瑞畫展〉的評論交給我，施明正在這篇短文中直指好友林天瑞過去的畫「總畫過了頭」、「畫僵了」，他以知己也懂畫的角度提了一些建議，接著才提優點，迥異於一般畫評的一味吹捧。施明正寫小說時的狂誕和浪漫在這篇評論中不見了，取而代之的是對至交老友的理解。文中提到同去看畫展的畫家盧亮光問他：「他（林天瑞）是否很寂寞、孤獨？」施明正如此回答：

> 他總有不少仰慕他的人。但是那些人根本無法進入他的殿堂。因為他把美術、文學當做是宗教那樣地敬仰著，而又羞於告訴別人，他是如此這般的人。因之，他總會以其反諷、逆說式地大開藝術、人生、自己的玩笑。

我看到這裡時，不禁笑了開來，這人不也是施明正自身嗎？他的小說不是一直就用反諷和逆說來嘲弄輾壓過他的威權體制和政治嗎？他和林天瑞都是白色恐怖統治的受害者，也都是文學藝術的追求者，他們在對方的作品中看到自己的靈魂，最後終因文學藝術的復歸而救贖了自身，也化解了畸形年代帶來的誤會與傷痕。

四

一九八五年，江南案爆發，施明德在獄中展開無限期絕食，後來又被移到三軍總醫院強制灌食，此後即不斷展開。人在獄外的施明正照常為人推拿、寫作，但他的內心也一定充滿著不安、焦慮和年輕時被關押的噩夢吧。面對著四弟施明德反抗威權體制的強者形象和當時社會對施明德的尊崇，他內心裡頭一定也有著某種說不出的苦楚、矛盾和悲哀吧。

我看到的他，總是和酒連在一起，喝酒或許是他回應這個讓他失去尊嚴的國家體制的唯一反擊。一九八六年夏天，家母來臺北，因為為孫女把尿而腰椎受傷，我每天下午就陪家母到施明正的推拿中心，麻煩他為家母推拿。他一邊推拿，一邊與我說話，隔不久就喝一口酒，家母初時很難適應，總覺得怪怪的，但推拿一個月下來腰傷就痊癒了，此後未再復發，他的醫術並未因為他長年的心靈創傷而有任何倒退，當他推拿傷患時，他的手就是醫生的手。

大約在這之後不久，有一天施明正跟我說，他要為臺灣作家塑像，約我找個時間過去推拿中心，我依約前往，他在推拿中心的一個角落已經放了一尊塑像，是詩人李魁賢的石膏像，當時常去看他的多是詩人，趙天儀、李敏勇和我都是。寫詩的施明正不改他對詩人的偏愛，就這樣，他要我坐他前方，一邊聊天，一邊喝酒，一邊塑我的頭像，其後送去翻模為石膏像，送我做紀念。

我與他最後一次見面，是在他過世前一個月吧，一九八八年二月，報禁解除，自立晚報社創辦了新報《自立早報》，我也由副刊主編轉任《自立晚報》總編輯，必須總攬編政，指揮記者採訪和報紙編版，工作加重甚多，只能偶爾有空再去看他，七月中吧，他打電話來，約我去他那邊，剛好詩人王麗華也在，中午驅車到陽明山土雞城用餐。席間他依然談笑風生，但只喝酒不吃飯菜，我雖覺奇怪但沒問他原因，用餐後一起下山，我回報社工作。

再接到消息時，已是施明正為施明德絕食去世的訊息，這簡直難以置信，但若以當天他只喝酒不吃飯菜的情況來看，八九不離十，而我卻以為這是他長年的習慣，沒想太多，終至天人永隔方才意識到他是有意絕食且堅持至死。

施明正過世後，小說家黃娟在題為〈政治與文學之間——論施明正《島上愛與死》〉文中說，施明正的自畫像，只剩下這幾個字可以充當畫題：「孤獨、憂鬱和深深的寂寞……」。這出自施明正小說〈遲來的初戀及其聯想〉的句子，的確是施明正生命最真實的寫照！

自稱為「魔鬼」的施明正用他的創作，說明了他的才氣和美善；曾被認為也自認為是「懦夫」、「廢人」的施明正則以他的決死，證明了他的執著與勇敢！一如施明德在他墓碑上刻下的墓誌銘：

他用生命鑄造畢生最輝煌的詩
他用生命揮灑畢生最亮麗的畫

二〇一六年八月

〔手稿故事〕13

總是和「鄉土文學」連結在一起

——我所認識的王拓

一

八月九日閱報，驚聞小說家王拓逝世的消息，不敢置信，報上說他是因心肌梗塞而去，突來噩耗，真令人不捨。回想我所認識的王拓兄，身體健朗、心胸開闊，臉上常帶笑意，精神抖擻，怎可能遽然離去？我在臉書上轉貼了新聞，並寫下我的悼詞：

敬悼小說家王拓
臺灣鄉土喉舌讜論留青史
民主人權先鋒餘暉照大旗

我初聞王拓之名，最初來自政論雜誌。一九七五年，《臺灣政論》創刊號刊出他的〈論水滸的「官逼民反」並評宋江的領導路線〉。那是一九七〇年代黨外雜誌風起雲湧的開端，王拓的這篇評論擲地有聲，論述邏輯清楚，儼然為當年的黨外運動提供了反對有理的正當性。

次年八月，他出版第一本小說集《金水嬸》，我在香草山書店購得此書，讀他以漁村八斗子為背景寫的短篇，對於小說中表現的臺灣鄉土事物，特別感到親切，也才真正感受到他作為小說家的細膩筆調和人道關懷。當時我還是大三學生，對於王拓的能論又能寫，自是相當欽佩。

二

真正與王拓見面，則是鄉土文學論戰期間的事。

一九七七年四月《仙人掌雜誌》第二期以「鄉土與現實」為專題，刊出王拓〈是「現實主義」文學，不是「鄉土文學」〉、銀正雄〈墳地裡哪來的鐘聲？〉與朱西甯的〈回歸何處？如何回歸？〉等三篇評論，成為鄉土文學論戰的起火點。三篇評論中，王拓的觀點最獲我心，也讓我欽敬。《仙人掌雜誌》係由出版人林秉欽主持的故鄉出版社所出，而我因出版第一本詩集《銀杏的仰望》，為出版事宜常跑故鄉出版社，在林秉欽介紹下，與王拓初見面，記得他當時滿臉笑容，說他知道我用臺語寫詩，很不容易，要持續努力等等。他的笑容，迄今依然留存我的腦海中。

《仙人掌雜誌》推出「鄉土與現實」專題，構想來自當時擔任主編的詩人雲沙（王健壯），三篇評論中，銀正雄的〈墳地裡哪來的鐘聲？〉明顯針對王拓已發表的一篇小說〈墳地鐘聲〉，指控他揭露社會黑暗面，「跟三十年代註定要失敗的普羅文學又有什麼兩樣？」從編輯的角度看，王拓的〈是「現實主義」文學，不是「鄉土文學」〉應該是王健壯為了平衡觀點約來的稿子。王健壯和王拓應該也意想不到這一期的《仙人掌雜誌》會引爆其後的鄉土文學論戰吧？

將近四十年後的今天，回頭重讀王拓當年的讜論，已可了解他的文學觀具有濃厚的左派觀點。他肯定鄉土文學，但也指出鄉土文學不應侷限於農村，還應包括描繪都市生活的社會現實文學，所以應以「現實主義文學」取代「鄉土文學」之名。這是識者之言，從七〇年代的「鄉土文學」到八〇年代中期底定的「臺灣文學」正名，即可看出王拓的先見。接著，五月十日，他又以「李拙」為筆名，在《中國論壇》（四卷三期）發表〈二十世紀臺灣文學發展的動向〉，進一步指出，現實主義文學「必須扎根於廣大的社會現實與人民的生活中，正確地反應社會內部的矛盾，和民眾心中的悲喜，方能成為時代與社會真摯的代言人，而為廣大的民眾所愛好和喜愛」、「文學的發展必須與當時的社會發展相一致；文學運動必須能發展為一種社會運動，或與社會運動相結合，文學方能有效地發揮它改良社會的熱情和功能。」這也說明了他的文學觀與社會主義、現實主義文學的靠近。這樣的論點，在威權年代之不容於國民黨當局，自可想見。

因此，其後來自黨國威權體制的批判直如海嘯，也就可以理解了。

先是八月十七日到十九日，彭歌在《聯合報．副刊》「三三草」專欄中以〈不談人性，何有文學？〉為題，連續三天批判王拓、陳映真及尉天聰三人「不辨善惡，只講階級」；接著是同月二十日，余光中在《聯合報．副刊》發表〈狼來了〉，指當時的鄉土文學主張和毛澤東〈在延安文藝座談會上的講話〉「竟似有暗合之處」。一時之間，風聲鶴唳，鄉土文學已成為「工農兵文藝」的同義詞。這個過程為期甚長，直到次年一月「國軍文藝大會」定調「鄉土之愛就是國家之愛」之後，方才落幕。可以想見，王拓處身其中，面對的思想檢肅壓力有多重！

即使如此，王拓的小說創作還是如泉噴湧。他的短篇〈春牛圖〉、〈車站〉、〈望君早歸〉、〈獎金兩千元〉、〈一個年輕的中學教員〉等五篇，都在鄉土文學論戰階段發表，並收入他的第二本短篇小說集《望君早歸》之內；而文化評論集《街巷鼓聲》也同時推出。

很難想像，當時面對絕大的政治壓力的王拓，如何在論戰的槍林彈雨之中，用他的短篇小說來答覆政治指控，並以作品實證他的「現實主義文學」主張；那是需要頑抗和勇氣、需要信念和堅持方能達成的志業。他的論述，出自他對低下階級的悲憫、對不公不義社會的鬥爭；他的小說，則企圖顯映這些階級問題，反映臺灣社會的矛盾和人民的悲哀。評論（無論是政治、文化、社會或文學）是他的盾牌，小說則是他的劍。

當盾牌無以抵禦威權、劍無法刺破神話的時候，他只好選擇走上政治之路、走進社會和群眾之間，來促成社會和國家的改革，以求根本解決他在小說中所關心而無以解決的問題。鄉

（王醒之提供）

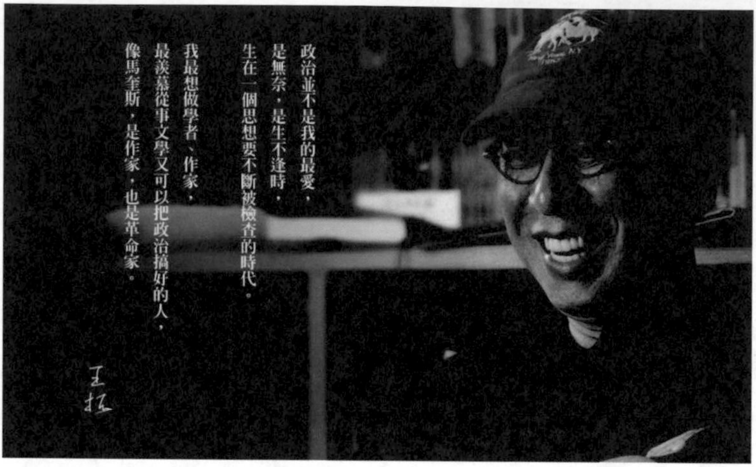

土文學論戰落幕之後，王拓投身黨外運動，參與政治、社會改革，創刊黨外雜誌《春風》、加入《美麗島》雜誌和政團，並因此在一九七九年底高雄事件之後被捕下獄，與小說家楊青矗同為參與政治改革而下獄的兩位臺灣作家。一九八四年九月出獄之後，他出版了獄中所寫的兩部長篇小說《牛肚港的故事》和《臺北・臺北》，一本兒童文學集《咕咕精與小老頭》，此後就繼續走上政治路，先後擔任過國民大會代表、立法委員、文建會主委及民進黨黨祕書長等職，在民主改革、社會運動和人權工作上持續他年輕時代的理念。

我第二次見到王拓，已經是他出獄之後，當時我在《自立晚報》擔任副刊主編，王拓、楊青矗是高雄事件被捕的作家，當然是自立副刊最關切的作家，無論約稿或聊天一九八八年五月八日「愛荷華大學國際寫作計畫在臺作家聯誼會」於陽明山成立。後排右起高信疆、向陽、王禎和、管管、尉天驄、七等生、王拓、吳晟；前排右起柯元馨（高信疆夫人）、殷允芃、藍藍（王曉藍）、李歐梵、姚一葦、瘂弦。

見面，也很自然。遺憾的是，楊青矗出獄後仍持續寫作，他的長篇《連雲夢》就在自立副刊連載；王拓出獄之後的兩部長篇小說則是自費再版，既已出書，就無法連載，我請他能為自立副刊寫稿，他總說「好好，有稿子就給」，但也總是黃牛了，入獄之前小說創作和文化、政治評論齊發的作家王拓，這時已經是政治運動者王拓了，他的創作和評論此時幾乎接近停頓。

也在這個階段，由於臺灣社會與政治的大轉捩，一九八八年報禁解除後，我由副刊主編轉任晚報總編輯，不再編副刊，轉而處理新聞事務，我與王拓之間談的話題也都圍繞著臺灣的民主政治議題。我們以文學相見，之後卻以政治為話題，這大概也是一種無奈吧。

三

我與王拓此後的見面，多半都在政治場所，而非文學場域。記憶中，只有三次談的是文學，而且都與鄉土文學論戰有關。

第一次是一九八七年，參加過愛荷華大學國際寫作計畫的作家們與返臺的王曉藍、李歐梵見面，王拓也來了，當天與會多人，其中高信疆、王禎和、尉天驄、瘂弦等，都與一九七七年的鄉土文學論戰有關聯，王拓談笑風生，不減當年，我留存的當天的照片，竟成為與他一起拍下的唯一一張。

第二次則是一九九七年十月二十四日，王拓成立的春風文教基金會與《中國時報．人間副刊》合辦「青春時代的臺灣：鄉土文學論戰二十周年回顧研討會」，王拓打電話來，要我擔任「文學與歷史的對話」座談會主持人。這場座談會辦得相當盛大，當時的《中國時報》影響力仍不減，王拓在研討會開幕致詞時意氣風發，此時的他擔任民進黨不分區立法委員，在文化教育領域具有相當影響力，這場研討會也備受媒體和文化界矚目，唯一遺憾的是，當年與他並肩作戰的陳映真並未與會，且提早五天，於十月十九日另舉辦一場「鄉土文學論爭二十周年研討會」，頗有一較短長的意味。我問王拓「怎會如此？」，他也只是笑笑地說：「你也知道，大頭仔就是這樣……」。王拓出獄後曾擔任陳映真創辦的《人間雜誌》社長，也曾擔任「夏潮聯誼會」首任會長，他與陳映真為何分道揚鑣，隨著他的逝世，大概也無人能解了。

第三次再談鄉土文學論戰，已是二〇〇九年冬夜。此時，王拓已從民進黨中央黨部祕書長的要職退下來，他在民進黨成為在野黨、蔡英文接任黨主席的最艱困的第一年擔任黨祕書長，協助羽翼未豐的蔡英文穩定黨內軍心，成為備受懷念的祕書長，足見調和鼎鼐的政治能力。退下職務之後，這年九月他應永和社區大學之邀，開設一門課程「臺灣文學與政治」，每周三晚上七點到九點五十，上足三個鐘點，共十八周。他打電話給我，要我去他的課堂談談鄉土文學論戰的意義，我依約前往，談我所了解的鄉土文學論戰成因，推崇他在論戰期間以理論捍衛鄉土文學正當性的可貴，以及他對臺灣文學無論在創作或論述上的貢獻，只可惜後來從政輟筆，使臺灣文壇頓缺一枝能論能寫的健筆……。結束後，他站起來總結，說：「向陽太抬舉我了，鄉土文學是當年眾多文學家奮鬥的成果，論戰中我的努力很細微，我只是本著我所知、所信，努力捍衛臺灣文學的寫實傳統和做為作家的基本信念罷了。」當晚坐在臺前的王拓的微笑、搖頭，至今點滴分明，仍在我眼前。

當天他沒有告訴我的是，在這門課中，他在前九周的臺灣作家論中，以「臺灣戰後反共、懷鄉與小市民文學之外」談楊逵、呂赫若、葉石濤、陳映真、唐文標、王文興；以「一九七〇年代臺灣本土作家巡禮」談黃春明、王拓、楊青矗、王禎和、洪醒夫、宋澤萊、李喬、鄭清文、林雙不、吳晟、陳千武、向陽——他過世之後，我在網路上看到這門課的課綱，這才曉得，我年輕時欽敬的鄉土文學捍衛者王拓，一如初見時對我的鼓勵，一直對我有所期待。但是，他從沒告訴過我，直到過世後才讓我自己發現。

四

我與王拓認識於鄉土文學論戰初期，正是他發表〈是「現實主義」文學，不是「鄉土文學」〉一文之後，算來近四十年了。當年的他，創作力旺盛、論述力高強，是才剛開始發表詩作的我的文壇前輩，鄉土文學論戰期間，我閱讀他的文論，羨慕他能寫能論，也深受他「現實主義文學」論述的啟發與影響。遺憾的是，四十年間，我從詩出發，擔任副刊主編期間，他在獄中，無以約稿；等他出獄，轉身投向政治，我也由副刊主編轉入報社編政、筆政，見面雖多，相談率多政治事務或選舉策略……。這樣的相互錯身，使我與他之間的往來並不頻繁，也不熱絡，只維持著其淡如水的交情。

如今王拓走了，遺憾也跟著拋給天地了。我只能慶幸，儘管四十年往來不多，卻有著因為鄉土文學論戰而同在的機緣。在故鄉出版社的辦公室、在陽明山召開愛荷華在臺作家聯誼會的會場、在鄉土文學論戰二十周年研討會中、在永和社大王拓的課堂上，我從年輕時就敬佩的前輩王拓都與鄉土文學連結在一起，從未離開。這樣的情誼也許也就足夠了，這樣的回憶實則也是一種幸福吧。

王拓因為「美麗島事件」繫獄時，寫給兒子醒之的獄中家書。（王醒之提供）

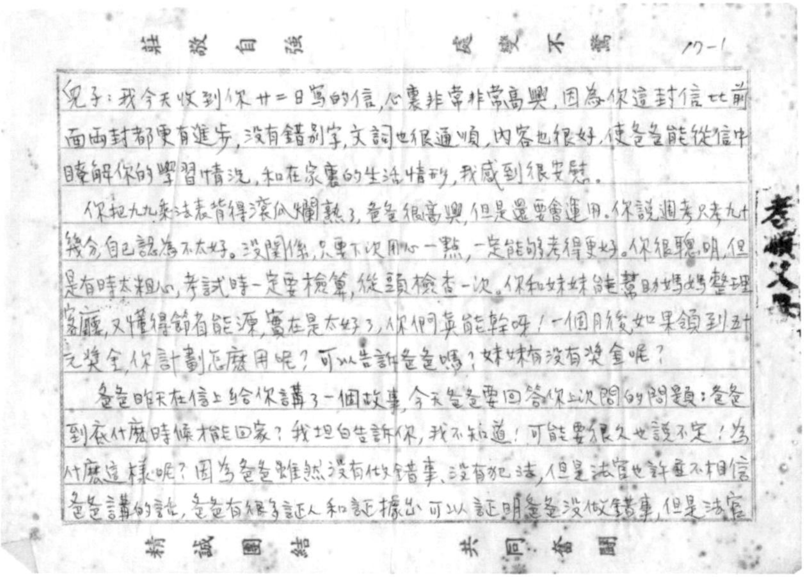
莊敬自強　處變不驚　17-1

兒子：我今天收到你廿二日寫的信，心裏非常非常高興，因為你這封信比前面兩封都更有進步，沒有錯別字，文詞也很通順，內容也很好，使爸爸能從信中瞭解你的學習情況，和在家裏的生活情形，我感到很安慰。

你把九九乘法表背得滾瓜爛熟了，爸爸很高興，但是還要會運用。你說週考只考九十幾分，自己認為不太好。沒關係，只要下次用心一點，一定能夠考得更好。你很聰明，但是有時太粗心，考試時一定要檢算，從頭檢查一次。你和妹妹能幫助媽媽整理客廳，又懂得節省能源，實在是太好了，你們真能幹呀！一個月後如果領到五十元獎金，你計劃怎麼用呢？可以告訴爸爸嗎？妹妹有沒有獎金呢？

爸爸昨天在信上給你講了一個故事，今天爸爸要回答你上次問的問題：爸爸到底什麼時候才能回家？我坦白告訴你，我不知道！可能要很久也說不定！為什麼這樣呢？因為爸爸雖然沒有做錯事、沒有犯法，但是法官也許並不相信爸爸講的話，爸爸有很多證人和證據也可以證明爸爸沒做錯事，但是法官

孝順父母

精誠團結　共同奮鬥

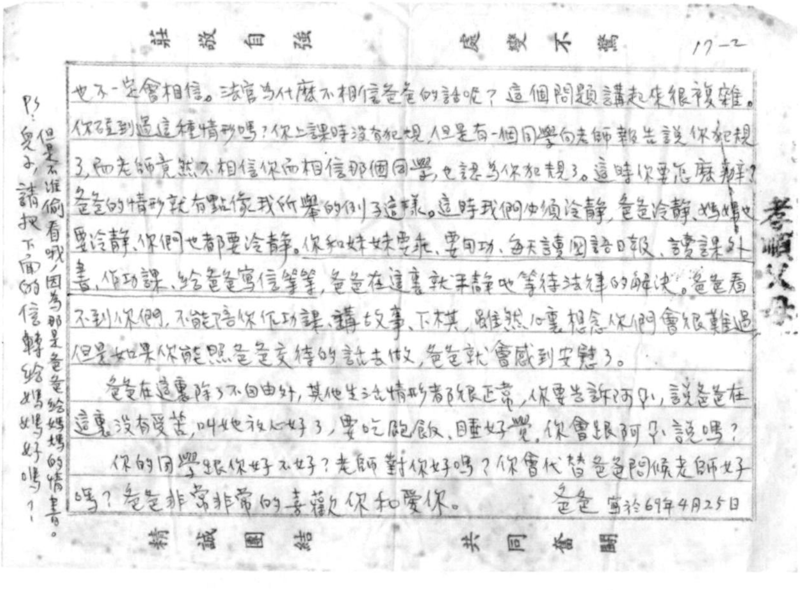
莊敬自強　處變不驚　17-2

也不一定會相信。法官為什麼不相信爸爸的話呢？這個問題講起來很複雜。你碰到過這種情形嗎？你上課時沒有犯規，但是有一個同學向老師報告說你犯規了，而老師竟然不相信你而相信那個同學，也認為你犯規了。這時你要怎麼辦？爸爸的情形就有點像我所舉的例子這樣。這時我們必須冷靜，爸爸冷靜、媽媽也要冷靜、你們也都要冷靜。你和妹妹要乖、要用功、每天讀國語日報、讀課外書、作功課、給爸爸寫信等等，爸爸在這裏就平靜地等待法律的解決。爸爸看不到你們，不能陪你作功課、講故事、下棋，雖然心裏想念你們會很難過，但是如果你能照爸爸交待的話去做，爸爸就會感到安慰了。

爸爸在這裏除了不自由外，其他生活情形都很正常，你要告訴阿[illegible]，說爸爸在這裏沒有受苦，叫她放心好了，要吃飽飯、睡好覺，你會跟阿[illegible]說嗎？

你的同學跟你好不好？老師對你好嗎？你會代替爸爸問候老師好嗎？爸爸非常非常的喜歡你和愛你。

爸爸　寫於69年4月25日

PS：兒子，請把下面的信轉給媽媽好嗎？但是不准偷看哦！因為那是爸爸給媽媽的情書。

孝順父母

精誠團結　共同奮鬥

附記：

本文發表後，在臉書中讀到王拓兄的公子王醒之寫於二〇一七年八月二十八日的臉書，題為〈家書抵萬金〉，寫他整理父親遺物的心情，提到王拓在美麗島事件後繫獄期間，「寫了很多很多信回家，從我八歲一直寫到十二歲、從妹妹剛開始識字寫到她讀四年級」。

醒之寫這臉書時，正因為發起保護暖暖翠湖運動而遭暴力攻擊，這讓他回想到父親王拓當年面對「爸爸你什麼時候才能回家？」這種直觀的問題時，「該怎麼說明自己的入獄、關係的分離、以及歸期難以確定的惶恐？」

王拓在寫給兒子醒之的信中這樣寫著：

> 爸爸昨天在信上給你講了一個故事，今天爸爸要回答你上次問的問題：爸爸到底什麼時候才能回家？我坦白告訴你，我不知道！可能要很久也說不定！為什麼這樣呢？因為爸爸雖然沒有做錯事、沒有犯法，但是法官也許並不相信爸爸講的話，爸爸有很多證人和證據ㄐㄩˋ可以證明爸爸沒做錯事，但是法官也不一定會相信。……這時我們必須冷靜，爸爸冷靜、媽媽也要冷靜，你們也都要冷靜……。

這是多麼動人而又叫人難過的獄中家書！在蓋著監獄檢查過的「孝順父母」戳記的信紙

上，流露著王拓身繫獄中，忍住悲傷，娓娓勸說孩子的心境以及滿滿的愛。

我與王拓兄因為都在臺北，聯繫方便，平常以電話聯繫，並無書信往來，手邊也沒有他的手稿或書信。看到醒之貼出王拓家書當晚，立即徵求他同意，傳給我作為本文的手稿，用以呈現王拓為義受難，以「冷靜」對應劫難的態度，也印證他一生行事的人格特質。

二〇一七年十一月補記於暖暖

〔手稿故事〕14

從玫瑰到野草

——渡也的詩路歷程

一

年初應老友詩人渡也之邀，與方梓同遊他的故鄉民雄，想起初識渡也時，我才十八歲，與他同年就讀當時的中國文化學院（今文化大學），而今兩人皆已進入耳順之年，四十多年過去，還能同在一條路上，邁向同樣的莊園，時有往來，寒暄未斷，老來還邀我回到他的童年，這樣的友情，自屬珍貴。

年輕時的渡也已是知名詩人，以小詩〈雨中的電話亭〉、散文詩〈蘼蕪〉等名作崛起於詩壇，受到詩人張默的賞識；而我還在詩的道路上摸索，尋找自己的風格。因為都參加華岡詩社，渡也不嫌我詩拙，常來看我。當時我租住山仔后，他租住陽明山格致中學附近，下課後回租屋，總會繞來我處，談詩、說文，在小小的宿舍內，往往一兩個小時過去仍意猶未盡。

〈雨中的電話亭〉只有四行，卻雷霆萬鈞：

突然
以思想擊響閃電的
鮮血淋漓的玫瑰啊
凋萎

渡也當時被詩人張默譽為「一記拔尖的高音」，響在詩的原野，是有道理的。這首短詩，以雨中的電話亭（紅色）為書寫對象，但不直寫，而以「鮮血淋漓的玫瑰啊」象之，意象之鮮明，想像之奇突，都非泛泛；而飾之以「以思想擊響閃電的」前一句，既表現了雷雨交加的表面景象，同時又以「思想」強化了電話亭的本質（思與想）的內在思維；首行「突然」與末行

向陽、方梓與渡也夫婦合影於民雄。

「凋萎」，則巧用斷句、跳行技法，營造無奈（閃電而接近不了玫瑰）與心碎（鮮血淋漓的玫瑰），在句式的斷裂之中呈現出令人震撼的決絕語境。

這是一個多麼早熟的詩人啊，我有幸在他早熟的時期認識了他！

二

一九七〇年代的文青，寫詩者不少，但像渡也這樣十六歲開始創作，並和詩友創辦《拜燈》詩刊，發表詩作者則不多。我們的往來，因此是我受益者多，而他施予者亦多。他點評我的不成熟詩作，也熱心帶我下山到臺北，介紹前輩詩人予我，周夢蝶位在武昌街的詩攤、羅門位在泰順街巷中的燈之屋、羊令野常去喝茶的國軍文藝中心、張默擔任主編的《中華文藝》辦公室，還有管管家、洛夫家，以及溫瑞安的神州詩社……等，都是他帶著我前去拜師學藝之處。現在想來，當時已是《創世紀》詩社同仁的渡也，就像大師兄，帶著還在詩門之外的小沙彌遍訪名山、指點風景一般。

大三時，我被寫詩的朋友推為華岡詩社社長，這個大學詩社具有相當輝煌的歷史，最早是由陳明台（當時史學三）、蔣勳（史學三）、林鋒雄（戲劇一）、龔顯宗（中文三）、楊拯華（史學二）等青年詩人創辦於一九六八年。歷任社長從首任開始分別是龔顯宗（總幹事陳明台、詩刊主編王灝）、楊拯華、張台成（總幹事黃進蓮，後易筆名為黃勁連）、黃進蓮（總幹事黃郁銓）、翁國恩（詩刊主編黃郁銓）……到我的前任郭錫龍，已經有八任，可說是當時各大學校園中活動力和創作成果甚豐的詩社。這樣的成果和傳統對於尚屬新人，且幾無詩作發表的我來說，擔任社長就是極其沉重的壓力。

擔任詩社社長而不寫詩，說不過去，於是我開始有計畫地以自製的十行詩和當時稱為「方言詩」的臺語詩創作，向各報副刊、各詩刊投稿，當時的副刊因為詩人楊牧回國，幫《聯合報．副刊》選詩，大量刊登大學詩人之作，各報競爭之下，形成一股風潮；而詩刊之多、之盛，也臻於高峰，我的詩作因而幸運地被快速且大量地獲得刊載，解決了一半的壓力。渡也在這個過程中，多半扮演啄木鳥的角色，找碴、批評，與我論辯，部分我接受他的指點，部分則「我寫我的」，他也不以為忤，堪稱是友直、友諒之人。

另一半的壓力，則是要辦活動、要編詩刊，來鼓舞華岡詩社的詩風。這個部分，已經進入詩壇，受到前輩詩人肯定的渡也，就幫了我絕大的忙。我還記得初任社長之際，是一九七五年九月，渡也建議我辦一個大型的系列講座，於是在我的宿舍規劃了「中國新詩系列講座」（當時臺灣新詩皆以「中國新詩」為名），我們決定這個講座要連辦六天（從星期一到星期六），每晚找一位成名詩人來華岡演講，這簡直是瘋狂的想法，因為華岡每晚幾乎都有社團活動，其中像電影欣賞、民歌演唱，吉他音樂會等，豈是新詩演講所能取代？

幸好有渡也，一個晚上我們先決定了要邀請的詩人，從周一排到周六，依序寫出名單：紀弦講「總論」、瘂弦講「中國新詩沿革」、管管講「中國詩與禪」、張默講「詩的批評」、洛夫講「詩的語言與結構」，最後一天則請當時最紅的青年詩人羅青講「中國新詩的展望」作為結論——儘管構想「瘋狂」且亦「膽妄」，渡也拍胸說，約請詩人的部分他來聯繫，他說到做到，也帶我逐一拜訪詩人，正式邀請，就這樣這個系列講座從當年十一月三日辦到八日，除了首日紀弦因母喪未能前來之外，其他五場，五個晚上，場場爆滿，聽講師生都維持在百人上下；外校詩友也有多人趕來聽講，當時領導天狼星詩社的溫瑞安也率成員多人上山。這個講座，直可說是當年華岡的傳奇。詩人終於打敗了吉他王子、洋片電影和民歌手！

一起策畫，提名單、邀詩人的，是詩人的渡也；跑公文、要經費、辦活動的，是我。那一年的華岡，秋天的夜晚，詩與清風明月共舞，渡也的義氣、任俠之風，我至今依然難忘！

活動成功了，同年歲的校園詩人也都逐一進入華岡詩社，身為社長，我也得想方設法為社員找尋發表園地，此時渡也同樣也大力協助我。我們想到可以以「華岡詩展」為名，找報紙副刊、文學雜誌來刊登社員詩作，於是先在《自立晚報．副刊》（當時的主編祝豐，是文化學院文藝組教授）推出詩專輯，接著在《青年戰士報》「詩隊伍」（羊令野主編）推出「華岡詩展」；到我卸任之後，一九七六年十二月，我們又在校內報刊《華夏導報》支持下推出報紙型的《華岡冬季抒情詩展》，出刊之日，校內師生幾乎人手一份（因為是校刊），因而擴增了華岡詩人的能量。

時隔四十年，我手邊仍保存這份全開報紙型的《華岡冬季抒情詩展》，書法家史紫忱老師題字，第一版刊頭是「中國新詩系列講座」的詩人演講照片，有我寫的社論〈期待後浪的一九七五年十一月華岡詩社辦「中國新詩系列講座」，詩人張默演講後，與華岡詩人黃勁連、渡也、向陽合影。

一九七六年出刊的《華岡冬季抒情詩展》。

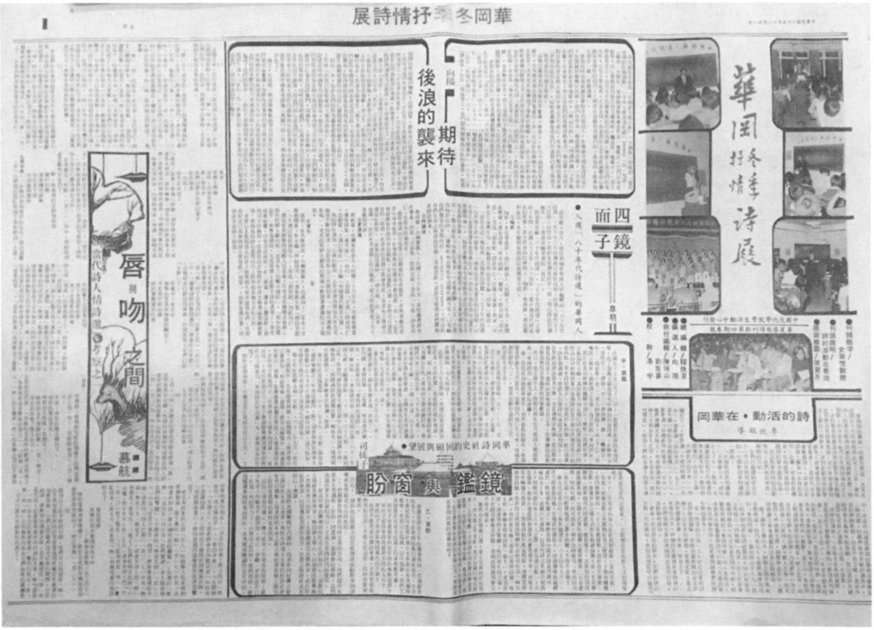

華岡冬季抒情詩展

後浪的襲來

期待

四面鏡子

唇與吻之間

當代詩人情詩選之考察

華岡冬季抒情詩展

詩的活動・在華岡

華岡社史的回顧與展望

鏡鑑與窗盼

襲來〉，李瑞騰以「皋羽」筆名寫的〈四面鏡子——入選「八十年代詩選的華岡人」〉、以「慕航」筆名寫的〈唇與吻之間——「當代詩人情詩選」考察之一〉；翻過來第二版有山蒂（陳瑞山）、李銘展、喬陵（呂俊德）、張瓊文、藺旅、洛宇（陳玉慧）、張伯章、趙衛民、祝農、悄翺、渡也、林建助、晚華（黃建業）、王希成的詩作，外加一篇李瑞騰寫的評論〈詩話渡也——並釋其「蘼蕪」詩中的主意象〉——這一串當年華岡詩人名單，不僅預告了其後幾位重要詩人、小說家和評論家的出發，也留存著華岡年代李瑞騰、渡也和我三人互相疼惜、寬諒的友誼。

三

大學畢業後，我入伍服役，渡也則繼續研究所學業，最後取得文學博士學位，進入大學教書。年輕時的時相往來，慢慢地成為信函往來。渡也有個很好的習慣，他有論文或得意作品，總會寄來給我，分享他的研究成果和新創作品；有時在舊書報中發現我早期的少作，也會影印寄來。這些細節，細膩而節制地傳達他對朋友的珍惜和關心，這是我至今仍學不來的。

退伍後我來到臺北，並與幾位好友詩人合創《陽光小集》詩社，出版詩集，前兩期以同仁詩作合集出版，一九八〇年我被推為社長，決定將同仁詩集的型態改為開放型的詩刊，我請渡也供稿，他寄來四首詩作〈處女膜整型〉、〈隆乳〉、〈命案〉和〈三閭大夫說〉，一改早年現代主義詩風，直接切入社會議題，以寫實但又出以諧謔的筆法交互轉喻，且特意出以情色想像，其後這些詩作集為《手套與愛》於同年由故鄉出版社出版，這是渡也詩風的轉捩點，他以「渡也情詩集」標註這本語言大膽的詩集，風格丕變，但儘管寫的是社會議題，用的是「情色」題材，他的詩仍擁有他人學不來的轉喻與諷諭語法，使得這些深深逼進現實的詩，仍維持藝術的高度。

後來，我進入《自立晚報》，擔任副刊主編，約他稿子，總是即時就到，這個階段也是黨外運動全盛時期，有一天我接到他寄來詩作，署名「江山之助」，寫的是政治詩，他又轉變了詩風，對於臺灣威權體制提出批判。這個階段的他，除了學院論文之外，寫作題材寬廣，他早在文化學院讀書時就由洪範出版散文集《歷山手記》（一九七七），成為同齡青年作家羨慕的對象，他受到紀德文體和沈臨彬《泰瑪手記》的影響，抒情與哀愁兼而有之，語言綺麗、意象繽紛、句式跳脫，冷豔迷人。來到一九八〇年代之後，他的散文也和詩一樣，展開了對社會現實的批判。

一九八四年年初，我想在自立副刊推出「新世代散文展」，寫信跟他約稿，他很快回信了，他的信，習慣性地多以阿拉伯數字標序，信中第二點提及當年華岡校友，「均有所成」，「其中以劉克襄最令人佩服，在維護鳥和維護民主上，他是真的一往情深，亦不計名利」，足見他一仍熱情，關注一起從華岡出發的詩友；第五點則回我：

一九八四年二月，渡也給向陽的信。

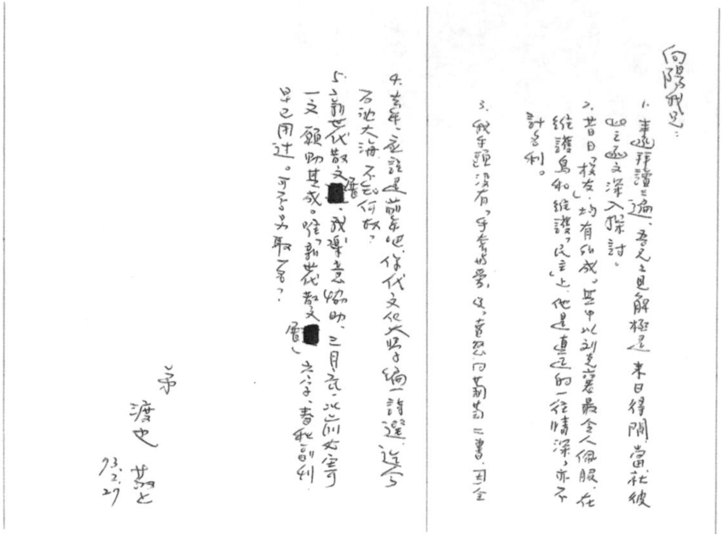
向陽我兄：

1. 來函拜讀過，吾兄之見解極是。來日得閒，當就彼此之所思深入探討。

2. 昔日「校友」均有所成，其中以劉克襄最令人佩服，在維護鳥和維護「民主」上，他是真正的一往情深，亦不計名利。

3. 我手頭沒有「手套與愛」，[illegible]向前寄二書，因全[illegible]

4. 去年，應該是前年吧，伴代文化公司編一詩選，迄今石沉大海，不知何故？

5. 「新世代散文展[redacted]」，我樂意協助，三月底以前必寄一文，願助其成。唯「新世代散文[redacted]展」六字，春秋副刊早已用過。可否另取一名？

弟 渡也 敬上 73.2.27

渡也信箋

新世代散文展，我樂意協助，三月底以前必寄一文，願助其成。唯「新世代散文展」六字，春秋副刊早已用過。可否另取一名？

這就是渡也，「樂意協助」是他的俠情，一如華岡時期，助我辦不可能的系列講座那般，毫無推辭；直言不諱，是他的個性，他直接告訴我命名有因襲他人、不夠創新的想法，直言就是他做為朋友的優點，迄今未改。

三月底，他的稿子果然寄來了，題曰〈不反抗的弱小民族〉，他以教書、研究之餘，栽種百花的心得，寫草的韌性和反撲，呼應他當時發表的系列詩作《盆栽研究》，又同時以將草比喻為「不反抗的弱小民族」。這篇散文寫得極好，有渡也寫詩的善用反諷語言的功力，文末這樣說：

不用武器，不主張流血，不殺生的草，和上帝一樣，無處不在。人類到哪裡，草就到哪裡。

也許，有一天，安靜，不反抗的弱小民族就會以這種和平方式打倒帝國主義。像草一樣，靜靜淹沒罪惡、強權、汙穢與慾望。最後，淹沒人類。草終於成為地球的主人，成為地球真正的領導者。

這是中年的渡也了，告別年輕時期的美豔、哀戚和柔情，告別個人的心緒，開始望向野地的草，諷諭威權年代和強權政治，透過詩與文，來表達他與土地、正義最靠近的憤怒！

四

時光流逝，隨著我後來離開報社，進入學院，我與渡也再度相逢時，已多半是在學術研討會或詩獎評審、考試院改卷處等場所。渡也還是我所認識的渡也，除了外貌，一顆詩心，沒有改變；熱誠，沒有改變；就是耿直的個性，也沒有改變。

這幾年來，他大量書寫故鄉與土地，堪稱為臺灣地誌詩創作的旗手。他先後出版了《我策馬奔進歷史》（一九九五），寫出生地嘉義《攻玉山》（二〇〇六）、《澎湖的夢都張開翅膀》（二〇〇九）等詩集，迄今仍不斷創作中。我從他的這些地誌詩中，看到的不只是他詩作風格的轉變，更看到他融鑄現代主義與寫實主義於一爐，貼近土地，建構具有濃厚地方色彩的地誌詩美學。

我讀他的地誌詩，無論寫嘉義或澎湖，或者他到過的鄉鎮，都強烈感覺到他的詩和生命已經和土地相互連結，具有一種地方感的「內在性」：內在於土地，歸屬並認同於土地。嘉義和澎湖，在渡也筆下，可說就是他界定生命與「場所精神」的地方。

我終於理解，年輕時我認識的渡也，在耳順之後，為什麼要邀我到民雄去探訪他的童年了。

二〇一六年十月

〔手稿故事〕15

衝決暗房

——李敏勇的現實主義詩學

一

秋雨中，收到詩人李敏勇親筆書贈他的名詩〈暗房〉。敏勇兄的鋼筆字十分有特色，秋雨淅瀝窗間，墨瀋滲浸紙面，益覺迷人。

〈暗房〉這首短詩寫於臺灣戒嚴時期，收入李敏勇詩集《暗房》（一九八六），作為序詩，可以想見詩人對於此詩的珍愛：

這世界
害怕明亮的思想
所有的叫喊

李敏勇書贈向陽的手稿，詩作〈暗房〉。

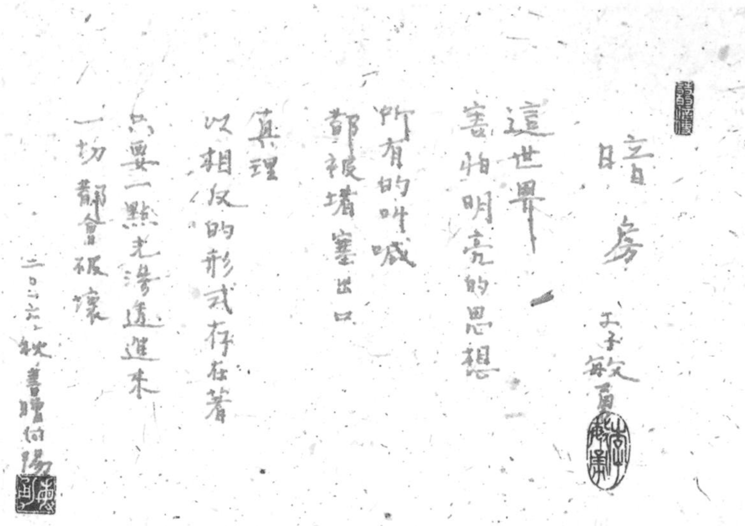
暗房

壬子 敏勇

這世界
害怕明亮的思想
所有的叫喊
都被堵塞出口
真理
以相反的形式存在著
只要一點光滲透進來
一切都會破壞

二〇〇六秋 書贈向陽

都被堵塞出口

真理
以相反的形式存在著
只要一點光滲透進來
一切都會破壞

此詩發表時，臺灣尚未解除戒嚴，但因黨外運動如火如荼，已可略見曙光。李敏勇以詩人的敏銳，透過此詩表現了對臺灣當前的堅定信心。他以暗房的「黑暗」隱喻戒嚴統治下臺灣社會的密不透光，「所有的叫喊／都被堵塞出口」，寫的正是當時思想和言論自由的遭到壓抑，沒有出口，導致「真理／以相反的形式存在著」，黑白倒錯，一如暗房底片的明暗倒逆。

「底片」在這首詩中是個隱形意象，要到結句「只要一點光滲透進來／一切都會破壞」方才浮出。一方面隱喻底片的「倒行逆施」有賴於暗房的存在，一方面則又以「光」的滲透，轉喻言論與思想的終不可壓制。這是戒嚴年代詩人李敏勇以詩抵抗的見證，也是批判的見證。

我在秋雨中的書房內重讀這首詩，彷彿跟著詩中的情境，重返一九八〇年代的戒嚴時光，看到敏勇兄以詩、以文學為臺灣的黎明吶喊的形象。

二

一九八〇年代，是黨外運動最為強健、各種社會運動也跟著蓬勃生發的年代。發生於一九七九年十二月十日的美麗島事件震驚了整個臺灣社會，也喚醒了戰後出生世代對臺灣處境的省思；次年三月十八日開始的軍法大審，在美國壓力下，政府同意公開審判，臺灣媒體首度被允許大篇幅報導審判過程，於是當時的「要犯」所作陳詞，也毫無遮掩地暴露在讀者眼前，這才讓大眾清楚地了解被指控為「臺毒」的八名「美麗島」人士追求民主自由體制的理念。儘管軍事法庭作出的判決結果還是「有罪」，其中施明德被判無期徒刑，黃信介十四年有期徒刑，其餘六人十二年有期徒刑，但臺灣民眾卻在心裡視之為英雄、民主鬥士。這在一九八〇年之後「美麗島」家屬和律師群參與選舉時獲得高票當選，即可印證。

一九八〇年代的李敏勇，正值中壯之年，這時他已經開始參與《笠》詩刊的編務和社務，同時也在廣告公司擔任經理，這兩種看似相互扞格的工作，使他同時具備詩人的敏感和經理人的理性。在他的策畫和編輯下，《笠》詩刊開始有了較強烈的社會介入和運動性格，真正成為足以和當時《創世紀》、《藍星》鼎足相抗的詩刊。我還深刻記得，一九八三年春天，我和李敏勇聯繫，相約《笠》詩刊和《創世紀》、《藍星》的詩人來一場會談，最後兩人商定以「藍星、創世紀、笠三角討論會」為題，由副刊和《笠》詩社合辦，邀集各詩社詩人，於當年五月一日召開。這場討論會，其後同時刊登於副刊和《笠》。這應該是《笠》和《創世紀》、《藍星》平起平坐，被視為鼎足而三的詩社的開始。

由此可見敏勇兄的經營能力，《笠》詩刊如此，後來他參與《臺灣文藝》、接任「臺灣筆會」會長、擔任「臺灣和平基金會」、「鄭南榕基金會」、「現代學術研究基金會」等財團法人機構董事長時，也都如是。這和他在職場工作訓練出來的能力有關，他具有理念，又以實踐感動別人，因此能受到信任，在一九八〇年代之後，成為參與臺灣文化與社會運動最積極的詩人。

我還記得，一九八五年我與小說家楊青矗赴美參加愛荷華國際寫作計畫，在美國時商議臺灣作家應該有一個類似一九二〇年代「臺灣文化協會」的組織，來團結臺灣作家，推動文化重建。回國後，楊青矗立刻推動，後來決定採用「臺灣筆會」為名，並於一九八七年二月十五日正式在臺北耕莘文教院召開成立大會，楊青矗獲選為創會會長，李魁賢為副會長，敏勇兄擔任祕書長，〈臺灣筆會成立宣言〉就是由他執筆，刊登於同日出報的《自立副刊》。

在宣言中，開宗明義就說：「作家應當是一個精神的政府。作家應當是社會的良心、時代的證人；也應當是心靈的守護神、希望的領航員。」接著強調文化運動的必要性：「文化運動是一切改革的根源，唯有全面性的社會改革，才能改善社會體質。」字字鏗鏘有力，直指當時臺灣社會的病灶。

到了一九九三年三月，敏勇兄獲選為臺灣筆會會長，他的這個理念有了貫徹的空間。我手邊留存了敏勇兄獲選為會長後寫給同仁的信，在這封以筆記本頁面寫成、影印分寄同仁的信中，他展現了領導臺灣筆會前進的積極態度和構想：

> 今後兩年，除本人將積極投入筆會發展有關的事務，本會祕書處祕書長林文欽、文學研究委員會召集人張恆豪、國際交流委員會召集人李魁賢、文化運動委員會召集人李喬也將為本會的發展積極參與。我衷心希望在臺灣邁向重建的年代，筆會同仁能一起使本會顯現出與本會同仁在各自創作評論領域一樣的出色局面。為此，本人將和本屆理事們更加努力，也期望各位同仁的投入支持。

同封信中，附寄了《臺灣筆會通訊》，其中有一張附件〈臺灣筆會一九九三～計畫一九九四・二月〉，更是洋洋灑灑，臚列了十二項「工作項目」，包括臺灣筆會月餐會、臺灣李敏勇當選台灣筆會會長後草擬的年度工作計畫。

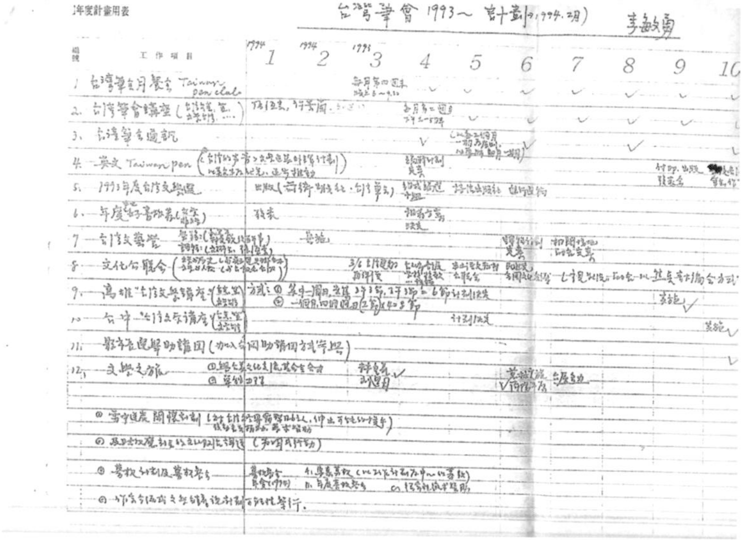

筆會講座、臺灣筆會通訊、英文Taiwan Pen外譯計畫、一九九三年度臺灣文學選、年度本土十大好書推薦（文學、非文學）、臺灣文藝營、文化公聽會、高雄「臺灣文學講座」、臺中「臺灣文學講座」、縣市長選舉助講團、文學之旅等。

　　這不只是一個會長的計畫而已，敏勇兄在其後的兩年任內，果然都付諸實行，並且獲得成果，掀起了臺灣文學重建的風潮。這些計畫，部分延續了前會長鍾肇政時期的工作，如「臺灣文藝營」、「年度十大本土好書」；部分則是敏勇兄別出心裁的策畫，如「月餐會」，每月邀請作家或政治人物演講，我印象深刻的是當年三月邀請《施明德前傳》作者李昂與施明德對談，受到媒體和聽眾的熱烈回應。

　　不在計畫之內，但後來實施的，則

一九九三年三月十五日，李敏勇以臺灣筆會會長名義寫給同仁的信。

NO. 002
DATE

給台灣筆會同仁的信

三月二十七日，我接替鍾肇政先生，擔任台灣筆會會長職務，並隨即舉行本屆理事會第一次會議。會中我提出了年度工作計劃，希望本會的未來的發展上有較積極的作為。這些工作計劃將在本會通訊中寄給各位同仁，希望大家共同參與推動。

今後兩年，除本人將積極投入本會發展布局的事務，本會秘書處秘書長林文欽，文學研究會召集人陳恆嘉，國際交流委員會召集人李魁賢，文化運動委員會召集人李喬也將為本會的發展積極參與。我衷心希望在台灣邁向重建的年代，筆會同仁能一起使本會顯現出與本會同仁在各自創作評論領域一樣的出色局面。為此，本人將偕本屆理事們更加努力，也期望各位同仁的投入支持。各位同仁可選擇加入①文學研究②國際交流③文化運動委員會，發揮所長。

本會秘書處仍設於擔任秘書長的林文欽理事前衛出版社，為國際交流連絡需要，會址設於台北市民權東路三段142號705室李魁賢理事辦公室。本會同仁有關本會會務的指教，歡迎大家與我連繫。（台北市新生南路一段158號10樓，電話3913221、傳真3921086）歡迎來我工作室奉茶。

為加強本會最需要的同仁交流聯誼，自三月起每月第四週週末晚上，在台大校友會館的台灣筆會聯誼月聚會，歡迎同仁參加為會員或擇期參加。這個聚會有多樣功能，相信會形成許多活絡的文化力。期待每月在聯誼聚會見面，或在本會的活動裡見面。並祝

時祺，筆健

李敏勇
1993.3.15

巨門文具再生紙系列・沒有一棵

有「文化運動──課題與實踐」座談會和當年四月舉辦的「臺灣人文講座」系列，每周三晚連續十個課程，邀來鍾肇政、張炎憲、黃明川、李筱峰、李敏勇、董芳苑、彭瑞金、洪惟仁、李喬、葉石濤等作家演講。講題涵蓋文學、歷史、電影、宗教、語言、文化，講者都屬一流之選。這就看得出來敏勇兄的策畫力和行動力之強，也讓臺灣筆會在他兩年任內成為最具影響力和活力的民間團體。

除此之外，敏勇兄也積極連結文學場域之外的力量，擴展筆會的影響力。如與立委葉菊蘭連結，在立院召開公聽會，提出筆會對政府文化部門存在條件的看法；與水晶唱片連結，為楊逵「鵝媽媽出嫁」唱片舉行演唱會和演講；在與臺大法學院舉辦「臺灣作家會議」，邀請張恆豪、吳潛誠、李喬、葉石濤、向陽、李元貞、呂正惠和彭瑞金討論「文學與政治」議題等，作都讓臺灣筆會不侷限於文學界之中，跨向媒體與政界，走出了寬廣的道路。

敏勇兄寫的〈臺灣筆會一九九三～計畫一九九四．二月〉，見證了一位行動文學家的社會實踐。我留存的影本，仍可看到當年四十六歲的詩人的熱血和銳氣。

三

回到詩人的角色，李敏勇也是臺灣戰後世代詩人中的佼佼者之一。生於一九四七年的他，讀高雄中學階段開始接觸文學與政論雜誌，前者如《創世紀》、《現代文學》、《文學季刊》；後者如《自由中國》、《文星》。這些刊物，啟蒙了他的閱讀視野。但真正發表詩作，則是服役階段，到了一九六八年，他開始在《笠》詩刊發表大量作品，兩年後加入《笠》詩社，就此成為《笠》戰後世代的主力詩人。一九六九年，他將發表過的詩和散文集為《雲的語言》，由林白出版社出版。這本處女詩文集，相當浪漫，仍殘存部分虛浮華麗的現代主義影響。

一九七一年，他和吳晟同獲全國優秀青年詩人獎，但他拒領；也在同年，他在《笠》詩刊以筆名「傅敏」發表詩評〈招魂祭〉，批評洛夫，引發「招魂祭事件」。這個事件，宣告了李敏勇對曾經影響過他的超現實主義的離棄。這個事件也讓他短暫停筆，甚少再參與文學活動，直到中興大學畢業後，北上臺北，進入商業界工作，他幾乎很少有作品發表。

或許也可以說，這是詩人的潛伏期。從一九七七年鄉土文學論戰後，到一九八六年出版詩集《暗房》這個階段，李敏勇通過主編《笠》詩刊到接辦《臺灣文藝》，通過策畫詩的研討會和外國詩人作品的譯介，正在醞釀他的具有強烈現實主義色澤的詩作。他已經意識到自己「作為一個臺灣作家」的文學使命和社會責任。

我認識敏勇兄，就在一九八〇年前後，小他八歲的我，因為「招魂祭事件」（也稱為「傅敏事件」）久仰於他，雖然一九七六年我已在《笠》詩刊發表一系列臺語詩，但其後服役兩年，直到一九七九年北上工作後才有機會認識他。其後，我進入自立工作，主編《自立副刊》，敏勇兄也正主編《笠》；他是《自立副刊》的作者，我是《笠》詩刊的作者。這層關一九八九年八月，應時在日本筑波大學任教的張良澤教授之邀，鍾肇政先生率領臺灣作家，出席在筑波大學舉辦的「臺灣文學研究會筑波國際會」。（前排左至右：黃樹根、杜潘芳格、李敏勇夫人、鍾肇政、林宗源、杜醫師；後排左至右：林文義、李敏勇、吳錦發、向陽）

係，使我們多了論詩的機會；其後又因為臺灣筆會的同仁因緣，以及至今的往來，都讓我對敏勇兄的勇於任事、擅長擘劃，以及那股深層的臺灣之愛，都十分感佩。

我讀他的詩，尤其是一九八六年之後的詩作，可以看到他以詩為匕首的精到之處。他的詩往往以衝決暗房的姿勢，面對臺灣的歷史、政治和文化課題，在乾淨的語言之後，含蘊千鈞力量，直擊荒謬的戒嚴臺灣。名篇如前述的〈暗房〉，以及〈我們的島〉、〈島國〉等，都受到詩壇和社會公眾的矚目。

一九八九年八月，應時在日本筑波大學任教的張良澤教授之邀，鍾肇政先生率領我們一行臺灣作家，出席在筑波大學舉辦的「臺灣文學研究會筑波國際會」。敏勇兄當時跟我說，他準備將八六年之後發表的詩作出版，回臺後次年，一九九〇年，他居然一口氣就出版了

《鎮魂歌》、《野生思考》和《戒嚴風景》等三本詩集，這個階段，他的創作力豐盛，水準齊一，以詩和政治對話，更是動人。這三本詩集連同一九九三年出版的詩集《傾斜的島》、一九九九年的《心的奏鳴曲》、應該可視為他在一九八〇到九〇年代詩創作的總成績。

二〇〇七年，敏勇兄榮獲國家文藝獎，國藝會請我為他撰寫「藝術家素描」，我以〈在暗黑的年代放光〉為題，除了介紹他的寫作、著述和參與社會的生涯之外，也對他的詩藝成就提出了我的看法。就以這段話來作為這篇文章的結語吧：

> 總的來看，李敏勇最主要的成就，是他的現實主義詩學成就。他的詩，到了詩集《暗房》、《野生思考》與《鎮魂歌》時期，勇於挖掘社會、政治議題，凝視威權戒嚴年代，表現出深刻的臺灣歷史脈絡與現實紋理；近期作品如詩集《傾斜的島》、《心的奏鳴曲》，則融合抒情和批判，現實主義和現代主義，以冷靜之筆、明澈之心，寫出臺灣從威權到民主的多變圖像，也對臺灣與全球共同面臨課題寄予關心。他的詩強調愛與和解，語言則接近歷史和哲學邏輯。他的反戰詩、批判詩、人生詩，鎔鑄了與當代其他詩人不一樣的特質，使得詩與政治對話、與歷史參證、也與人生鑑照，而能給予讀者深沉的體會和感動。

二〇一六年十二月

二〇〇九年向陽在北教大策畫「文化臺灣卓越講座」（鄭福田文教基金會主辦），邀請李敏勇擔任講座。

〔手稿故事〕16

現實、社會與民族的拉扯

——陳映真的複雜圖像

一

去年（二〇一六年）十一月二十二日早上，我在北教大臺灣文化講堂上「臺灣當代文學思潮」課程，剛好討論到一九七七年的鄉土文學論戰，當然會談到陳映真在論戰中扮演的角色，以及當時和他並肩作戰的葉石濤，乃至兩人最後在國族認同上的分手。想不到下午要下班前，中央社已發出陳映真告別人世的新聞：

（中央社臺北二十二日電）創辦「人間」雜誌，報導社會底層與現實，開創臺灣報導文學先河的知名作家陳映真，今天病逝大陸北京，享壽八十歲。

這則新聞導言，強調的是陳映真在臺灣創辦《人間》雜誌，推動報導文學的貢獻，略而不談的（或有所不知的）是他的小說成就，以及他在鄉土文學論戰中的左翼論述、鄉土文學論戰之後愈發鮮明的統派政治立場。或許撰寫這則新聞的記者想避開爭議，所以才選擇陳映真在臺灣最為各方稱譽的推動報導文學貢獻來著墨吧。

但是，陳映真的小說成就是不能被忽視的。他的小說美學、他和葉石濤在一九七〇年代高舉的現實主義文學論述，對於臺灣鄉土文學的再興、對於現代主義文學的批判，都深刻影響了其後臺灣文學的發展，也對臺灣戰後世代的書寫產生重大的啟迪作用。正是在這樣的貢獻上，陳映真才成為被尊敬的作家，陳映真的文學才和臺灣文學史有了不可割離的重量。忽視這一塊，陳映真的畫像就不完整。無論從他的小說作品，或從他的現實主義文學論述來看，陳映真都展現了一個在戒嚴年代臺灣少見的左翼知識分子的高度。放置到戰後臺灣文學史上，他和葉石濤反帝國反封建的左翼書寫，對照兩人身處的白色恐怖統治的暗黑脈絡，更顯燦亮鮮明而令後來者感動。

比較弔詭的是，作為一個傳統馬克斯主義的信仰者，陳映真在政治和國家態度上卻是一個徹徹底底的民族主義者。《共產黨宣言》強調「工人無祖國」，馬克斯和恩格斯主張工人必須將資產階級的民族國家視為壓迫他們的機器；就算工人（無產階級）建立了民族國家，也要朝向無階級和無國家的社會邁進。

陳映真在理智上是面對這個問題的，但在情感上則有意迴避這個核心課題。鄉土文學論戰發生後，他的民族主義逐漸壓過社會主義，到一九八八年創辦「中國統一聯盟」成為臺灣內部的政黨領袖而到達高峰。他主張統一的政治立場鮮明，屬於傳統馬克斯主義的左翼思想則逐漸褪色。這是他的政治選擇，無可厚非，但終究顯現了他在左翼思想和民族主義兩者間的矛盾。少了這一塊，當然也就不成其為陳映真了。

若說臺灣有個「陳映真現象」的存在，這個存在也是複雜而相互矛盾的存在——現實主義的文學陳映真、社會主義的人道陳映真、民族主義的政治陳映真，共同地並且相互拉扯地構成了陳映真的一生和他的圖像。

這複雜並生的、左與右相互拉扯的圖像，即使在陳映真逝世於他熱愛的祖國之後，也仍存留在他生身的臺灣，成為景從他和批判他的不同論者爭議的話題。

二

我所認識的陳映真，停留在鄉土文學論戰前後到他創辦《人間》雜誌的階段。

一九七五年十月，陳映真由遠景出版社出版《第一件差事》和《將軍族》兩本小說集，宣告復出文壇。當時我還在文化學院讀書，這兩本小說集和次年由遠行出版社出版、而以許南村為筆名的評論集《知識人的偏執》，都成為我「認識」陳映真的開始。

小說的陳映真，擁有擅長敘事的迷人筆調，他刻劃戒嚴年代小知識分子的憂鬱、悲傷與無奈，也特別動人；論述的許南村則是具有社會主義思想的理想主義者，他深刻批判自己的小知識分子情懷，檢討自己在現代主義時期的感傷和自憐，用他在〈試論陳映真〉一文中所說，這時期的他開始以「理智的凝視代替了感情的反撥；冷靜的、現實主義的分析取代了煽情的、浪漫主義的發抒」。他的論述語言帶有某種雄辯家的煽動性，讀來更覺熱血沸騰。這也使他成為臺灣戰後世代文青的心儀的作家。

更深刻的印象，則來自鄉土文學論戰。一九七七年三月，故鄉出版社推出《仙人掌》雜誌，由王健壯主編，創刊號專題是「中國的出發」，四月出版的第二期則是「鄉土與現實」，刊登了王拓、銀正雄和朱西甯三人所寫的有關現實主義和鄉土文學的評論，引發了其後鄉土文學論戰的開打。其後，各家論述紛紛出現，到了這年八月，彭歌〈不談人性，何有文學？〉和余光中〈狼來了〉先後發表，更是風聲鶴唳，在文壇中引發了肅殺的氣息。

陳映真，一九八七年於《自立晚報》。

就在這一個論戰過程中，這年五月出刊的《夏潮》雜誌（二卷五期），葉石濤發表了〈臺灣鄉土文學史導論〉，他定義臺灣鄉土文學應是以「臺灣為中心」寫出的作品，並標舉「臺灣意識」的主體性；六月，陳映真隨即在鍾肇政主編《臺灣文藝》革新二期發表〈臺灣鄉土文學的盲點〉，批判葉石濤的論點，主張「臺灣鄉土文學史」應該是「在臺灣的中國文學史」，而「臺灣意識」則是「分離主義」。

當時的我還是文青，《仙人掌》、《夏潮》和《臺灣文藝》三本雜誌，都是我愛讀的刊物，對於王拓、葉石濤和陳映真所撰的三篇文論，印象特別深刻。王拓強調「是現實主義文學，不是鄉土文學」，葉石濤強調鄉土文學是具有「臺灣意識」的寫實主義文學，以及陳映真主張的「在臺灣的中國文學」，顯然有著某種程度的差異性，我隱約發現同屬鄉土文學陣營，在面對黨國機器打壓的同時，已然出現了內部矛盾。特別是葉石濤和陳映真兩人，同為左翼知識分子，同處被黨國機器打壓的惡劣情境，在他們共同面對難以想像的政治整肅的危機之前，似乎已有分道揚鑣、各走各的跡象。

鄉土文學論戰終究無疾而終，在次年國軍文藝大會結束後落幕；臺灣文學乃至政治上的統獨之爭，則在葉陳兩位的對話中埋下了伏筆。儘管如此，此後十年間，我因為主編《自立晚報·自立副刊》，與兩人均有頻繁接觸，我所看到的陳映真和葉石濤，雖然道不同，卻還是維持著惺惺相惜、相互敬重的感情。

我還記得，一九八六年葉石濤完成《臺灣文學史綱》，準備由文學界雜誌社出書，我得訊後，先約請鄭炯明寫〈為《臺灣文學史綱》的出版說幾句話〉在副刊發表，接著想到鄉土文學論戰時葉陳兩人的對話，做為編輯的敏感，我嘗試測知他們兩人在時隔九年之後的立場和態度，於是分別打電話給他們，希望能做一個文字對談。葉老很樂意，他寄來〈有關「臺灣文學史綱」的撰寫〉一文，陳述他寫作的動機和過程；陳映真也很爽快地答應了，我先請副刊編輯以電話訪問他對《臺灣文學史綱》的看法，編輯錄稿後，寄給他潤飾，最後他慎重其事，親筆寫了約三百字的文稿回給我。

道不同，仍相為謀。當時《臺灣文學史綱》尚未出版，但陳映真早就了然葉老的史觀，他在回應文中寫了四點意見，第三點肯定《史綱》出版的意義、第四點則表示對葉老治學精神的敬佩：

> 三、文學史對創作者、批評家和讀者都是不可缺少而又富有啟發性的參考結構。如今臺灣地區的文學有史，使臺灣文學史的研究與發展有一個初步的根據，自然是一件盛事。
>
> 四、我個人在臺灣文學史的若干具體問題上和葉老或有不同意見，但對於他勤勉、嚴肅治學的精神，由衷敬佩，並申祝賀之意。

我將陳映真這張已有摺痕、字跡淺淡的手稿保存至今，因為它鏤刻著陳映真和葉石濤兩人最後的文字對話和真情——他們在鄉土文學論戰期間並肩作戰，也同時分道揚鑣；他們在一九八〇年代已走向一臺灣一中國的不同路向，卻仍維繫相互敬重的情誼而保有各自的堅持。這樣的風範，雍容而瀟灑。

既然促成了葉陳兩人的對話，我隨即又以《自立晚報》舉辦「第三次百萬小說徵文」為名，邀請他們擔任決審委員，也獲得兩人首肯。一九八七年二月一日，《臺灣文學史綱》出一九八六年葉石濤《臺灣文學史綱》出版前夕，陳映真應向陽之邀，手書他對葉石濤治學精神的由衷敬佩。（箭頭筆跡係向陽當年編輯時所加）

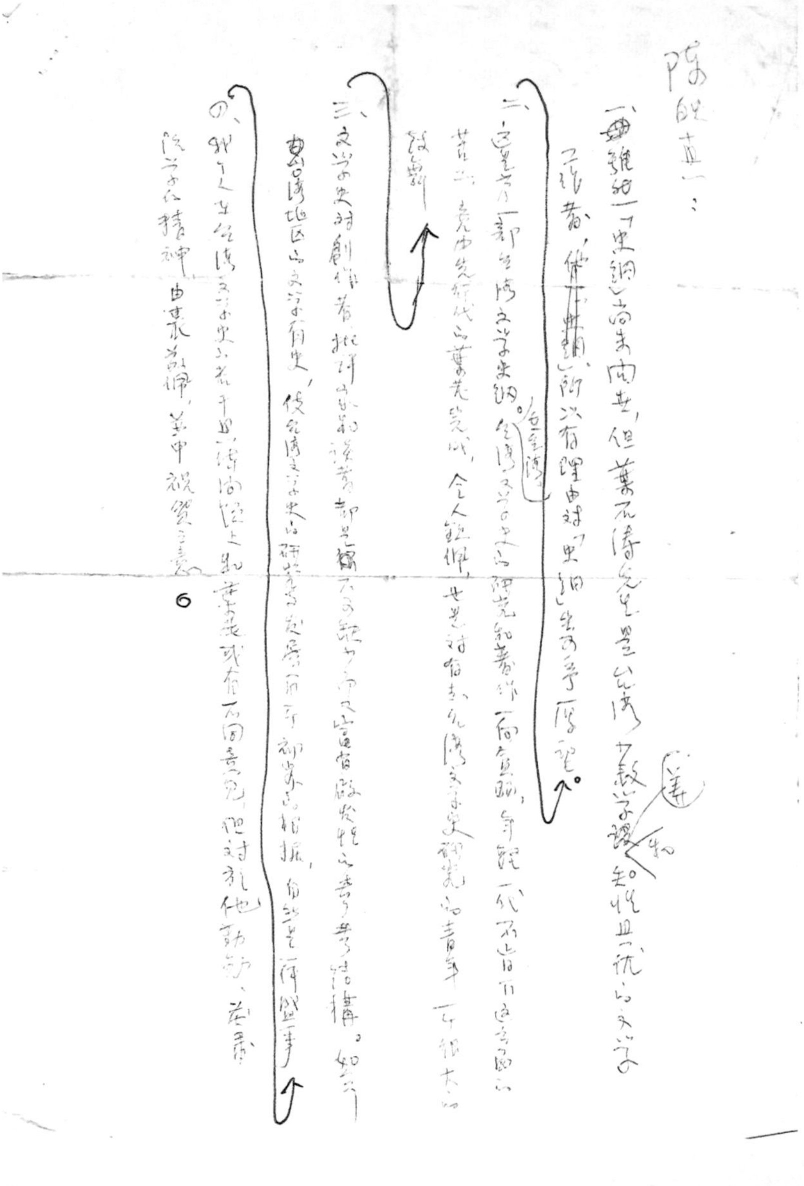

一九八七年二月七日，在《自立晚報》舉辦「第三次百萬小說徵文」的評審會現場。五位決審委員右起：李喬、陳映真、葉石濤（主席）、楊青矗、施淑。

版；六天後（二月七日）百萬小說決審，在自立晚報五樓會議室召開，兩人依約前來，和另外三位決審李喬、楊青矗、施淑同桌而坐，一起討論當時進入決選的長篇小說。照片中的葉老擔任主席，陳映真坐在右側，正在討論作品，他們兩人如是近身而坐，品評小說優劣，也各有堅持。這張歷史性的照片，大概也是兩人生前最後一張合照吧。

三

我與陳映真第一次見面，應該是我退伍後到臺北工作後了。大約是一九八〇年吧，當時先認識了詩人施善繼，某個秋夜，他帶我到陳映真中和住宅，與陳映真先生聊了一些文壇與創作的事。印象中，陳映真問了我的工作狀況，也對我寫作臺語詩表示了一些看法。我已忘了他如何評價我使用「方言」寫作，只記得他告訴我，寫作者要有思想，要讀書，他說：「沒有思想的作品，就沒有靈魂；不讀書的作家，就沒有生命。」這是我從年輕時就記憶至今的一句話。

我進入《自立晚報》編輯副刊後，和臺灣作家的往來更加頻仍。跟陳映真先生約稿，他說：「有作品就給你。」果然，一九八二年冬天，他交給我他的新作〈萬商帝君〉，中篇小說，說可跟《現代文學》同時發表。我拿到稿件，立刻發排，於一九八三年一月十日開始連載，直到三月十一日連載結束。〈萬商帝君〉是陳映真以社會主義現實主義美學書寫的小說，對於帝國主義和資本主義對於人的異化有著深沉的討論，同時也對跨國公司對臺灣社會、文化的侵略採取了猛烈的批判。

小說連載結束後，文學評論家何欣，打了電話給我，說他讀這篇小說，有些想法，想寫點文字，我當然歡迎，隨後何欣寄來〈論陳映真的「萬商帝君」〉萬把字長文，就在同年五月十一日到十三日見報。何欣擅長文本分析，他對〈萬商帝君〉有褒有貶，結論則直指〈萬商帝君〉「未能發揮它的主題意義，枝節敘述有喧賓奪主之嫌；結構鬆懈，甚於〈雲〉」。面對這樣的評價，陳映真有何反應呢？

五月十四日，陳映真寫了信給我，首段這樣說：

讀何欣先生評「帝君」，甚為感佩。朋友而肯坦誠批評，這是一個批評家最基本（但於臺灣則不多見）的品格。得便請代致謝。

我打開此信時，原本忐忑，讀這段就放下心來了。對一個編輯人來說，連載陳映真的小說新作之後，再刊登一篇文學評論家對這篇小說不太客氣的評論，在一九八〇年代副刊相互競爭的場域中，算是不上道的，犯了禁忌。然而陳映真虛心接受了，也沒責怪於我，足見他對於嚴肅評論的虛懷若谷。

這封信的第二段，接著說的是：

陳映真中篇小說〈萬商帝君〉發表於一九八三年一月十日首日版面，連載迄三月十一日止。

萬商帝君
陳映真最新中篇力作
文／陳映真

一九八三年五月十一日至十三日，何欣在《自立．副刊》發表萬字評文〈論陳映真的萬商帝君〉，直言該篇小說「結構鬆懈」。

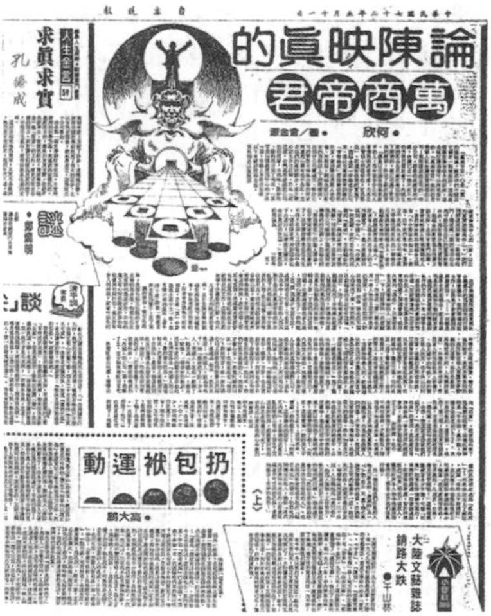
論陳映真的萬商帝君
何欣
求眞求實
扔包袱運動
大陸文藝雜誌銷路大跌

我這邊少一個編輯人才。能不能介紹一個寫小說的年輕朋友來？我覺得有寫小說經驗的人才能寫出好的報導；而深入、廣泛的報導生活，又可豐富做為小說家的記者。除了一般待遇，他還有一項「福利」，我會看他的小說，並給予一點意見（一笑）。

這段話我當時並未特別注意，這個時候離陳映真於一九八五年十一月創辦《人間》還有兩年半的距離，但陳映真似乎已有找小說家來寫報導，讓小說家扮演記者的想法了。換句話說，早在創辦《人間》雜誌的兩年半前，陳映真已經開始想要訓練年輕的小說家成為好的報導文學作家了。

這使我想起，陳映真創辦《人間》雜誌之後，有一天我到編輯部找他，他很興奮地告訴我，《人間》雜誌上年輕編輯寫出的好報導，哪篇哪篇如何如何。《人間》創辦後，的確在讀書市場上颳起了旋風，每期銷路都很好，這是陳映真高興的原因；當時我的大學好友曾伯堯就在《人間》任職，我知道，每篇報導文章都是陳映真一字一字、一段一段改出來的。他對《人間》雜誌登出的報導，抱著高標準，他要求深度、廣度，同時也要求「角度」——社會主義的、反帝國反資本主義的視角。

這是當時我所知道的報導的陳映真。然則我忽略了這封信透露的訊息，那就是他推動報導文學（或者用他習慣的「報告文學」）的想法，原來早在一九八三年就已經萌生了。

這年八月，陳映真在聶華苓力邀之下，應邀赴美國愛荷華大學參加「國際寫作計畫」（International Writing Program）。通論都認為他是在旅美期間接觸到尤金・史密斯（W. Eugene Smith 1918-1978）的紀實攝影而受到震撼，才生出辦一本融合報導文學與報導攝影的雜誌的念頭。我手頭的這封信，卻印證了陳映真早有這個念頭，只是未到時機罷了。

直到陳映真過世後，我應《文訊》雜誌總編封德屏之邀，主持該刊舉辦的第二場「人間風景・陳映真」座談會，回家後重新翻找書房，找出這封寫於一九八三年五月十四日的信，這才肯定包括我自己在《照見人間不平——臺灣報導文學史論》中採取陳映真因受史密斯・尤金攝

一九八三年五月十四日陳映真給向陽的信，對於何欣批評〈萬商帝君〉之文表達感佩之意。

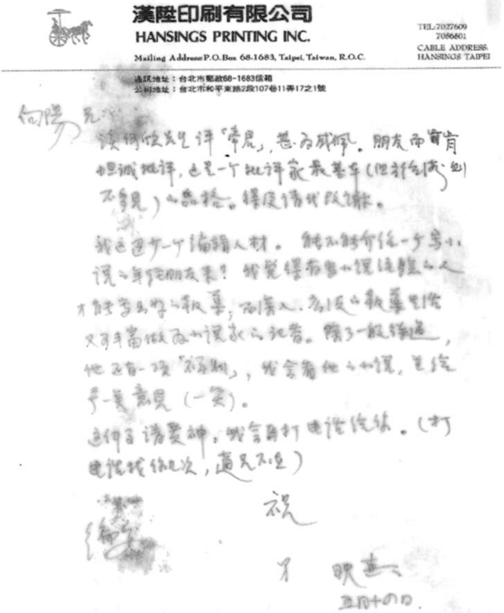
漢陞印刷有限公司
HANSINGS PRINTING INC.
Mailing Address P.O.Box 68-1683, Taipei, Taiwan, R.O.C.
TEL:7027609
7056801
CABLE ADDRESS:
HANSINGS TAIPEI
通訊地址：台北市郵政68-1683信箱
公司地址：台北市和平東路2段107巷11弄17之1號

向陽兄：

讀何欣先生評「帝君」，甚為感佩。朋友而肯坦誠批評，也是一個批評家最基本（但於台灣也不多見）的品格。據便請代致謝。

我正要一個編輯人材。能不能介紹一個寫小說的年輕朋友來？我覺得有寫小說經驗的人才能寫出好的報導，而讓人、各項的報導也比較又可能當做為小說家的記者。除了一般條件，他還有一項「福利」，我會看他的小說，並給予一點意見（一笑）。

這件事請費神，我會再打電話給你。（打電話找你幾次，通不過）

祝

編安

弟 映真

五月十四日

影啟發而創辦《人間》的論點，都有必要修正。

報導的陳映真透過《人間》雜誌，在臺灣推動左翼的報導文學，允為他對臺灣文學發展史的最大貢獻。在他之前，日治時期楊逵先發，以「報告文學」作為左翼臺灣文學的利器；一九七五年之後，高信疆則以美國「新新聞」的非虛構小說書寫方法倡議報導文學，以閃避左翼報導可能帶來的政治壓制；一九八五年陳映真創辦《人間》雜誌之初，也只能以發刊詞〈因為我們相信，我們希望，我們愛……〉，強調人道的、基督教的神學美德，避開左翼批判字眼，方能不受到黨國機器的取締。

一直要到《人間》停刊之後，一九九一年二月出版《典藏版人間雜誌全套合訂本》，陳映真在〈出版贅言〉中方才明言：「人間雜誌的文字報導在臺灣建立了民眾報導、即對於勞動人民、對於被損害的人民的深入報導，也為報告文學（reportage）首次建立了一個機關刊物」。這也說明了陳映真以《人間》雜誌做為中國左翼報告文學在臺灣的機關刊物的初心，恐怕也和赴美後受到史密斯·尤金攝影啟發的說法無關，而是源自他深固的社會主義信仰才是。

四

我所認識的陳映真，停留在一九八〇年代。那是小說書寫的陳映真、推動報導文學的陳映真。小說的陳映真，擁有悲天憫人，凝視弱勢者、被凌虐者、被欺壓者的情操，通過凝鍊、優美的語言，構築出人道和社會主義思想的小說世界；報導的陳映真，則具體地用報導文學與紀實攝影留下一九八〇年代臺灣底層社會的悲鬱容顏，並且呈現了臺灣走向資本主義社會的不義和人的異化。

儘管陳映真生前一再強調臺灣文學的不在，而以「在臺灣的中國文學」指稱在臺灣具在的文學；但他在臺灣創作出的諸多傑出小說，在臺灣推動的具有左翼脈絡的報導文學，終究還是臺灣文學史不可忽視、不可割離的一部分。我所不認識的，是政治的陳映真，是掛著「中國統一聯盟主席」頭銜的陳映真，但我尊重他的認同、選擇與堅持。

如今他已離開了，我在萬籟俱寂的深夜寫此雜文，想到年輕時和他的書信往來、對話交談，仍然可以感覺到他當年的溫熱、開闊與力行、實踐，在他當年面對黨國機器霸凌之後堅毅的眼神中，在他對葉石濤《臺灣文學史綱》的雖不同意但衷心祝賀的文字裡，在他面對何欣直言〈萬商帝君〉是結構鬆懈之作之後寫給我的信中……

二〇一七年二月

〔手稿故事〕17

飛成一隻鳥

——以詩為宗教的羅門

一

冬日午後，前往基督教靈友堂參加詩人羅門的安息禮拜。臺北的陽光暖和，但仍有寒風襲來。兩個小時的安息禮拜，肅穆祥和。羅門的遺照注視著教堂內前來追思的詩友，終於走完一生的詩人羅門，晚年受洗，留下一片廣大的詩的天空，從此應可無憂無懼，不用再「猛力推窗」了。

在安息禮拜中，我腦海裡不斷浮起羅門的名作〈窗〉：

猛力一推　雙手如流
總是千山萬水
總是回不來的眼睛

遙望裡
你被望成千翼之鳥
棄天空而去　你已不在翅膀上
聆聽裡　你被聽成千孔之笛
音道深如望向往昔的凝目

猛力一推　竟被反鎖在走不出去
的透明裡

這首詩有其費解之處，「窗」是一個關鍵的隱喻，做為實體的窗，做為仰望的「回不來的眼睛」，做為「千翼之鳥」，構成此詩的想像畫面，它可以是實際的望向窗外的景象，也可以是詩人內在心象的描繪。用羅門的話來說，那是一道「自我生命的窗」、「大自然宇宙時空的窗」、「天國的窗」，乃至於「所有的窗之外的窗」。再用羅門寫於〈心靈訪問記〉的話來說，「那是一個多麼透明的窗口！望向生命無限的迷人的遠景」。千山萬水，此刻已回不來了，一生以詩為宗教，執著信念，不因現實世界或生活的孤獨而頹喪的羅門，此際已破窗而出，飛向天空，不被肉身侷限，自由自在了。

二

羅門，是臺灣具有前衛精神與動力的詩人之一，出生於一九二八年的他，從一九五四年發表詩作〈加力布露斯〉於《現代詩》開始，就全心打造屬於他的詩的世界。他擅長於現代詩創作，並努力建構自己的詩論體系，發展了一套可以自圓其說的「第三自然」論（他稱之為「第三自然螺旋型架構」），並以此支撐他的詩作體系。他的詩，對於都市文明與現代人的困境表現甚多，被認為是臺灣最早注視到都市文明現象的詩人。著有詩集《曙光》、《第九日的底流》、《曠野》、《全人類都在流浪》等，一九九五年詩人林燿德曾為他編選《羅門創作大系》共十卷，其中卷一到卷六為他的詩選集。

根據林燿德編本的主題來看，羅門的詩主題可大分為戰爭、都市、自然、死亡、抒情等五大類。表面上看，他的詩路多變，但本質上都圍繞著他所宣稱的「第三自然」論而發展，語言技巧上則維持著他敏銳的實驗性和前衛性。他的重要詩篇多半完成於一九六〇至八〇年代，六〇年代他是現代主義的實踐者和鼓吹者，八〇年代之後則醉心於後現代詩的創作。詩評家陳鵬翔曾說，羅門的詩有三個重心：心靈、現代悲劇精神與第三自然，再加上後現代詩觀，就能總括羅門的現代詩世界了。

「第三自然」既是羅門最重要的創作觀，又何所指呢？羅門在《羅門創作大系》總序中做了簡要的說明：第一自然指接近田園山水型的生存環境；第二自然指人為的物質存在世界；第三自然則是詩人以心靈創造出來的「以美為主體」的世界，是「無限廣闊與深遠的心象世界」，更是詩人「永久的故鄉」與「上班」的所在。換句話說，羅門在生態自然與工業自然之外，拔高了詩人的角色，在於創造一個美的心靈自然。這或許也是理解羅門詩觀和他四十多年創作生涯的一扇「窗」吧。

我認識羅門，是在一九七〇年代，當時我還是大二的學生，暑假時與一群朋友造訪他和蓉子位在泰順街的「燈屋」，羅門和蓉子很熱情地招待我們，帶我們到他一手規劃、建置的燈屋，逐一解釋他如何以廢棄的物件，建構和他的詩觀相近的擺飾和燈具。記得那時他就不斷強調，這是以「第三自然螺旋型架構」規劃出來的傑作。對當時剛進詩門的我來說，那記憶十分深刻，羅門的廣東腔華語鄉音濃厚，說話急切，一時之間並不容聽清楚他的語意，但是「第三自然」話不離口，似乎亟欲讓聽者的我理解他的精神世界。他那熱情而專注的眼睛，我至今難以忘懷。

大三時我擔任華岡詩社社長，有空時也會到泰順街拜訪羅門與蓉子。記得有一次，羅門送我詩集《死亡之塔》、評論集《現代人的悲劇精神與現代詩人》，還有他主編的《藍星詩刊》，這次見面，讓還說不上是個詩人的我有了豐收而歸的感覺。那個晚上，他還朗讀了他得到菲律賓總統金牌獎的名作〈麥堅利堡〉，這首詩以菲律賓麥堅利堡（Fort Mckinly）公園（紀念二次大戰期間七萬美軍在太平洋地區戰亡的園區）為發想，表現羅門對於戰爭的省思，詩作羅門送給向陽的詩集《死亡之塔》。

林燿德編選《羅門創作大系》共十卷，其中卷一到卷六為詩選集。

寫給羅門的信。

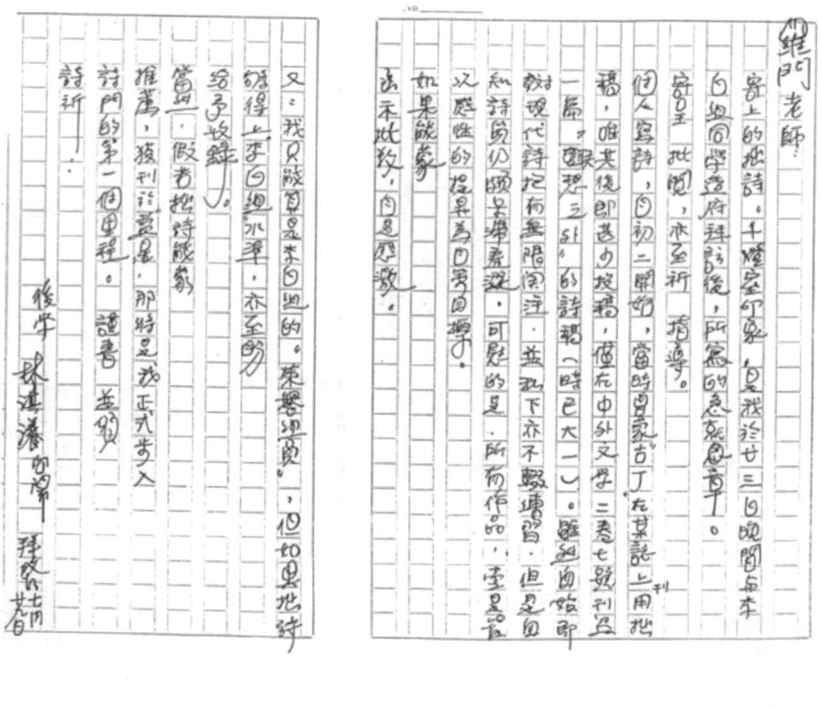

羅門老師：

寄上的拙詩「千燈室印象」是我於廿三日晚間與本白迎同學造府拜訪後，所寫的急就章了。

寄呈批閱，亦至祈　指導。

個人寫詩，自初二開始，當時曾發表了在某誌上刊用拙稿，唯其後即甚少投稿，僅在中外文學二卷七號刊登一篇「瞑想之外」的詩稿（時已大一）。雖然自始即對現代詩抱有無限關注，並私下亦不斷練習，但是自知詩質仍頗呆滯羞澀，可慰的是，所有作品，全是自以感性的結果為自我自娛。

如果能蒙

函示批改，自是感激。

又：我只能算是本白迎的「業餘迎賓」，但如果拙詩能得上本白迎水準，亦至盼

給予收錄。

當然，假若拙詩能蒙

推薦，獲刊該處，那將是我正式步入詩門的第一個里程。謹書　並賀

詩祈——：

後學　林淇瀁　敬啟　拜啟　十月廿四日

一九七八年，向陽與方梓訪羅門、蓉子於泰順街燈屋。
（《文訊》雜誌提供）

繫以「超過偉大的／是人類對偉大已感到茫然」前言，最後一段這樣寫道：

死神將聖品擠滿在嘶喊的大理石上
給昇滿的星條旗看　給不朽看　給雲看
麥堅利堡是浪花已塑成碑林的陸上太平洋
一幅悲天泣地的大浮彫　掛入死亡最黑的背景
七萬個故事焚毀於白色不安的顫慄
史密斯　威廉斯　當落日燒紅滿野芒果林於昏暮
神都將急急離去　星也落盡
你們是那裡也不去了
太平洋陰森的海底是沒有門的

這首詩以戰死的軍士「史密斯」、「威廉斯」代表七萬名亡者，通過呼告，深沉地表達了詩人對於戰爭的控訴和人類命運的悲哀。「死神將聖品擠滿在嘶喊的大理石上」寫墓園所見實景，「七萬個故事焚毀於白色不安的顫慄」則寫詩人的心境。這首完成於一九六一年的作品，在羅門的朗讀之下，更讓我對於他的反戰精神，以及他對「第三自然」的心靈世界之美，有了比較貼近的認識。

除了〈麥堅利堡〉之外，羅門還寫了〈板門店．三八度線〉、〈彈片．TRON的斷腿〉等令人印象深刻的佳篇。他的人道主義精神，使得他的「第三自然」論得到了真正的支柱。論者常以為他是現代主義者，從他的戰爭詩來看，他何嘗不是一位通過內在心靈表現寫實主義內涵的詩人？

三

羅門逝世於一月十八日，第二天《文訊》雜誌社社長封德屏在臉書貼出訊息，我感到相當不捨。他在盛年創造了一個現代詩的自足世界，以詩為宗教，卻也像他的〈窗〉所說，把自己「反鎖在走不出去／的透明裡」那樣，長年以來，一直孤獨於詩壇之中，他頑強而不為詩壇的潮流所動，堅信自己的詩創造是獨一無二的偉大工程，他的詩的確和他的燈屋一樣，架構了充滿豪情和沉思的瑰麗的精神世界，但是他的晚年則是在淒涼、寂寞，並且逐漸躁鬱的情況下度過。

封德屏在臉書上說，去年七月六日，羅門從松山療養院搬進北投道生院老人長期照顧中心；八月十七日，蓉子也從大龍老人住宅搬進來，彼此照應；去年十月底羅門不小心摔了兩次跤，從此進出醫院，在老人院中也鎮日臥床昏睡。終因天冷體衰而在清晨六時於睡夢中過世。

羅門與蓉子曾被譽為文壇的「伯朗寧夫婦」，兩人皆以詩揚名。羅門的詩，有剛健雄邁之氣，想像奇突，對於戰爭、都市與文明的書寫都具批判性；蓉子的詩則相對柔美溫婉，在恬靜中隱含強韌之質，一如其人。兩人年輕時因詩結緣，傳出佳話；婚後共建「燈屋」，剛柔相濟，更見溫馨。羅門走了，留下蓉子獨行，我只能期盼她堅韌節哀，保重身體，走出悲傷的谷底了。

找出一九八五年羅門應我的要求，為我在《自立．副刊》策畫的「作家日記三六五」（其後由爾雅出版為《人生船》）所寫的日記〈詩的早晨〉，寫於一九八三年四月八日。這篇日記寫他在燈屋頂樓看花、看天、看自己以普普藝術觀念所製作的造型空間的滿足感：

當我在過去投資廿五年漫長的上班歲月，堅苦的賺回所有的時間，使每秒鐘都屬於自己的，我便成為時間的巨富了，可以把每天都當做假日，不再被「生存」扭著鼻子走了。此刻當一隻鳥飛過天空，把自由與遼闊掉在我頭頂上，我高興得像接住上帝發下來的通行證與信用卡，像這樣任你來往與使用的世界，還不夠富有嗎？

顯然，在羅門的心中，精神世界重於一切，「鳥」與「天空」也常出現在他的諸多詩作中，作為一種隱喻，表現他不願束縛於常規常軌的自由意志的追求。這篇日記結尾於「直到看羅門日記〈詩的早晨〉手稿第一頁及第二頁。

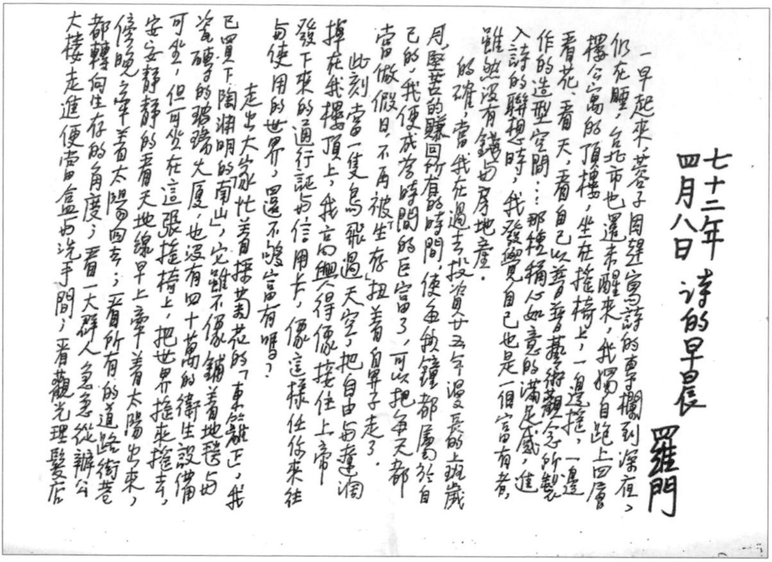

七十二年四月八日 詩的早晨 羅門

一早起來，蓉子因趕寫詩的專欄到深夜，仍在睡，台北市也還未醒來，我獨自跑上四層樓公寓的頂樓，坐在搖椅上，一邊搖，一邊看花、看天、看自己以前藝術觀念所製作的造型空間……那種稱心如意的滿足感，進入詩的聯想時，我發覺自己也是一個富有者，雖然沒有錢與房地產。

的確，當我在過去投資廿五年漫長的上班歲月，堅苦的賺回所有的時間，使每秒鐘都屬於自己的，我便成為時間的巨富了，可以把每天都當做假日，不再被生存扭着鼻子走了。

此刻，當一隻鳥飛過天空，把自由與瀟灑掉在我樓頂上，我高興得像接住上帝發下來的通行証與信用卡，像這樣任你來往與使用的世界，還不夠富有嗎？

走出大門，忙着插菊花的「東籬下」，我已買下陶淵明的「南山」，它雖不像鋪着地毯與瓷磚的豪華大廈，也沒有四十萬的衛生設備可坐，但可坐在這張搖椅上，把世界搖來搖去，安安靜靜的看天地線早上牽着太陽出來，傍晚又牽着太陽回去；看所有的道路街巷都轉向生存的角度；看一大群人急急從辦公大樓走進便當盒與洗手間；看觀光理髮店

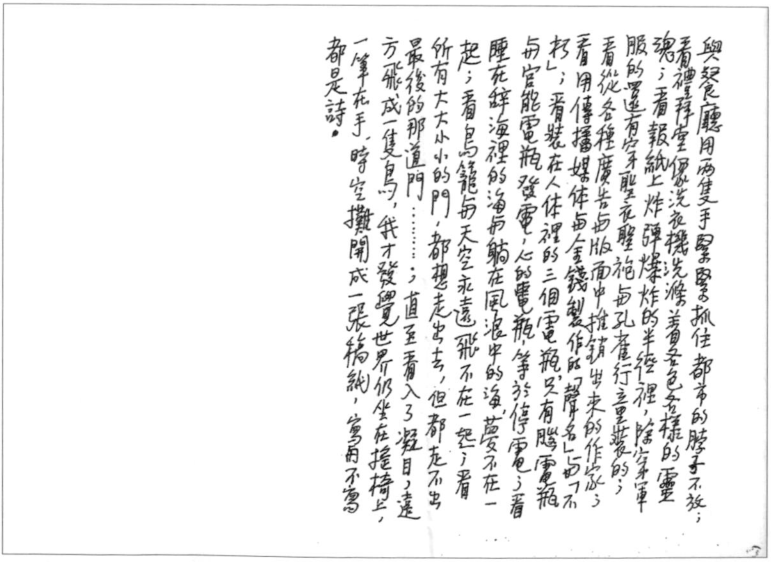

與餐廳用兩隻手緊緊抓住都市的脖子不放；看禮拜堂像洗衣機洗濯着各色各樣的靈魂；看報紙上炸彈爆炸的半徑裡，除穿軍服的還有穿聖袍與孔雀行頭最多的；看從各種廣告與版面中推銷出來的作家；看用傳播媒體與金錢製作的「聲名」與「不朽」；看裝在人体裡的三個電瓶只有腦電瓶與官能電瓶發電，心的電瓶等於停電；看睡在辭海裡的海與躺在風浪中的海，總不在一起；看鳥籠與天空永遠飛不在一起；看所有大大小小的門，都想走出去，但都走不出最後的那道門……；直至看入了凝目，遠方飛成一隻鳥，我才發覺世界仍坐在搖椅上，一筆在手，時空攤開成一張稿紙，寫與不寫都是詩。

入了凝目，遠方飛成一隻鳥」，這才發覺「世界仍坐在搖椅上，一筆在手，時空攤開成一張稿紙，寫與不寫都是詩」。

看著看著，我似乎也看到了在我年輕時常相往來的羅門，一直到生命的最後一天，仍然把時間和空間當成他的稿紙，盡情揮灑他晚年不為人知也不被他的詩人老友所理解的自由渴望，但終究還是被愈趨衰弱的身體與精神所捆縛，所幸還有蓉子對他不離不棄，接受他的躁鬱、從未改變的詩人大夢，以及他的現實上的不完美。

如今羅門走了，飛成一隻鳥，而時空與上帝則攤開胸膛，接受他、迎納他。這一大張稿紙，再也沒有人可以阻擋他書寫了。

二〇一七年二月

〔手稿故事〕18

心心念念為臺灣

——林佛兒的文學與出版志業

一

詩人、編輯人、出版人林佛兒辭世了。

知道這消息是詩人渡也兄傳來私訊，接著在詩人初安民的臉書看到發文。一時不敢置信，但也不能不信。只能說：佛兒兄您太早走了，儘管人生之路走來顛簸，缺憾也都還給天地了。找到佛兒兄的臉書，大頭貼還停留在二〇一六年六月二日，旁邊的留言，寫著「夕陽無限好，只是近黃昏」。是他已有預感嗎？或者只是因為大頭貼受到臉友讚賞的謙虛之詞？大概也都不重要了。

想起在這稍早，三月二十日吧，我還在鹽水臺灣詩路舉辦的詩歌會上，與佛兒兄嫂見面暢談；今年的詩歌會，手冊上也列了佛兒兄嫂的大名，但未見到兩人前來，我還問了勁連兄，佛兒兄怎沒來啊？沒想到，去年鹽水一晤，竟成了最後一會。

二

認識佛兒兄四十年了。回想與他長久的交往，仍如昨日。幾個關鍵詞牽繫了他與我之間的友誼：林白出版社、鹽分地帶文藝營、自立副刊「大眾小說版」、《臺灣詩季刊》、《推理》雜誌，以及他到去世前仍主持的《鹽分地帶文學》雙月刊。把這幾個關鍵詞連結起來，我所認識的林佛兒，幾乎也就勾勒出了他生前對臺灣文學所做的主要貢獻。這些貢獻，讓佛兒兄費盡心力，卻也不枉此生。在他曾走過的路上，作為一位深愛臺灣的詩人，除了詩之外，他在出版、雜誌、文學運動，乃至於臺灣推理小說都曾無悔無怨，扮演著火車頭的角色，在關鍵時刻領軍出發，發揮了莫大的影響力。

認識佛兒兄，最早是因為我們都寫詩。我讀文化學院三年級時主持華岡詩社，因為學長黃進蓮（後改名為黃勁連）創辦大漢出版社而與他結緣，那是一九七五年的事。黃勁連是主流詩社同仁，林佛兒則參加了龍族詩社，兩人都出身於鹽分地帶，學長創辦了大漢出版社，學弟免不了要跑腿幫忙，因此常往當時位在和平東路的大漢出版社跑，大漢出版社創業階段的暢銷套書《中國當代散文大展》版權頁上還留有我擔任校對的名字。相對於剛才上路的大漢出版社，林佛兒則是當年出版界擁有眾多暢銷書的林白出版社的老闆，對我這個在學中、初出茅廬的小老弟一點也不擺架子。這是最初的印象。

二〇一六年三月二十一日，林佛兒與岩上、黃勁連、向陽（左起）合影於臺灣詩路。

一九七〇年代臺灣現代詩運動的開展，來自戰後出生的新世代詩社詩刊，龍族、主流與大地三個年輕詩社當時對前行代詩人及其西化詩風，展開毫不留情的批判，因而改變了其後臺灣現代詩的路向。其中最關鍵的因素，就是一九七三年由高信疆主編的《龍族評論專號》，專號提出了龍族回歸傳統、關懷現實、擁抱大地的整體主張，影響了眾多年輕詩人，使得臺灣現代詩自此返歸到現實主義的書寫美學上，那是現代詩壇旋乾轉坤的一刻。

而這本評論專號，就是由佛兒兄主持的林白出版社出版，評論專號對我個人其後的詩風、詩路也造成了很大的影響，因此初見他之際，對於他不計盈虧，出版專號的魄力和勇氣，當然也表達了後輩的敬意。也許對當時的他來說，相較於暢銷書的收益，這本評論號的成本不算什麼；但在當時的我來看，這已無負於他作為詩人的初心、作為出版人的遠見。

林佛兒是林白出版社的創辦人，經營匪易，一般人對林白的印象多半停留在該社的言情、暢銷小說上，特別是一九八〇年代之後走的「羅曼史」路線上。身為詩人的佛兒兄因此常常面對文學同儕的質疑。我進入《自立晚報》編副刊之際，他常來報社找我，有時也會大發牢騷，說文壇中人不了解他，他說他怎麼可能背棄文學呢？龍族評論專號之外，他早在一九七〇年就出版了「鐵血詩人」吳濁流的《無花果》，為此還因而遭到警總查扣該書，並加以恐嚇，要他此後不得出版吳濁流的作品。「你說，出版界還有誰比我勇敢？」他的不平表情和語氣，我至今還記得。

但林白在一九八〇年大量出版外國羅曼史小說，與當時的希代出版互爭市場，也是個事實，我因此也勸他，既然如此，你何不以詩人的身分，延續當年龍族詩社的精神，復刊《龍族詩刊》，拿出具體的作為回應外界的批評？幾天後，他又來報館找我，說：「向陽，你的建議很好。但我想了很久，我不想再辦同仁詩刊了，人多口雜，合作不易。我要獨資推出詩刊，刊名就用臺灣詩的名稱。」

沒多久，他開始約稿，那是一九八三年的事，六月，《臺灣詩季刊》正式創刊，他很興奮地帶了詩刊到報館來找我，說：「你看，有哪本詩刊能像我這樣精編

一九七三年，林白出版社不計盈虧，出版高信疆主編的《龍族評論專號》，對臺灣詩壇的返歸現實主義詩風產生重大影響。

精印？」的確，他是出版人，有深厚的出版與編輯經驗，林白又是資金雄厚的出版社，當然可以如此精美；相較同一時期由我主持的同仁詩刊《陽光小集》（剛推出十一期），《臺灣詩季刊》大有後來居上的氣勢。

但真正的意義不在精編精印的華麗，而在於《臺灣詩季刊》是臺灣第一本以「臺灣」命名的詩刊，一如一九六四年四月吳濁流創辦的《臺灣文藝》那樣，彰顯了臺灣精神的存在。這應該是佛兒兄因出版吳濁流《無花果》遭禁之後，一直念念不忘的事吧。

《臺灣詩季刊》先後出版了八期，直到一九八五年六月（版權頁，實際上拖到當年十月付梓）才休刊（停刊）。我也因為他經常催稿，在詩刊上發表了一些詩作和評論，《陽光小集》的同仁作品也常見於《臺灣詩季刊》，這兩本詩刊儼然已有結盟的關係。《陽光小集》是憤怒青年的組合，《臺灣詩季刊》則是佛兒兄一人獨撐大梁的詩刊，顯現了一個有使命感的詩人介入社會、關心現實的胸襟。

我認為，從《龍族評論專號》到《臺灣詩季刊》，佛兒兄的一九八〇年代出版生涯方才有了值得他自豪的亮點。

三

佛兒兄辭世後，媒體使用最多的封號，都說他是「臺灣推理小說第一人」，這封號有點過譽，因為推理（或偵探）小說，早在日治時期的臺灣文壇就已出現，並非起於戰後。但如果從推動推理小說的本土化角度來看，第一人則非林佛兒莫屬。

這是因為，他早在林白創立之初就引進了日本推理小說家松本清張的多部作品，其後又有系統地出版相關的「推理小說系列」、「江戶川得獎作品」等翻譯小說，鋪陳了戰後臺灣推理小說閱讀與創作的環境；他創辦了臺灣第一本專業的《推理雜誌》（一九八四年十一月創刊），推動推理小說的本土化與社會性，這本雜誌一直發行到二〇〇八年四月休刊，十四年間共出版了兩百八十二期，無論對臺灣推理小說的理論化、創作成果或文類推動，都深具影響力；他也創辦了「林佛兒推理小說創作獎」（一九八九），雖然只辦了四屆，但對於推理新秀的栽培和鼓舞則至今仍有餘澤。

但更重要的是，他也是相當優秀的推理小說家。他的兩本推理名著《島嶼謀殺案》與《美人捲珠簾》都備受肯定，《美人捲珠簾》曾獲中國第二屆最佳偵探長篇小說獎（二〇〇一）。他的推理小說受到松本清張的影響，強調社會性，具有強烈的社會關懷，對於不公不義勇於批判，而非純以偵探情節取勝；他是臺灣詩人，因而也強調臺灣性，有意地將臺灣意識植入小說之中。

佛兒兄推出《推理雜誌》之際，我還在《自立晚報》編副刊，副刊都有連載小說，當時多以武俠、言情為主，作為強調純文學的副刊藉以吸引讀者大眾閱報的利器。我並不認為純文學和大眾文學是對立的，因此構思在自立副刊之外，增加一個第二副刊「大眾小說版」，以推動戰後新一波「大眾文學」風潮。我告訴了佛兒兄，他當然很高興，就說他有題材要寫，要我留

一九八五年四月八日，林佛兒推理長篇《美人捲珠簾》《自立・副刊》開始連載，受到讀者喜愛，七天後轉到新創的第二副刊「大眾小說版」連載。

版面給他。一九八五年三月左右，他就興沖沖地帶來了《美人捲珠簾》的第一批稿子，我大感驚喜，決定在「大眾小說版」推出前夕先在《自立・副刊》連載，來作為「大眾小說版」的導引作品。四月八日，《美人捲珠簾》就在《自立・副刊》以大篇幅版面登出，連載一個禮拜後，再移到新推的「大眾小說版」繼續連載。這部小說刊登時，讀者好評不斷，間接也讓「大眾小說版」受到讀者喜愛。

也因為這樣，過去很少閱讀推理小說的我，透過他的推理小說、《推理雜誌》而開始接觸相關文本。一九八六年，林白出版社準備出版林崇漢推理小說《收藏家的情人》，我被他逼出一篇絕無僅有的推理評論〈推之，理之，定一九八五年十月二日，林佛兒給時在美國愛荷華大學的向陽的信。

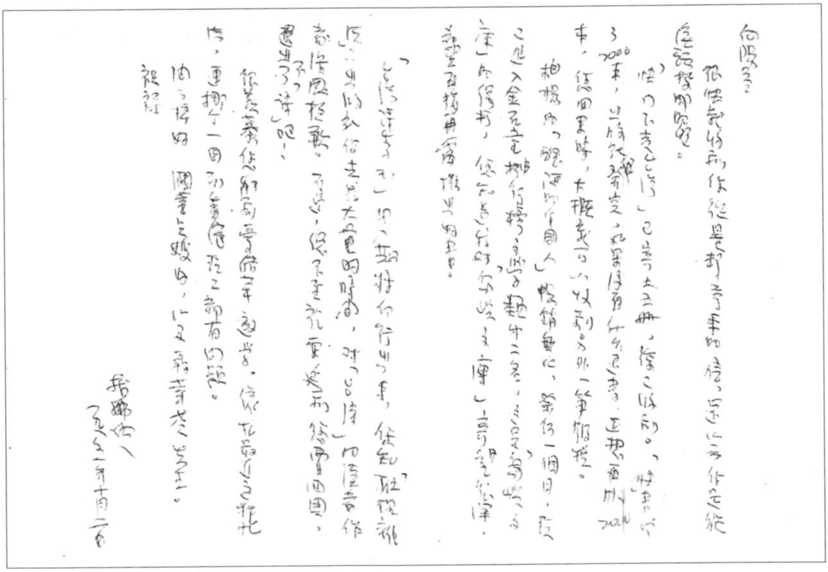

位之——剖析林崇漢推理小說集《收藏家的情人》〉，就是這樣的因緣。我們都是極喜愛冷門的詩的人，卻也曾因為對於大眾文學持積極、肯定的態度，而一起在那個年代走了一段路。當然，佛兒兄走的是一段漫長的路，我只走了一小段。今日追昔，故人已去。

四

佛兒兄過世後，我翻箱倒櫃，才找到一封他給我的信，寫於一九八五年十月二日，寄到當時還在愛荷華大學參加國際寫作計畫的我。信上提到我與劉還月合編，在林白出版社出的《快門下的老臺灣》，反應不錯，可望再版，「你回來時，大概就可以收到另外一筆版稅」；也提到我引介給他出版的柏楊的《醜陋的中國人》「暢銷無比，發行一個月，已進入金石堂排行榜文學類第二名」，「您知道我對『島嶼文庫』寄望很深，希望再接再厲推出好書」。

看到三十多年前這封從臺灣寄到美國的信，時光倒轉，當年出版事業如日中天的佛兒兄，一直在意別人視他為「出版商」的表情又浮上我的心頭。信中提到的兩本書都列入林白出版社「島嶼文庫」系列，我出國前，這個系列的規劃（包括約稿）我也參與了一些，可以了解佛兒兄的心情，林白不是只有羅曼史、不是只重視暢銷，林白還懷有對臺灣文學和「推出好書」的理想。

信中的第四段則提到了同一時期林白推出的《臺灣詩季刊》和《推理雜誌》：

「臺灣詩季刊」第八期將印行出來，您知《推理雜誌》及出版社佔去我大量的時間，對「臺詩」的讀者作者深感抱歉。不過，總不至於要延到您要回國，還出不了「詩」吧！

佛兒兄長我十四歲，等同兄長，這信上卻以「您」稱呼我，這是那個年代的老輩禮儀，但也表現了他的虛懷若谷。他每期約我給《臺灣詩季刊》詩稿或評論，無一期中斷，就是這封信還一再交代，都可以看得出對我的厚愛，儘管我回來後，第八期出版了，也未再持續而終於停刊，他曾為「臺灣」詩所做的努力，以及信中所說「對『臺灣』的讀者作者深感抱歉」的話，都讓我感動。他心心念念的，是「臺灣」，出版也好、詩也好、推理雜誌和小說也好，都把臺灣視為首務。正是這樣的堅持，讓他受到識與不識者的敬重。

五

我回國後，生涯出現巨大變化，擔任報社總編輯等行政工作也使我創作銳減，加上其後佛兒兄移居加拿大，後來林白轉給女兒，《推理雜誌》停刊等等因素，兩人往返漸少。直到他回故鄉臺南定居，和牽手李若鶯教授合辦《鹽分地帶文學》雙月刊之後，才又開始聯繫。

和以前一樣，他從《鹽分地帶文學》雙月刊創刊號起就一再催我提供詩作。每次總是晚上，他打電話來，我不好推卻，也總是答應，卻也總是黃牛，無法交出詩稿。電話中他也總是和三十年前約我為《臺灣詩季刊》供稿時一樣，爽朗的笑說「那就下一期，下一期一定要交」，毫無責備。最後是以我在《鹽分地帶文學》推出「臺灣作家手跡」專欄，才算給了交代。

人生實短，人生也實難。在文學的路途上，有一個朋友能持續四十餘年而還能以同樣的志趣相交，更屬不易。我在初聞佛兒兄辭世之時，發布臉書，短短貼文，斷斷續續，居然花了近六個小時，追懷與感念的心緒也斷斷續續。如今，佛兒兄雖離開人世，並未離開他所摯愛的臺灣和文學。他將被記得，曾為臺灣現代詩、推理小說和重振鹽分地帶文風所做過的貢獻！

二〇一七年四月

〔手稿故事〕19

為臺灣工人代言

——即知即行的楊青矗

一

五月中旬，接到民視記者王嘉琳來信，通知我前不久接受訪問，談我所認識的小說家楊青矗的節目「工人作家楊青矗」已在民視「臺灣演義」播出，信上附了放在YouTube的連結。

看完後，年輕時認識的青矗兄的憨厚笑容、直爽的個性和執著前行的傻勁，都浮現於眼前。特別是一九八五年八月底，我和方梓陪同青矗兄三人一路同行，從臺灣出發，經東京，再到美國愛荷華，一起在愛荷華大學參加「國際寫作計畫」（International Writing Program），一起生活三個月的種種，也再一次召喚了我的記憶。

當時的青矗兄，四十五歲，仍值壯年，剛從美麗島事件被關押四年出獄兩年，是備受矚目的異議作家；我則在《自立晚報》編輯自立副刊，青矗兄出獄後，一如其他美麗島案的政治犯，都會來《自立晚報》拜會發行人吳三連先生，他又是作家，因此我們開始有了往來。

我記得，出獄後的青矗兄提供給《自立．副刊》發表的作品，計有獄中家書《生命的旋律》、長篇小說《連雲夢》和短篇小說集《外鄉女》等。《生命的旋律》是他獄中寫給兒女的家書，談讀書談寫作，談觀人識事、談待人接物，充滿一個父親對兒女的期許和摯愛，都是至情小品。我手邊存有一九八四年五月青矗兄給我的信，信上這樣說：

「生命的旋律」因印刷廠拖遲，慢了一個月出書，目前已鐵定五月三十日可出書。您在刊出之篇章後面可代註明已出書。

此書在您手上未刊出的尚有八篇，原擬一周一篇，但五月至今已快月底了，只登出一篇，未知是否能改為一周兩篇趕快把它登完。

一九八四年五月楊青矗給向陽的信，希望早日刊完獄中家書《生命的旋律》。

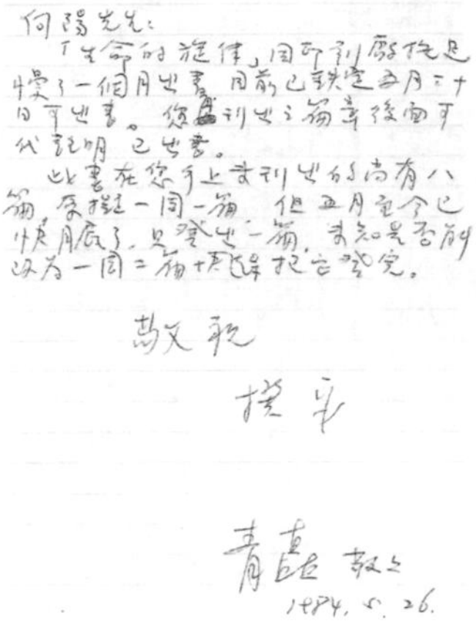
向陽先生：
「生命的旋律」因印刷廠拖延慢了一個月出書，目前已鐵定五月三十日可出書。您在刊出之篇章後面可代註明已出書。
此書在您手上未刊出的尚有八篇，原擬一周一篇，但五月至今已快月底了，只登出一篇，未知是否能改為一周二篇把它登完。
敬祝
撰安
青矗 敬上
1984.5.26.

楊青矗獄中所寫長篇小說《連雲夢》，於一九八五年七月一日開始於《自立·副刊》連載，頭條邊欄係副刊編輯洪綺珠專訪稿。

自立晚報　中華民國七十四年七月一日　星期一　第十版　【自立副刊】

連雲夢

文·楊青矗

一、艷火燒紅鳳凰樹

二、總經理車伕 (一)

狂流，剪雲夢

——「連雲夢」訪問錄／洪綺珠

【每日一笑】不過如此

端午

手足情深

讚頌「生」

水仙

——蓋紀念 楊逵先生／李魁賢

鹽的召喚

第七屆鹽分地帶文藝營歡迎報名參加

鹽分地帶文藝創作獎徵稿辦法

他交給我時，希望一周一篇，但因為副刊稿擠，又碰上開始刊出第三次百萬小說徵文進入決選作品（黃凡〈反對者〉），最後還是未能如願。我只能跟青矗兄說抱歉，幸好書也出版了。而長篇小說《連雲夢》則是從一九八五年七月一日開始連載，總算不負他的期待。為了凸顯青矗兄獄中寫作這部小說的意義，我特別請副刊編輯洪綺珠採訪他，以頭條邊欄來突出這部小說的重要性。

未入獄前，青矗兄就是有名的工人作家，因此成為一九七七年國民黨黨國機器發動「鄉土文學論戰」時假想的「工農兵文學」標靶。他以多部工人小說寫出了一九七〇年代臺灣工人遭剝削、踐踏的悲歌，如《在室男》（一九七一）、《心癌》（一九七四）、《工廠人》（一九七五）等，都受到文壇的矚目，被譽為「臺灣工人的代言人」；其後他加入黨外民主運動，參與《美麗島》雜誌，擔任雜誌社高雄辦事處主任，一九七九年十二月十日美麗島事件爆發後三天遭到逮捕入獄。

作為戰後臺灣第一個旗幟鮮明的工人作家，曾長時間在高雄煉油廠工作的青矗兄，以他親身所見所歷，以及他尋訪調查的結果，寫出了六〇到七〇年代臺灣經濟轉型過程中工人的容顏。他以悲憫之心寫工廠人的遭遇、寫女性作業員的身心負荷，都令讀者動容。這些作品既奠定了他在臺灣文學史中突出的位置，也讓臺灣工人的悲酸和處境廣為社會所知。這在鄉土文學論戰之後出版的《工廠女兒圈》（一九七八）的多篇小說中尤其鮮明。

工人作家和美麗島事件政治犯的雙重身分，應該是聶華苓先生邀請他參加愛荷華大學國際寫作計畫的主要原因吧。至於我獲邀，則是因為寫作臺語詩和主編具有異議色彩的報紙《自立晚報．副刊》有關。

二

我記得很清楚，一九八五年八月下旬，我們搭機離臺，先赴東京，在東京與研究臺灣文學的天理大學教授塚本照和、下村作次郎兩人見面。他們由天理到成田機場接機，塚本教授是我讀文化日文系時的老師，下村則是他在天理大學的學生，他們關心青矗兄在獄中的生活和寫作，相談甚歡；接著，在張良澤兄的安排下，我們夜宿王育德先生家中，當晚所談，也都是圍繞在青矗兄的獄中生活之上。

在政治氛圍仍然相當肅殺的年代，我們夜訪在日本領導臺獨運動的領袖王育德先生是相當敏感的事，加上青矗兄才從美麗島事件的獄中出來不久，因此良澤兄的安排相對謹慎，希望保護從臺灣來的我們。我們一行走出地鐵小站，在朦朧月色之下，跟隨來接我們的王育德先生，走過長巷，偶爾回頭查看是否有人跟蹤，晚月長巷，那幕情景，迄今仍鮮明難忘。

因為與青矗兄同行，一九八五年秋的美國愛荷華之旅，從東京轉機開始，就一路和滯留日本、美國、加拿大的「黑名單」人士連結在一塊了。我們沿途都有臺灣同鄉來接機，就連在愛荷華三個月，以及美東、美西，都與臺灣同鄉有接觸。因為青矗兄的關係，遠離臺灣、無法回家的同鄉搶著要和他見面，也希望聽他敘述故鄉的民主運動，這讓一路與他同行的我和方梓也因此結識了不少「黑名單」上重要的人物，如彭明敏先生、張燦鍙先生等。

但這並不重要，重要的是到了愛荷華大學之後，我看到了青矗兄令我由衷敬佩的一面。

愛荷華大學國際寫作計畫，由聶華苓先生和她的夫婿保羅・安格爾（Paul Engle, 1908-1991）主持，創立於一九六七年，每年從亞洲、非洲、南美、歐洲邀請三、四十位作家來此進行文學寫作交流，最早為期九個月，至一九八三年之後改為三個月。這個寫作計畫，由於對象皆是來自各國的作家，因此以交流、對談、朗讀作品為主要內容，並無任何寫作要求或義務，行動也不受限制；期中還安排參訪活動和約一周由作家自訂旅行的行程，皆由愛荷華大學支付

楊青矗小說。

一九八五年八月下旬，楊青矗、向陽、方梓同行赴愛荷華，在東京與天理大學教授塚本照和、下村作次郎會面。

費用；此外，每個月還支付參訪作家零用金一千美元。在這樣優渥的待遇之下，不少作家都盡情地放鬆，以儲備下一波創作的動力。

然而，青矗兄卻反其道而行。他是真有「計畫」來的，到愛荷華沒多久，他就主動向聶先生提出要求，說他想要訪問一同參加的各國作家，希望聶先生支持他的訪問計畫，幫忙安排精通不同語言的翻譯人員。這是愛荷華國際寫作計畫成立以來首次有作家訪問作家的創舉，光是翻譯就得費盡周折，譬如青矗兄要訪問西班牙語系作家，寫作計畫就要找一個能中翻英、一個能英翻西的助理口譯，可想而知，這一年參加的作家就由來自三十八個國家的四十二位作家，英、法、德、俄、日、韓等主要語系都需要翻譯人員。這工程，困難度可高哪。

聶先生二話不說，支持了青矗兄的這個「計畫」。從九月到十一月，這三個月中，我看到的青矗兄，每天揹著包包、相機、錄音機，和陪同翻譯人員，往來於各國作家的宿舍。到了晚上，要不是整理訪問稿，要不就得準備下一個受訪作家的訪問題目。他似乎樂此不疲，就這樣「無暝無日」，前後總共訪談了來自二十五個國家的三十位作家，算來只有十二位作家「漏網」（包括他自己）。這是何等驚人的毅力和堅持啊。

三十位作家，除了日本的詩人平出隆、美國的保羅·安格爾之外，餘多為來自第三世界的作家，顯現了青矗兄作為工人作家的關注重心。他是一個在威權統治下入出牢房的良心犯，他關心臺灣的民主與前途，這使他也希望能從第三世界作家的訪談中找到可以借鑒、對話、學習的創作之路。每次與他談到訪問，他總是眉飛色舞，忘掉了他為這訪談付出的時間、精力和疲累。

這次的訪問，青矗兄回國後，將之結集為《楊青矗與國際作家對話——愛荷華國際作家縱橫談》（一九八六）。這樣的創舉，是空前的，也可能是絕後的，直到二〇一七年此刻，尚無一人能超越他的紀錄。我在目睹他訪談的過程中，看到他的毅力與執著之外，更看到他對第三世界文學的關注，他的胸懷和他的行動，顯現了一個來自臺灣的作家的世界之眼。

三個月的愛荷華之旅很快就結束了，我們與來時一樣，一起離開愛荷華，飛抵洛杉磯才分手各自回臺。就在分手前，青矗兄拿出一疊影印稿，交給我，囑我幫他帶回臺北。他告訴我，這是三個月訪談後的稿子，已用航空寄一份回臺灣，因為怕被沒收，希望我幫忙帶一份回去，比較有保障；我問他，萬一海關也沒收了，怎麼辦？他說，「我自己也帶了一份，另外還留一份，會交給在美國的臺灣同鄉，這樣就免煩惱了。」一份稿子，用四種管道來「保全」，在那個年代何等複雜？但以青矗兄當時的「身分」，又是何等正常啊。

三

一九八五年秋天的愛荷華，銀杏燦開金黃的色澤。

在愛荷華三個月，青矗兄訪問國際作家之餘，每周也一樣參加寫作計畫舉辦的朗讀、參觀，和期中的旅行。這一年和我們一起來到愛荷華的，還有來自中國的小說家馮驥才、張賢亮，來自新加坡的詩人王潤華、淡瑩夫妻。我們都住在愛大的宿舍mayflower。晚上，多半到聶楊青矗編纂的臺語辭書和回憶錄《美麗島進行曲》。

楊青矗在愛荷華勤奮採訪二十五國三十位作家，次年結集出版《楊青矗與國際作家對話——愛荷華國際作家縱橫談》。

在聶華苓家中的合影。前排右起：楊青矗、保羅．安格爾、馮驥才；後排右起：藍藍、向陽、張賢亮、中國留美學生、聶華苓、方梓。

先生位在山坡上的家中聊天，有時李歐梵兄會從芝加哥來，大家談文論藝，好不快樂；有時就由潤華兄和方梓輪流下廚做菜，同桌聊天，你來我往，也頗熱鬧。

有一晚，方梓做了飯菜，請都住同樓層的青矗兄、潤華兄和馮驥才、張賢亮一起用餐。青矗兄是美麗島的政治犯、張賢亮在中國文革時期也曾遭下放勞改二十二年，談到被政治迫害，兩人直如同志，惺惺相惜；談到臺灣，則兩人你來我往、互不相讓，爭得面紅耳赤。那景象，儘管時隔三十餘年，青矗兄對於臺灣主體性的堅持，直率凜然，仍深刻我心！

在愛荷華時，有一次與青矗兄閒聊，我提到一九二一年日治時期臺灣知識分子組成「臺灣文化協會」，從事文化運動的事，請他考慮回國後也號召臺灣作家成立同名的「臺灣文化協會」，再一次掀起文化運動。沒想到回國後，青矗兄立即展開行動，他逐一聯繫臺灣作家，進行籌組，大家討論之後，並沒有採取「臺灣文化協會」之名，而決定以「臺灣筆會」之名行之，於一九八七年二月十五日正式成立。在參加會員的支持下，他高票當選為創會會長，領導尚在戒嚴下的臺灣作家前進。他的即知即行，也讓我敬佩十分。

也是在愛荷華，各國作家每周進行一次作品朗讀會與討論。青矗兄朗讀他的工人小說，我則帶著李天祿先生製作的布袋戲偶，朗讀臺語詩〈搬布袋戲的姊夫〉，都贏得在場作家的掌聲。結束後，青矗兄對我使用臺語寫詩相當鼓勵，要我持續以繼。我以為這是客套的話，他的小說中也不乏生活臺語的運用，他對臺語的掌握，當然應該更嫻熟於我才是。

果然，回國之後，他又以積極的作為，展開了另一程新的「計畫」。一九八六年這一年，他開始以一己之力，編撰《國臺雙語辭典》（後更名為《臺華雙語辭典》），這字典一編就編了六年之久，整個團隊累計有五、六十人之譜，青矗兄先以房子抵押貸款，最後四處借款，負債累累，估計花費超過一千兩百萬元，後來獲得張榮發基金會獎掖，方才順利出版。這就是楊青矗啊，他決意做一件事，再怎樣困難，都要勉力完成。我拿到初版時，就油然想到一九八五年秋天在愛荷華的青矗兄，想到他「無日無暝」訪問三十位國際作家的傻勁。

緊接著《臺華雙語辭典》之後，青矗兄繼續不斷出版臺語文推廣書籍，《臺語注音讀本》、《臺語語彙辭典》、《臺灣俗語辭典》、《臺詩三百首》、《臺語散文》、《臺語囡仔詩》……，這一系列辭書的逐一出版，都可看出他對臺語用情之殷、用力之深，儘管也有人批評他採用注音符號，「不合時宜」，但在我來看，青矗兄應該是鑑於現行國中小學教育仍用注音符號（儘管不合時宜）的權宜作法，無損於他推動臺語教育與傳播的深刻用心。而更重要的是，他不徒託空言，用最實際的作為，為臺灣語文的留存和傳承，奉獻付出而無悔的真愛。

四

從工人作家出發，到愛荷華之行訪問國際作家，以至於回國後創立臺灣筆會、編纂臺語辭書，這一路走來，青矗兄一步一腳印，走出了未必絢爛卻深刻動人的人生，我以能與他在愛荷華大學共度一個秋天，見證他素樸而又堅毅的臉顏為榮。

他堅定執著，為臺灣工人發聲、為臺灣文學效力、為臺灣語言傳聲，孜孜矻矻、不懈不怠。從他的身上，我看到一個工人作家的幹勁和傻勁，無論從文學跳入政治，或者從政治走回文學、語言，深耕臺灣文化，青矗兄的「工人精神」都讓我自愧不如。

我在民視的「工人作家楊青矗」節目中，看到青矗兄仍然精神爽朗、言談如昨，甚感高興。他說他還能寫，他有故事，只要體力允許，就會繼續寫。壯哉斯言，期待他的新作！

二〇一七年七月

〔手稿故事〕20

大埔城文化推手
——詩書畫三絕的王灝

一

我的學生陳瑩芳以詩人王灝為研究對象，撰寫碩論〈鄉土記憶與民俗風土：王灝及其作品研究〉，於今年六月取得學位。口考當天，李瑞騰和蕭蕭兩位教授應我之邀，來校擔任口試委員。由於王灝年輕時先後參加過華岡詩社、大地詩社和詩脈詩社，我們三人與他各有詩的淵源，談到王灝和他扎根埔里，為地方藝術文化奮鬥不懈的種種，不免唏噓；口考後，則為王灝研究的第一本碩論誕生而高興。唯一遺憾的是，已經過世的王灝再也看不到這本研究他的論文了。

王灝，本名王萬富，一九四六年生於埔里茄苳腳，二〇一六年三月五日去世。一九六九年他從中國文化學院（今文化大學）中文系畢業後，回到埔里擔任大成國中國文教師，直到去世，都未離開故鄉埔里。他是詩人，畫家、書法家，也是地方文史工作者，一九九一年他發起成立「大埔城藝文工作室」，一九九五年推動「茄苳腳小型文化實驗節」，發行「茄苳腳文化小報」、編印「大埔城鄉土冊本」，對於埔里文史的重建、藝文風氣與產業發展都有重大的貢獻。

這樣的奉獻，難免讓王灝的文學創作銳減。一九六八年，他和陳明台、林鋒雄、龔顯宗、楊拯華等年輕詩人在文化學院創辦華岡詩社，創辦《華岡詩刊》，他任主編，這時期他開始發表詩作，也寫了不少散文；一九七二年加入大地詩社，除了詩之外，也開始詩論的寫作；一九七六年加入詩人岩上發起的詩脈詩社之後，寫了更多有分量的詩評詩論。

王灝及其手稿。（取自南投縣文化局王灝紀念特展請帖）

遺憾的是，返鄉之後，終其一生，卻只出版了詩集《市井圖》、《詩情王灝》兩部，文學評論集《探索集》一部，散文集《鄉情篇》、《一葉心情》、《大埔城記事》三部；此外則是民俗著述《成長的喜悅》、《婚嫁的故事》、《臺灣早期童玩野趣》三部。文學創作的銳減，該也是王灝生前心中最大的憾事吧。

二

我與王灝都出身南投山城，大學也都就讀文化學院，都參加華岡詩社，只不過他一九六九年畢業，我一九七三年入學，錯身四年，無從得識。不過，我大三那年接任華岡詩社社長時，整理社史，就知道他的名字了；而因投稿《大地》詩刊，也拜讀他刊登於《大地》詩刊的詩作。他的詩樸拙無華，有著濃厚的草根性，展現的是一九七〇年代戰後詩人群回頭關懷腳下的土地的精神。岩上曾如此評論他：「王灝的作品，從樸拙鄉土事物挖掘及物性的詩情，藉以呈露對鄉土文物的感懷。」

沒多久，我就和王灝見面認識。那是一九七六年夏天的事，還在讀大三的我，因岩上之邀加入詩脈社，而與他成為同仁。詩脈聚會都在草屯岩上家中，王灝木訥，言詞不多，臉上則堆滿笑容，對我這個剛入詩壇的小老弟也很親切。當時一起加入詩脈的同仁多為中部詩人，鄉土味最濃的，就屬王灝了。

然而，寫詩論詩評時，王灝則是宏論滔滔的健筆。詩脈同仁中，他是寫作詩評論最多最勤的一位。《詩脈季刊》創刊號就有他寫的〈品瓜錄——讀余光中詩集「白玉苦瓜」〉，第二期發表的是〈變貌——洛夫詩情初探〉，其後他發表了兩篇有關連性的詩論，〈論詩的鄉土性〉（第三期）和〈論詩的社會性〉（第四期），討論現代詩與鄉土、社會的關係。〈論詩的鄉土性〉發表時（一九七七年一月），鄉土文學論戰尚未爆發，足見他對文學現象的敏銳感應。但更重要的是他的結論，即使置諸今日也還擲地有聲：

現代詩鄉土性的嘗試是一種必要，但一首真正鄉土性的詩，它必須是詩的，而且必須是鄉土的，在創作時，我們可以從詩的立場出發，然後指向鄉土，用詩去省察存在於我們周圍的一些鄉土事物，我們也可以從鄉土事物作為出發，從鄉土事物中去挖掘詩情，總之我們一切的努力必須是屬於精神上的，我們必須從鄉土的題材過渡到鄉土的精神，從鄉土的表象深入到鄉土的本質，深入到詩的本質這一層面，則我們在詩的努力在鄉土上的努力才有意義。

也因為這樣，他相當鼓勵我寫作臺語詩，在聚會交談時，他問我為什麼想用臺語寫作？有沒有碰到什麼困難？當時他已讀過我陸續在《笠》和《詩潮》發表的臺語詩（〈血親篇〉、〈姻親篇〉、〈狂誕篇〉），以及在《詩脈季刊》發表的〈顯貴篇〉，他欣賞其中的〈阿爹的飯包〉、〈搬布袋戲的姊夫〉、〈村長伯仔欲造橋〉等篇，鼓勵才剛起步的我繼續寫下去。事實上，他的〈論詩的鄉土性〉也讓我更有勇氣繼續其後的臺語詩寫作。

王灝此一階段的詩作，同樣充分反映他的鄉土性、社會性詩觀。《詩脈季刊》共出九期，王灝發表的詩作，光從篇名看就鄉土味十足，和我一樣，他好以系列連作合為一篇的方式發表詩作，如〈靜物篇〉、〈鄉情篇〉、〈風物誌〉、〈市井圖〉等，都從鄉土事物、市井小民落筆，表現對鄉土的愛，對社會的關懷。他的語言平順，詩思如人，拙樸與內斂。可惜，《詩脈季刊》於一九七九年三月停刊，同仁因此星散。王灝的詩作，缺乏同仁間的激勵，日漸稀少，終至於停筆，他把興趣、重心轉移到繪畫和書法，以及前面說過的埔里民俗研究與地方文化推廣上，且做出了讓鄉人引以為榮、讓外地人讚賞尊敬的成績。

三

王灝過世後，我從書房中找到一封他寫給我的信，信末只有署名而無發信日期，依內容推估應該是寫於一九八六年年初，隨信寄來的一篇詩論。信上這樣說：

・寄上文稿（談你方言詩的語彙）一篇，敬請查收，寫得不是十分理想，請斧正一下。這篇文還未投寄給任何刊物，你如果認為有值得一刊，就隨便處理一下吧！

・可能的話，還計劃做下列的研究：

△談向陽方言詩中的語調

△談向陽方言詩中的諧與諷

△談向陽方言詩中的歌謠性格與戲劇性格

得找一些完整的資料來幫助研究才行。

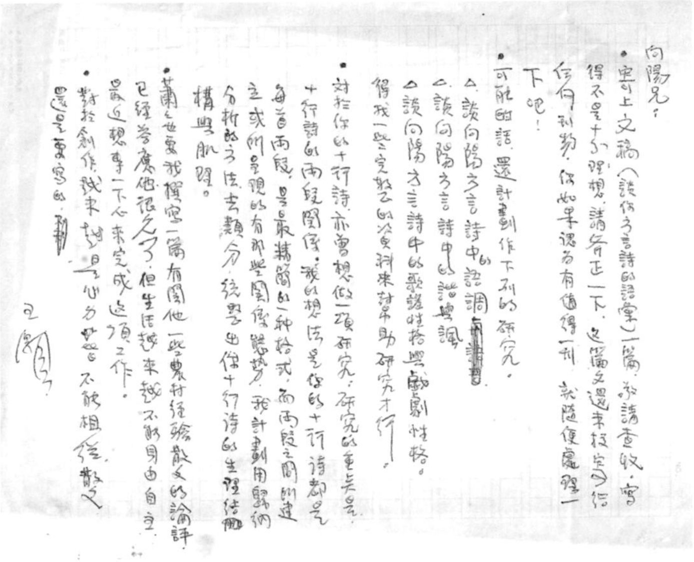
向陽兄：
•寄上文稿（談你方言詩的語彙）一篇，敬請查收。寫得不是十分理想，請斧正一下。這篇文還未投寄何刊物，你如果認為有值得一刊，就隨便處理一下吧！
•可能的話，還計劃作下列的研究。
△談向陽方言詩中的語調。
△談向陽方言詩中的諧韻。
△談向陽方言詩中的歌謠性格與戲劇性格。
得找一些完整的資料來幫助研究才行。
•對於你的十行詩，亦曾想做一項研究：研究的重点是十行詩的兩段關係。我的想法是你的十行詩都是每首兩段，是最精簡的一种格式，而兩段之間所建立或所呈現的有那些關係態勢，我計劃用歸納分析的方法去類分，綜整出你十行詩的生理結構與肌理。
•蕭蕭也要我撰寫一篇有關他一些農村經驗散文的論評，已經答應他很久了，但生活越來越不能自由自主，最近想專一下心來完成這項工作。
•對於創作，我越來越是心力不能相從，散文還是要寫的，詩
王灝

一九八六年年初王灝寫給向陽的信。

看到這封保存三十年的信，我霎時陷入追憶與愧疚中。我記得清楚的是，王灝早於這前一年的八月，《文訊》雜誌發表長論〈不只是鄉音．試論向陽的方言詩〉（後收入李瑞騰編《中華現代文學大系．評論卷二》），他以我當時剛出版的臺語詩集《土地的歌》為論述標的，談我寫作臺語詩的歷程、用字、語彙、修辭、歌謠性格和敘事特色等，深刻細膩，可說是我當年臺語寫作的知音。但這封信所說的論稿顯然是新作，我卻已無印象，翻遍書房，也找不到該稿是否刊登的資料。

照王灝信中所寫，他顯然已有一個全面論述我的《土地的歌》的寫作計畫，先論語彙、次談語調，再論詩中的

一九八五年二月十八日，王灝在自立副刊發表散文〈廳堂〉，開始了他的「大埔城記事」系列。

自立晚報　中華民國七十四年二月十八日

廳堂

文／王灝

圖／周于棟

諧謔技法和歌謠性格、戲劇性格。這應該是他發表〈不只是鄉音〉後受到極大肯定而衍生的計畫。除此之外，他在信中還說，也想研究我的十行詩的「生理結構和肌理」，如此厚愛於我，即使時隔三十年，仍讓我眼眶泛淚，同時又生出一股愧疚感：他寄來的這篇新論，當時我可能未曾處理好吧，我編《自立．副刊》，要登此論有困難，是幫他轉給哪個刊物呢，還是寄返給他請他再寄其他刊物呢？如今皆已無印象。這對厚愛我的王灝，真是失禮啊。所幸此文（題為〈從生活的語言——談向陽方言詩中的方言語彙〉）已於二〇〇二年收入他的評論集《探索集》中，方才稍解我的愧疚。

王灝並未責怪我，彷彿沒有發生過這事似的，他還是繼續將寫埔里地方誌的散文投來《自立．副刊》。王灝的散文甚有特色，早在一九八一年就由水芙蓉出版社為他出版了第一本散文集《鄉情篇》，次年又和康原合編《大家文學選．散文卷》，也得到好評。一九八五年二月，我跟他邀稿，他寄來寫以家中廳堂為主軸的故事，題為〈廳堂〉（後入選九歌版《七十四年散文選》），感情細膩而文筆溫馨，故事也動人，我立刻發表，並再跟他約稿；六月，他以「大埔城記事」為題，寄來系列散文，我看了甚喜歡，請他繼續寫，於是開了專欄，他開始以埔里的草木、風俗、人物為題材的地誌書寫。只是由於《自立．副刊》當時稿件甚多，有時難免積壓，拖遲發表，他也從未來信詢問或催促。這系列的作品後來結集為《大埔城記事》，由合森文化出版。

一九八六年春，他寫信給我，說想跟畫家梁坤明合作，他寫散文，梁坤明提供版畫，以文

王灝（散文）與梁坤明（版畫）合作的「庄里行腳篇」專欄。

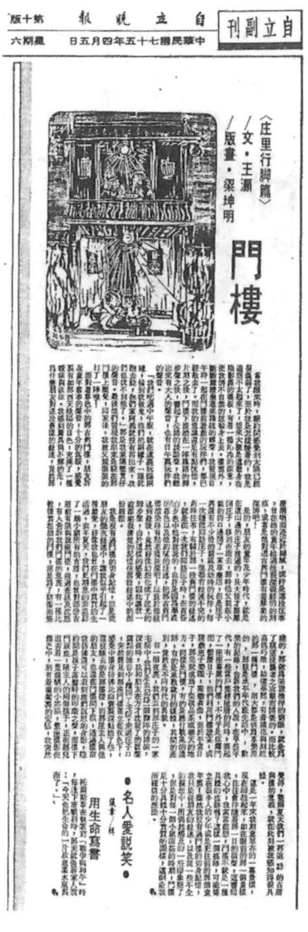
自立副刊
自立晚報 第十版
中華民國七十五年四月五日 星期六
〈庄里行腳篇〉
/文．王灝
/版畫．梁坤明
門樓
●名人愛說笑●
用生命寫書

圖方式開「庄里行腳篇」專欄，問我可否？我當然歡迎，於是他從首篇〈門樓〉寫起，延續著「大埔城記事」的未竟題材，繼續為副刊供稿，同樣又得面對積壓拖遲的問題，他同樣毫無怨言。

這年十二月，我的詩集《四季》出版，除了我寫的二十四節氣詩之外，附有水墨畫家周于棟八幅帶有強烈鄉土味的水墨，以及書法家李蕭錕的書法，我想王灝詩書畫皆好，就寄了《四季》給他。他的回信別出心裁，也是以水墨畫和書法為之，回應《四季》，兼致新年賀歲之意。他畫了酒罈貼春，蘿蔔成雙，上書「好采頭也／為丁卯新歲而寫」；上方空白處則以自成一格的書體揮灑：「感謝贈書。四季的風景。令人愛不釋手。謹向您全家賀歲。祝歲歲年年長好多福。王灝拜上」——這字這畫，我收存至今，安好如新，三十年矣。

一九八七王灝贈圖給向陽賀歲。

有王灝墨寶的精緻土產提袋（蕭蕭提供）。

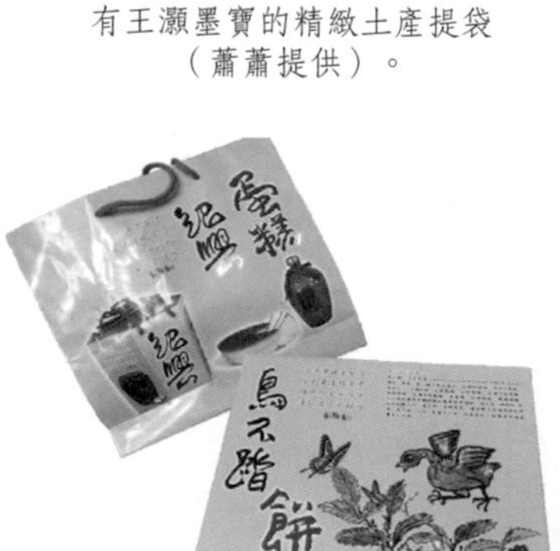

埔里圖書館籌設中的「王灝紀念書房」。（康原提供）

四

我跟王灝的聯繫，到我一九八七年九月離開副刊，轉任總編輯之後，因工作性質改變，更加繁忙，也就日漸稀少了。其後相逢，都是我返鄉到南投文化局開會、參加評審或有重要活動時，才有機會見面談話。他依然是木訥寡言之人，依然眉梢帶著笑意。問他怎麼少寫詩、散文？他也只笑說，要做的事多，暫歇一下。

其實，他還是努力地寫，只是換了方向。一九九二年，他應時任臺原出版社總編輯劉還月之約，寫了《臺灣人的生命之禮．成長的喜悅》、《臺灣人的生命之禮．婚嫁的故事》兩本書，寫出臺灣的生命禮俗和婚嫁禮俗；一九九八年他又為劉還月創立的常民文化寫了《臺灣早期童玩野趣》一書，不僅再現了王灝自己的童年，也留存了一九五〇至六〇年代臺灣兒童的生活圖像。出書後即獲行政院新聞局圖書出版金鼎獎。他的第一本詩集《市井圖》也在這個階段由南投縣立文化中心出版。二〇〇〇年，他寫了兒童鄉土劇《番婆鬼來了》，在埔里、臺中演出。

他還是很努力地寫著，只是換了筆尖。他熱愛繪畫，一九九一年由民間美術社為他出版《童戲水墨年曆・變天》，也幫各出版社出的書繪製禪畫或插圖；他開了幾場水墨畫展和禪畫展。他的書法也是廣受歡迎，今天的埔里，餐廳的牆上、店家的招牌、廣興紙寮和圖書館，都可看到他的字與畫……。

他還是努力地寫著，用他的行動，通過工作室、通過各種形式不一的文化深耕，以及他晚年無私的奉獻，讓他熱愛的「大埔城」埔里，成為臺灣地方文化和產業結合得最自然、最和諧、最美麗的所在。可以說，他的生命和埔里已合為一體。說到埔里，不能不提到王灝；提到王灝，自然就想到埔里。他是名副其實的「大埔城文化推手」。

這就夠了，王灝無負於他的人生，從充滿鄉土味的詩和散文出發，回到鄉土，最後把自己的詩文，連同書畫也都獻給了他熱愛的故鄉。他已走完人生長路，可以笑看流雲了。

二〇一七年八月

〔手稿故事〕21

「新世代」旗手
——英年早逝的林燿德

一

忽然想起林燿德（一九六二—一九九六），這位早逝的文壇彗星，一九八〇年代推動臺灣「新世代」與都市文學的詩人旗手。認識他時，還是輔大法律系學生的靦腆笑容；以及論述文壇作家與文學風潮時，作為新世代作家的發亮眼睛，都仍在我的腦海中鮮明浮現——算一算，他已經過世二十一年了，如果不那麼早走，今也已是半百加五之年，只少我七歲的他，留在我心上的圖像卻是永遠的「新世代」，年輕、慧黠、自信，並且稍帶點睥睨一切的狂傲。

本名林燿德的燿德，是一九八〇年代臺灣文壇最為亮眼的一顆新星。他的文學書寫，始於鄉土文學論戰爆發的一九七七年，當時他才十五歲，剛進入師大附中就讀，就已展露了才華。高中階段，他先後加入《三三集刊》、《神州詩刊》，也在其上發表作品。他可能是這兩個刊物中最年輕的成員，睜大著眼睛，急切地吸收文學養料。

年輕時的林燿德。

在一九七八年出版的《坦蕩神州》中，他發表〈浮雲西北是神州〉，寫他眼中所見的溫瑞安與「神州詩社」傳奇，洋溢青年的豪氣和熱血，直到一九七九年「神州事件」溫瑞安與方娥真被捕入獄，他才黯然離開瓦解的「神州」。這個過程，在我來看，相當程度烙進了林燿德的生命記憶之中，讓未滿十八歲的他提早接觸了文學與政治之間弔詭的對話；也讓聰慧的他提早學習到如何在仍然戒嚴的一九八〇年代以書寫閃避現實政治的迫壓。

林燿德的閃亮，是跨越領域的，最少在一九八〇年代的臺灣文壇的場域中。他寫詩、寫散文、寫小說、寫厚重的文學評論（進入九〇年代之後還寫電影劇本），每種文類寫來都駕輕就熟，量多質精；他參加各種文學獎（當時的文學獎都是全國性的），幾乎囊括了各種獎項、並涵蓋各不同文類（包括科幻小說）；他長於企畫編輯，除了一九八五年與林婷、郭玉文、柯順隆等創辦《四度空間》詩刊外，他先後主編過《草根》詩刊、《臺北評論》、《臺灣春秋》，乃至於中華文化復興運動總會的《活水文化》雙周報等，都弄得有聲有色。

但更令人稱奇的則是他除了出版詩、散文、小說、評論三十餘種之外，還編選了十多套文學選集，其中重要的如與黃凡合編的《新世代小說大系》十二冊、與簡政珍合編的《臺灣新世代詩人大系》二冊、與孟樊合編的《世紀末偏航——八〇年代臺灣文學論》、與孟樊合編的《流行天下——當代臺灣通俗文學論》、主編的《當代臺灣文學評論大系·文學現象卷》、與林水福合編的《蕾絲與鞭子的交歡——當代臺灣情色文學論》等，迄今都甚具學術參考價值。

是什麼樣的爆發力，讓林燿德在短暫不到二十年的文學生涯中，以多樣的創作、跨域的編輯、旺盛的精力，做出了這麼多成績？他以快速燃燒的火焰劃亮一九八〇年代臺灣文壇的天空，而在九〇年代建立了他的創作、論述與編輯體系後，又猝然寂滅。這真不能不令人浩歎、婉惜啊。

二

林燿德一生短暫，但文學生命則是長遠的。有三個關鍵詞似乎可以總綰他的文學生涯：「新世代」、「都市文學」和「後現代」。這些主要表現在他的跨文類作品和細膩且綿密的論述中。從八〇年代中期到九〇年代中期，他以極驚人的速度，出版了《一九四九以後——臺灣新世代詩人初探》（一九八六）、《不安海域——臺灣新世代詩人新探》（一九八八）、《重組的星空》（一九九一）、《期待的視野》（一九九三）、《世紀末現代詩論集》（一九九五）等具有分量的文學史論。

林燿德兩本新世代詩人論：《一九四九年以後》、《不安海域》。

在這些論述中，他對於「新世代」（主要指二次戰後出生的「戰後」世代）詩人群的評論和譽揚，相對顯現了他對於現代詩壇「世代交替」這個文學史議題的焦慮，他急於通過論述（也通過他所編選的帶有「新世代」關鍵詞的選集）來與一九八〇年代的主流詩壇（文壇／論壇）有所切割；他對於「都市文學」的提倡和實踐（論述與創作），相對顯示了他對一九七七年鄉土文學論戰後上揚的本土文學論述的焦慮，乃至於急於指出八〇年代後走向資本主義的臺灣社會中「都市文學」的揚升，才是臺灣文學應該朝向的方向；他對於「後現代」（狀況或主義）的熱中和話語，也相對顯現了他對八〇年代中期臺灣文學取得話語權（正名）的焦慮，從而努力轉譯西方後現代主義的概念，試圖反撥新興的臺灣文學中的本土意識（或臺灣意識）於全球化的後資本主義場域中。

燿德生前的這些論述，未必與我一致。痴長他七歲的我，曾經為他收於《日出金色——四度空間五人集》（一九八六）中的作品輯《人類家族遊戲》寫過序文〈戰爭．和平．蝕〉，指出燿德的這輯「從世界觀出發，觸及人類前途」，以後現代主義技法表現的詩作，為詩壇「罕見的格局」，並稱揚他的作品「異於五、六〇年代及七、八〇年代各偏所是之詩風，展露了「後現代主義的曙光」；然而，我當年也提醒他，期待他「以此為出發點，更寬闊地開拓人類複雜面的精純」，「更深入地挖掘人性深處的微光」，而非僅止於秩序的倒錯、意義的空白。

燿德的想法如何，並未讓我知道，其後他出版個人詩集《妳不了解我的哀愁是怎樣一回事》（一九八八）時，又將此序收入，大概也表示他對我的意見並不排斥吧。

在本土論部分，燿德也與我有些許差距，身為「外省」第二代的他，對於八〇年代後臺灣本土文學／現實主義文學多少懷有不安，這是我可以理解的。鄉土文學論戰後，逐步由「鄉土文學」走向「本土文學」而後完成「臺灣文學」的正名過程中，除了美學上由現實主義的話語逐步取代現代主義之外，也隱然（並非彰然）存在著國族認同從中國轉向臺灣的逐步挪移，再加上文學書寫、媒體與社群的場域也逐步鬆解過去一元化的黨國文化體制——這都使得戰後世代的「外省」第二代作家感到不安，燿德何等聰慧，他當然體察到了這樣的「危機」，他的力推「都市文學」、「後現代主義」，自然與此有關。

但這無礙於燿德與我的往來。我認識燿德時，他還是輔大法律系的學生，而我已在編《自立晚報．自立副刊》（他一九七八年加入「神州詩社」時還是高中生，而我已在當兵，不知是否見過面）。當時的燿德，常來報社找我，連同他的詩作一併帶來。我讀他的詩，總感覺到他的早慧，非常欣賞，當時他已開始都市文學的提倡，並且愈寫愈進入佳境，寫於一九八六年的這篇〈交通問題〉就是既後現代又具現實主義批判性的好詩：

紅燈／愛國東路
／限速四十公里
／黃燈／民族西
路／晨六時以後

夜九時以前禁止
左轉／綠燈／中
山北路／禁按喇
叭／紅燈／建國
南路／施工中請
繞道行駛／黃燈
／羅斯福路五段
／讓／綠燈／民
權東路／內環車
先行／紅燈／北
平路／單行道／

這首詩後來收入他的詩集《都市終端機》內，直到今天仍然耐讀。燿德跟我談過此詩的構想，他以臺北市（作為象徵，實則涵蓋整個臺灣）作為樣本，試圖解構地圖和路名之中殘存的威權主義和父權命名。在戒嚴年代的黨國體制下，路名的命名，彰顯的是國家機器的話語和想像。「紅燈／愛國東路」隱喻「愛國」可以，但不能「向東」；「左轉」只許在夜深人靜之後，禁止在「晨六時以後／夜九時以前」；碰到「中山」，必須肅靜，因此「禁按喇叭」；至一九八五年六月林燿德寫給向陽，陳述他為《文訊》寫《歲月》評論的過程。

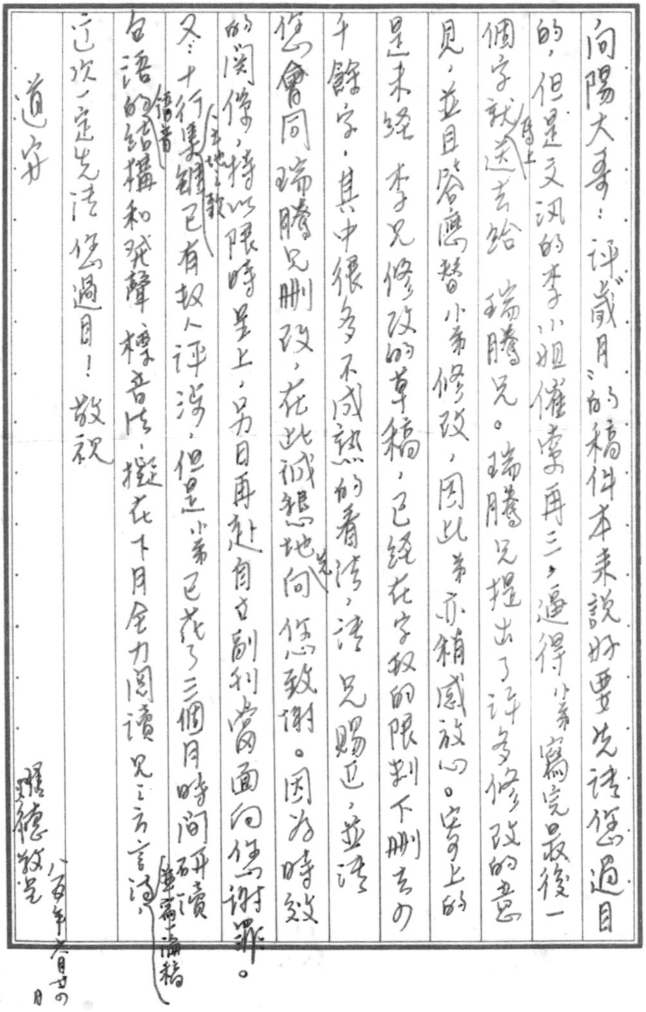
向陽大哥：評「歲月」的稿件本來說好要先請您過目的，但是文訊的李小姐催寫再三，逼得小弟寫完最後一個字就馬上送去給瑞騰兄。瑞騰兄提出了許多修改的意見，並且答應替小弟修改，因此弟亦稍感放心。寄上的是未經李兄修改的草稿，已經在字數的限制下刪去四千餘字，其中很多不成熟的看法，請兄賜正，並請您會同瑞騰兄刪改，在此誠懇地向您致謝。因為時效的關係，特以限時呈上，另日再赴自立副刊當面向您謝罪。

又：十行集、土地的歌已有很多人評論，但是小弟已花了三個月時間研讀台語的結構和發聲標音法，擬在下月全力閱讀兄之方言詩，準備論稿，這次一定先請您過目！敬祝

道安

耀德敬上
八五年六月廿四日

三榮牌出品

於獨立「建國」，也是「紅燈」，且在「施工中請繞道行駛」；碰到美國（羅斯福路）一定得「讓」；談到「民權」，則又只許「內環車先行」（中央最大）；至於通往「北平」之路，那是「單行道」，敢去就不用回家了。

燿德的敏銳在此，儘管他寫作時已是解嚴前一年（但回到當年，沒有人知道次年會解嚴），他抓到了一個威權體制下現代都市的荒謬性，這是現實主義作家最常切入的；但他不以現實主義的手法出之，而以後現代的斷裂、重置，和形式的切割，完美地突出了詩旨。在他的都市詩中，這樣的處理方式甚多，那個年代的臺灣，後現代主義還是舶來的、新興的美學，燿德也可能誤讀，但即使是誤讀，將後現代美學置諸荒謬的黨國威權體制下，也顯現了嘲謔的批判性。

我對燿德的「都市詩」、「後現代詩」，一直是這樣看的，後現代對現代主義的批判，主要是對資本主義中心論述的反動，在戒嚴年代，當它被挪移到比起資本主義更中心論述的威權主義的批判時，就更生猛而有力。

三

但另一方面，燿德也了解我與他在文學觀上的些微差異。我在支持黨外運動，主張民主與言論自由的《自立晚報》服務，總是直接或間接面對黨國體制的壓力。他已在溫瑞安的「神州事件」中遭受過這樣的打擊，因此幾乎不與我談一九八〇年代中期開始的統獨爭議。他來，談詩，談文壇問題，對於世代交替更是關注。他告訴我，準備寫一九四九年之後的臺灣「戰後世代」詩人論，會寫到我，寫完後再寄給我看看。他是執著於一、專注於一的新銳詩人，這計畫龐大而繁瑣，但我知道以他的才氣一定可以完成。

果然，過沒多久，他就完成了，寄來稿子，也附了信：

向陽大哥：

評「歲月」的稿件本來說好要先請您過目的，但是文訊的李小姐催索再三，逼得小弟寫完最後一個字就馬上送去給　瑞騰兄。瑞騰兄提出了許多修改的意見，並且答應替小弟修改，因此弟亦稍感放心。寄上的是未經　李兄修改的草稿，已經在字數的限制下刪去四千餘字，其中很多不成熟的看法，請　兄賜正……另日當再赴自立副刊當面向您謝罪。又：十行集、土地的歌雖已有數人評騭，但是小弟已花了三個月時間研讀臺語的語音結構和發聲、標音法，擬在下月全力閱讀兄之方言詩，並寫一論稿，這次一定先請您過目！敬祝

道安

耀德敬呈　八五年六月廿四日

這封信寫得相當拘謹而客氣。耀德習慣以「向陽大哥」稱呼我，平日見面也是；信中寫到

一九八五年十月林燿德寫給向陽，談及他撰寫同儕詩人評論的細節。

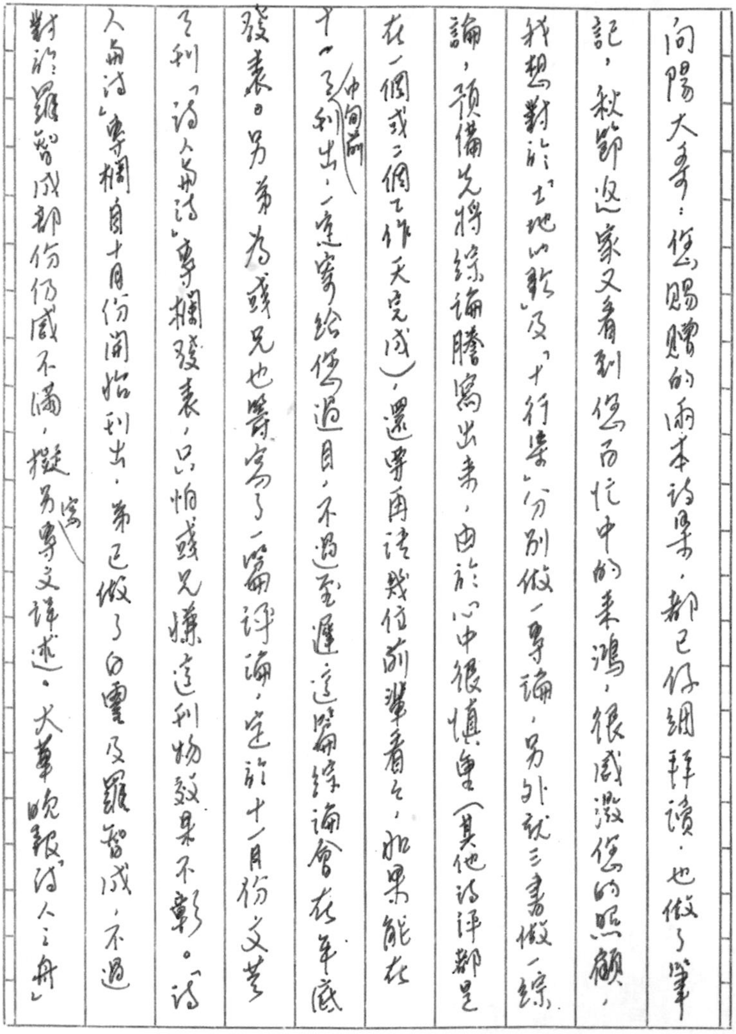
向陽大鑒：您賜贈的兩本詩集，都已仔細拜讀，也做了筆記，秋節返家又看到您百忙中的來鴻，很感激您的照顧，我想對於「土地的歌」及「十行集」分別做一專論，另外就三書做一綜論，預備先將綜論謄寫出來，由於心中很慎重（其他詩評都是在一個或二個工作天完成），還要再請幾位前輩看看，如果能在十一月（中旬前）刊出，一定寄給您過目，不過至遲這篇綜論會在年底發表。另弟為錢兄也寫了一篇評論，定於十一月份文藝月刊「詩人與詩」專欄發表，只怕錢兄嫌這刊物效果不彰。「詩人與詩」專欄自十月份開始刊出，弟已做了白靈及羅智成，不過對於羅智成部份仍感不備，擬另寫專文詳述。大華晚報「詩人之舟」

專欄正繼續推出中，依舊以老詩師、白靈兄及弟等為主執筆；瑞騰兄執編以「春秋小集」，弟以「新銳掃瞄」已完成五篇，正繼續撰稿中。「流水帳」擬向大家一發近況。又弟之詩集「銀碗盛雪」正籌畫出版中，此刻正為找那家出版社而思慮，弟試探中，大哥有閒，或為弟撰一序文，則可揭露三、四代間血脈承續之可貴；或大哥忙，亦不必急。羊獻上最誠摯的思念與感激！請

代候 嫂夫人

愚弟 耀德 敬呈 八五、十、一

立祥印

「瑞騰兄」、「兄」，上方還留一個空格；自稱「小弟」、「弟」，且為小字側邊；信末寫「敬呈」。這雖是我們那個年代寫信的「規矩」，但他的誠摯謙遜，還是可以感受到。對我來說，更重要的是，他說「小弟已花了三個月時間研讀臺語的語音結構和發聲、標音法，擬在下月全力閱讀兄之方言詩，並寫一論稿」這段話，他對於當時稱為「方言詩」的臺語詩，如此慎重其事，已超過一般詩評的用心與用力了。他力求完美的心，對待他所從事的評論的敬慎，讓我感動，也讓我自嘆不如。

這年八月，《文訊》月刊十九期刊出了林燿德寫的這篇論文，題為〈陽光的無限軌跡——有關向陽詩集「歲月」〉，收入這期該刊策畫的「作家綜論：向陽專輯」之中，與林文義、游喚、王灝、陳煌所撰合共五篇。他的這篇評論，對於詩集以「歲月」命名並不滿意，認有「面貌模糊」、「太過通俗化」的缺陷；但對於書中的分卷與編目則又十分肯認，甚至認為若把分卷的題目依序排列，就是「一題耐思的短詩」：「蟬歌／泥土與花／歲月跟著／在寬闊的土地上」。挑剔書名，肯定卷名，這顯示了他對語言和文字的高度敏銳。

論到詩集內容，進行文本分析時，他對我詩作中表現的人文精神和寫實主義風格則多肯定之語，結語謬譽我是「繼楊牧之後鍛接傳統的重鎮」、處理現實環境的題材「具有高度的藝術價值」、對現代詩「聲韻、節奏、格律」重新開拓可行的路線、在作品的整體性上「充分把握七〇年代以降整個時代的脈搏與氣數」——這時二十三歲的林燿德，幾乎已經抓到了當年我偏重的詩路。他對現代主義（或後現代）文學的喜愛其實高於現實主義，對都市詩的期待和鼓吹也多於本土詩，但他仍能讀出我趨近現實而又具批判性的詩作的用意，這讓我對他做為一個評論者的寬闊視野有了深一層的認識。

也在這年八月，我的臺語詩集《土地的歌》由自立晚報社出版，燿德信中提到有興趣對《十行集》和《土地的歌》再做申論，我便將兩書一併寄去給他，供他參考。寄出後不久，我啟程前往美國愛荷華大學參加「國際寫作計畫」。

十月中，接到燿德寄來愛荷華的長信，告訴我他想就《土地的歌》和《十行集》「分別做一專論」，「另外就三書（加上《歲月》）做一綜論，預備先將綜論謄寫出來」。讀到這裡，我心想：「林燿德你這小子怎麼有這麼多時間和精力啊！」再讀下去，才知道他是說真的：

> 另弟為彧兄也籌寫了一篇評論，定於十一月份文藝月刊「詩人與詩」專欄發表，只怕彧兄嫌這刊物效果不彰。「詩人與詩」專欄自十月份開始刊出，弟已做了白靈及羅智成，不過，對於羅智成部分仍感不滿，擬另寫專文詳述。……瑞騰兄執編的「春秋小集」，弟的「新銳掃瞄」已完成五篇，正繼續撰稿中。

愛荷華的秋天，湖畔銀杏樹一片金燦燦的黃葉，在陽光下閃爍著，我讀這封信，感受到燿德說要做「戰後世代」詩人論，果然是玩真的。他即知即行，算來已經寫了五、六位詩人論了。這樣龐大的論述工程，每寫一位詩人論，得花多少時間閱讀、書寫，得花多少精神專注論述啊，二十三歲的燿德如此燃燒著他的青春，為他執著的「世代交替」理念的完成奮力於書房之中，這又是何等令人震驚、但又不能不尊敬的毅力！

一年後，一九八六年十二月，燿德的第一本評論集《一九四九以後——臺灣新世代詩人初探》由爾雅出版社推出。他把書帶來報社給我，打開書，扉頁上印著兩行字「諸神之所以為諸神，乃肇因於祂們個性中獨特的缺憾。」我笑著跟他說：「哇，你把我們這群三十上下的詩人當成神了？」他靦腆地回答：「詩就是我的宗教。」眼中有著羅門的神韻。

《一九四九以後》，是一本論述嚴謹、結構貫串，且富見地的論述集。燿德從一九四八年出生的羅青（被余光中譽為「新現代詩的起點」）寫起，寫到一九六三年出生的陳斐雯（時年二十五歲），總共評論了十七位「戰後世代」（新世代）詩人，依序是羅青、蘇紹連、杜十三、白靈、楊澤、向陽、羅智成、夏宇、歐團圓、焦桐、劉克襄、林彧、吳明興、陳克華、曾淑美、也駝、陳斐雯——以今天的角度重看這份名單，不能不佩服林燿德當年的慧見，名單中固然有今已輟筆者，但多數仍繼續書寫中，且卓然各有不同風格。這是治史者的眼光，一如蔡源煌為此書所寫的序文所說的「意識批評的理路」：「他能摸索出作者的意識，而以評者的身分，與作者神交。」

燿德在第二封信中跟我說的關於我的「綜論」，也以〈遊戲規則的塑造者——綜論向陽其人其詩〉收於書中。他將先前寫的有關歲月的評論，加入對《十行集》和《土地的歌》的評論，重新擴充而成此綜論，總結了我的第一個階段詩路的探討，也完成了他的承諾。此書出版至今，三十年過去，我重新翻讀，仍然對他知我詩之深感到歡喜。

想不到，再過兩年，一九八八年八月，燿德又完成第二本評論集《不安海域——臺灣新世代詩人新探》，他一樣帶來報社給我，要我「指教」。這本評論集延續了《一九四九以後》的論旨，補充了前書未能論及的詩人論，名單依序是：汪啟疆、李敏勇、陳明台、連水淼、陳義芝、王添源、李昌憲、向陽、趙衛民、黃智溶、陳建宇、柯順隆、王浩威、赫胥氏等十四人。我跟他說：「怎麼又寫了我一篇？」，他依舊是靦腆的笑著：「因為你又出了新的詩集《四季》。」他以〈八〇年代的淑世精神與資訊思考〉為題，論我的《四季》，這樣關心我的書寫，而又能抓住我的「意識」的謙稱自己為「小弟」的論述高手，世所難求啊。

兩本評論集，加起來燿德共論了三十位「新世代」詩人，這是空前的系列評論了。在《不安海域》的〈跋：面對新秩序〉中，他以「預言新秩序的曙光」的膽識，強調寫這兩書「並不僅止於為下一個十年探測大師，也企圖探測當代文學思潮的礦脈」。燿德有他謙遜的教養，也有他狂傲的自負，這讓他在當年的文壇、學界受到不少委屈。不識者說他「趾高氣昂、目空一切」，如果他們認真讀過青年林燿德這兩本評論，應該也會改觀吧。

四

叫我扼腕的是，燿德這樣一位才氣縱橫、感性與理性兼具的詩人，卻提早離開了文學和人林燿德《不安海域》扉頁簽贈向陽的手跡。

生的戰場。

一九九六年元月，他在自身也猝不及防的狀況下突然病逝，得年才三十四歲，他的早逝，令人神傷，我更覺難過。不只是因為從他出道之後，我與他相惜之情，也因為就在他離開人世之前，我們曾為著作權遭侵犯的事情並肩作戰過。以一整年的時間，我與燿德一起上法庭，與侵權者委託的律師論辯，從地方法院到高等法院，但最後還是敗陣。這一年，學法律出身的燿德和不完全了解法律的我，形同戰友，過去我們以詩相交，最後卻結伴於捍衛著作權的路上。聽到燿德過世的那天，天色灰茫，我只能苦笑、默哀，接受他英年早逝的噩耗。

燿德逝世後，詩人楊宗翰和散文家鄭明娳蒐集他諸多散佚的作品，集為《林燿德佚文選》四卷五冊，於二〇〇一年出版。五卷分別收錄了他的評論《新世代星空》、創作《邊界旅店》和《黑鍵與白鍵》、短論《將軍的版圖》以及譯介《地獄的佈道者》，總字數有五十萬餘字，這才讓人充分了解林燿德在短暫的書寫生涯中，以青春和生命燃燒出的文學光燦。

《林燿德佚文選》出版前夕，鄭明娳教授囑我為其中的《黑鍵與白鍵》寫序，我在暖暖鄉居，夜讀燿德生前佚文，更添對他的懷念。在序文中，我以書名隱喻燿德的文學創作與論述，是「高明琴手彈奏下激揚出來的琴聲」。就以我對他的評論作為本文的結束吧：

燿德的書寫，無論意象、想像，形式、內容，往往超乎一般作家之上；他的批判、評論，無論見解、論點，往往犀利見血，不留餘地。生活世界與心靈世界的兩面，構築了燿德晦澀的想像世界，映照了黑鍵與白鍵交錯的琴聲，矛盾、暗鬱，來自於此；諧和、壯闊，也來自於此。燿德的才華，可以說是來自這種晦澀夢想在灰暗年代中交迸出的花火。

二〇一七年九月一日

〔手稿故事〕22

臺灣作家保母

——林海音的包容與慈悲

一

暑假期間，因為執行國家人權館委託的「戒嚴時期報紙副刊研究調查（第一期一九四九—一九五九年）計畫」研究案，與工作同仁前往龍潭拜訪臺灣文學耆宿鍾肇政先生，並進行口述訪問。高齡九二的鍾老熱情接待我們，儘管聽力已經不行，透過我們預先準備的「大字版」，仍能暢順地回答我們的問題。

負責提問的協同主持人張俐璇第一個問題就問鍾老：「在一九五〇年代是否有閱讀報紙副刊的習慣？較常閱讀的是哪些副刊？」鍾老的回答很直接：「我只看林海音主編的《聯合報．副刊》，也常在那邊被退稿……。我寫的第一部長篇小說〈魯冰花〉，就是在她那邊發表的。林海音很照顧我。」鍾老於一九五一年發表第一篇小說〈婚後〉；長篇《魯冰花》則連載於一九六一年林海音所主編的聯副。在那漫長十年的寫作生涯中，他最感念的就是林海音，且放在心上至今，足見作為副刊主編的林海音在鍾老心中所占分量之重。

林海音開始主編《聯合．副刊》，是一九五三年十一月十一日，離開聯副，則在一九六三年四月。這年四月二十三日，聯副刊登了風遲（本名王鳳池）的詩〈故事〉，敘述有位船長漂流孤島，被島上富孀吸引，忘記故鄉。被當時的警總以「影射總統愚昧無知，宣傳反攻大陸無望」為由查辦，作者王鳳池因此下獄三年。而林海音則為免拖累報社，辭去已經擔任十年的主編職。

林海音主編聯副十年，最受稱道的，是她對省籍作家的重視。鍾老之所以迄今仍感念她，就因為在這一批省籍作家初習中文寫作的過程中，是因為林海音用心處理他們的稿件。鍾老和《文友通訊》的作家，多半年輕時接受過日文教育，戰後才開始轉換語言，練習中文書寫，林海音接到他們的作品，毫不馬虎，幫他們潤飾，細心修改後刊登。鍾理和、廖清秀、陳火泉、施翠峰等就在她的鼓勵下獲得發表的園地。當年的她，大概也沒想到這批「跨越語言的一代」作家，後來都成了戰後臺灣鄉土文學的奠基者。

特別是鍾理和，他過世前二年（一九五九—六〇）的作品幾乎都是在林海音的手中發表，在此後鍾理和的作品多在聯副發表，林海音寫信給位在美濃鄉間、貧病交迫的鍾理和，鼓舞他的寫作。鍾理和過世後，林海音和鍾老更籌款出版其遺著《雨》，其後又出版《笠山農場》，完成鍾理和生前的遺願。到了一九七九年，鍾理和逝世十九年後，她又和鍾老、葉石濤、鄭清文、李喬、張良澤等聯合署名，發起籌建「鍾理和紀念館」的募捐，促成了一九八三年八月

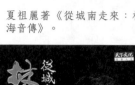

夏祖麗著《從城南走來：林海音傳》。

七日鍾理和紀念館的落成啟用；一九九〇年八月鍾理和逝世三十年，她再將創辦《純文學》月刊時期收存的作家原稿交由鍾理和紀念館永久珍藏。這樣從生前到死後、從刊登作品到成立紀念館都不棄不離、念茲在茲的深厚情誼，顯現了林海音愛才、惜情的大度，也讓我們看到在戒嚴年代中，作為一個副刊主編，她對臺灣鄉土作家的呵護和支持，而這是需要絕大的勇氣才做得到的。

難怪九二高齡的鍾老，談到一九五〇年代的副刊主編，不經思索、脫口而出的名字就是林海音。

二

聯副時期的林海音對許多年輕作家的栽培不遺餘力，也是文壇佳話。多位後來成為大家的作家回憶他們的第一篇作品，都會提到林海音，如鄭清文的第一篇小說〈寂寞的心〉，就是在聯副登出，他如段彩華的〈神井〉、林懷民的〈兒歌〉、陳之藩的〈迷失的時代與海明威〉、黃春明的〈城仔落日〉、七等生的〈失業、撲克、炸魷魚〉等也都是。

黃春明曾提到他當兵時開始投稿給聯副，第一篇作品〈城仔落車〉就受到並不認識的林海音肯定，讓從小就有叛逆性格的他找到了人生的定位；「城仔落車」這題目用的就是臺語，林海音早在一九四九年就已進入《國語日報》服務，是推動國語運動的成員之一，她覺得黃春明的小說有鄉土味，值得刊登，唯使用「方言」下題，似有不妥，勸黃春明改個題目，黃春明堅持只有使用「城仔落車」才能彰顯小說的內容，大主編最後同意了小文青的堅持。這樣提攜和包容文壇後進的胸懷，使得林海音主編時的聯合副刊，成為年輕作家的最愛；並且，一如我在〈「副刊」大業：臺灣報紙副刊的文學傳播模式〉一文中所說，也樹立了臺灣報紙副刊史首見的「文學副刊」模式。

我所知道的林海音，是從兒童文學家開始的。離開聯副主編一職之後，一九六四年適逢「聯合國教育科學組織」與臺灣省教育廳推出五年計畫，成立「兒童讀物編輯小組」，準備出版兒童讀物，因此特別聘請林海音出任主編。這個機緣，使得林海音其後也開始了兒童文學的創作，她的第一本兒童文學作品《金橋》（臺北：臺灣書店，一九六五）就是這樣誕生的，出版時我還是國小五年級的學生。次年，她又寫了兩本，一是小學生畫刊社出版的《小快樂回家》，一是省教育廳出版的《蔡家老屋》，都是我國小時期的讀物。此後，她的兒童創作源源未斷，成為她在小說與散文創作之外的另一「絕活兒」。

一九六七年元旦，林海音創辦了《純文學》月刊，擔任發行人兼主編。這時我已進入初中，醉心於文學閱讀和習作，閱讀《純文學》和同期的《文學季刊》、《現代文學》，成為我學習創作、補充文學涵養的功課，一直到一九七二年二月該刊停刊，那時我才高二。

一九六八年林海音以《純文學》月刊為基礎，又成立了「純文學出版社」。這個出版社標榜「純文學的書就是好書」，一直經營到一九九五年才結束營業，總計持續了二十七年。今天回過頭去看，純文學出版的好書，如子敏（林良）的散文集《小太陽》、《和諧人生》，王藍的《藍與黑》、紀剛的《滾滾遼河》、林文月的《京都一年》、彭歌所譯皮爾博士的《人生的光明面》、杜國清所譯波特萊爾的《惡之華》等，在臺灣的文學出版市場上都締造過暢銷佳績。最被稱道的是，它引領了其後大地（一九七二）、爾雅（一九七五）、洪範（一九七六）、九歌（一九七八）等文學出版社的相繼成立，並稱為「五小」，開創了臺灣文學出版的巔峰期。

從文學人到出版家，林海音最初以小說聞名，她的小說多半集中在舊式婚姻制度中父權文化對女性的擺弄與踐踏，如《婚姻的故事》、《城南舊事》都可見這類深刻描寫；《孟珠的旅程》則以孟珠用一己之力扶植妹妹讀書，與現實苦鬥的堅強，來反映女性的獨立性與自主性。她的散文幽默風趣，能以家庭和日常所見，用淺語淡說寫出深刻情意；她的兒童文學創作，則以自身童年經驗為題材，融入童趣和想像，足以開啟孩童的童心，進而領略生活和生命的意義。

在編輯、出版的這一端，她則是眼光獨到、精明幹練的編輯人和出版人，好像生來就有辨別優劣、鑑賞好壞、判斷可否的理性在她個性中，加上她的樂觀、果決，因而能夠在編輯副刊時拔擢新人、起用具有突破時代限制的作品；在文學雜誌和出版相對惡劣的環境中，別開蹊徑，走出坦途。

但更重要的，是她做人處世圓融通透。她有一顆寬廣的心，部分來自她的童年，她的父親林煥文，是日治下的臺灣知識分子，精通漢學；母親黃愛珍是「賢良從不訴苦的母親」，讓她出生後就擁有一個和諧、相依為命的家庭。不分則來自她的生命歷程，一九一七年，父母由臺灣遷居日本大阪，次年生下她，再三年後返臺，接著又於一九二三年舉家遷居北京，直到一九四八年，林海音才與先生夏承楹（何凡）、三個孩子、母親及弟弟、妹妹返回臺灣。這個歷程，讓林海音含蘊了日本、臺灣和中國的三種生命經驗和文化薰陶，也讓她後來得以包容並理解出身自三種不同文化中的作家或朋友。她的理解和真誠，讓她少有敵人。眾緣和合，是她一生受人尊敬，事業得以成功的主因，也是她和何凡家中的客廳之所以能號召「半個臺灣文壇」的由來。

三

林海音大我三十七歲，雖然早已讀過她的著作、她編的《純文學》和純文學出版社出版的書，但我真正與她見面認識，已是一九八〇年以後的事。這當然與我當時擔任《自立晚報・副刊》主編，必須聯絡、接觸作家有關。

什麼時候、什麼場合初見林海音，我已印象模糊，在臺北的文藝圈子中，有各種大大小一九八五年冬天，齊邦媛約向陽與林海音、殷張蘭熙餐敘。

小的活動與聚會，見面寒暄是常有的事。我只記得編副刊時期，曾經打電話想向她約稿，當時主持純文學出版社的她告訴我：「這陣子太忙了，等有空再說吧。」怕我失望，又補了一句：「向陽，我知道你的本名叫林淇瀁，這名字太特殊，我很久前就在《國語日報》上看過。」她說的是我從小學到大學時期在《國語日報》上用本名發表文章的事。沒能約到稿子，聽她這麼說，反倒感到十分歡喜。

印象深刻的一次見面，是在一九八五年冬天，我剛結束愛荷華大學國際寫作計畫返臺，有一天在報社接到齊邦媛老師的電話，說她約了殷張蘭熙、林文月和林海音吃飯，希望我也一起去聊聊天，就這樣促成了我和林海音較多的近身談話。我保存的相片顯示，我坐在殷張蘭熙和林海音兩位前輩中間，三人各有表情，應該是飯後閒聊，齊老師側拍後寄給我的。這天的談話，我也快忘得差不多了。她們是老朋友，話家常、說文壇，我多半只宜傾聽。只記得當天齊老師談的是《中華民國筆會一九九二年七月二十九日，為慶祝齊邦媛、殷張蘭熙翻譯的《城南舊事》英文版出版，林海音作東設宴，請當時臺北各報副刊編輯與文化新聞記者聚會。

季刊》將要有所改革，希望多多譯介臺灣作家的作品，多用點年輕作家的新作，這是讓我感動的事。林海音頻頻點頭，也問了我看法。《自立晚報》作為異議報紙的背景，她們當然都知道。飯後離席時，林海音笑著跟我說：「你得多保重，多加油啊。」

但我真正走進林海音家的客廳，卻要到離開副刊，轉任《自立早報》總主筆之後才得償宿願。一九九二年七月，由齊邦媛、殷張蘭熙翻譯的《城南舊事》英文版出版，不知是否因為這件大事，七月二十九日晚上，林海音作東設宴，請當時臺北各報副刊編輯與文化新聞記者聚會。這真是一場盛會，果真把「半個文壇」搬出來了。

晚餐相當豐盛，談些什麼，時隔多年，我都模糊了，大約是談林海音《城南舊事》英譯本、文壇舊事這些吧。當天與會者，幸好我手邊留存了林海音寄給我的照片，透過照片還能一一指認。

坐前排的，從右邊算起，有黃美惠（時為《民生報》文化版記者）、蔡文甫（剛卸任《中華日報．副刊》主編）、齊邦媛（時為中華民國筆會Chinese Pen季刊總編）、林海音、劉靜娟（時為《新生報．副刊》主編）；站後排的，也從右邊算起，是有陳義芝（時為《聯合報．副刊》副主任）、張娟芬（時為《中國時報》文化新聞記者）、向陽（時為《自立早報》總主筆）、梅新（時為《中央日報．副刊》主編）、蘇偉貞（時為《聯合報．副刊》編輯）、楊澤（時為《中國時報．人間副刊》主編）、應平書（時為《中華日報．副刊》主編）。這幾乎就囊括了當時北部各主要報紙副刊編輯和文化記者了。餐後轉往林海音、何凡家中小坐，半個文壇就擠進了客廳中。

餐敘後不久，我就收到林海音寄來當晚餐敘照片兩張，一張是餐敘後的大合照，一張是我站在她身後的照片，她面帶笑容，儀態雍容而有慈藹之神情，我至今依舊難忘。兩張照片上，都貼上了黃色貼紙，標示日期，字跡是她親筆所寫，可見她的細膩和周到。我保留這兩張照片至今，連貼紙也捨不得撕下。

次年元旦過後，我收到林海音伉儷署名的賀年卡，林海音親筆在卡片上端寫了幾句話：

> 向陽，多日未見，新年新氣象，大家快樂。我們二老托福還好。我們搬到逸仙路，遠離那現已變成色情吃喝嫖賭老窩，安全多了。幾時請你們到舍下聊天。

這賀年卡我保存至今，雖然是逢年過節的尋常問候，但在林海音的字跡中，可以看出她對後輩的我的親切，我一向稱呼她「林先生」，她也喜歡大家這樣稱呼她，這個稱呼既表後輩的敬意，也有做為長輩的她對於後輩無分性別、一視同仁的自我期許。她毫不掩飾對原住舊居社區的厭惡，對新遷住宅寧靜安和的喜悅。那筆跡字字清晰、端莊平整，行距勻稱，也顯示了她一向黑白分明、乾淨俐落的個性。

這年舊曆年後，林海音果然又宴請我們這些媒體人了，在她逸仙路的家，她親自做了幾道菜，爽朗的笑聲洋溢在客廳之中，這時她已七十五歲了，何凡也已八十有三，兩人身體健朗，談笑春風，神仙眷侶之情，溢於言表。當晚餐後，林海音用手招呼我，說：「來，向陽，有本書你一定有興趣，我找給你看。」隨即進入書房，拿出李獻璋出版於日治年代的《臺灣民間文學集》示我：「你寫臺語詩，應該用得到。」其實我已有一本影印本，但能目睹原版，特別雀躍。我帶回家後，逐頁比對，發現我擁有的影本只缺版權頁，次日帶到報社，影印版權頁之後，還是將這麼珍貴的原書敬還於她。我知道她給我此書，意在鼓勵我繼續臺語詩的寫作，這份心意，已經百倍貴重於原版於我的意義。

四

二〇〇一年十二月一日，林海音逝世，享年八十三歲。消息傳出，文壇各界紛表不捨、難一九九三年元月，夏承楹（何凡）、林海音伉儷署名的賀年卡，上方字跡係林海音親筆所寫家常話。

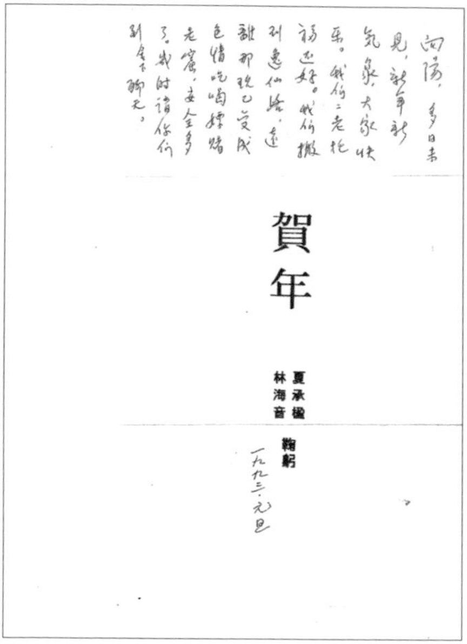
向陽，多日未見，新年新氣象，大家快樂。我們二老托福還好。我們搬到惠仙路，遠離那塊已變成色情吃喝嫖賭老窩，安全多了。有時請你們到舍下聊天。

賀年

夏承楹
林海音
鞠躬

一九九三.元旦

林海音與向陽合影於餐敘現場。照片上的黃色貼紙，標示日期，字跡為林海音親筆所寫。

過。二十二日上午，以「頌永恆．念海音」為主題的追思會在臺泥大樓三樓士敏廳舉行。追思會現場除擺置大幅林海音生活照之外，還重現了林海音家中的客廳，以紀念她一生推廣文學、提攜後進，用開闊寬容之心接納文壇各不同流派的精神。

我在追思會中，細想林海音的一生，從她主編聯副、創刊《純文學》月刊、創辦純文學出版社，以迄於結束營業後的餘生之年，都與臺灣文學、臺灣文壇密切相連。出生也晚的我，能與她相識，得到她的關照，也算是一樁幸福的事了。

林海音對日治時期臺灣作家的珍惜，可從她珍藏李獻璋出版於日治年代的《臺灣民間文學集》看出；對戰後臺灣「跨越語言一代」作家的疼惜，可從她與鍾理和、鍾肇政的書信來往和刊登作品中看出；對五、六〇年代青年作家的提攜，可從刊登黃春明等人的第一篇作品的慧眼和氣魄中看出；她辦《純文學》月刊，出版純文學叢書，更是廣納百川，從文學到家庭、從臺灣到世界，只要是好書，都想盡辦法出版。一如齊邦媛對她的評價：

林海音的身世背景、生長過程和豐富的文學生涯，見證了二十世紀臺灣的省籍融合和文學胸襟的開拓。她個人在大陸的生長經驗和對臺灣本土作家的發掘與鼓勵，對臺灣文壇有極大貢獻，也具有難以超越的代表性。

林海音不只是作家，還是臺灣作家的保母，以她的慧心、定見，以她的包容、慈悲，培育了從一九五〇到一九九〇年代的諸多臺灣作家，覆育了戰後路途多歧的臺灣文壇。她已無憾於此生，無愧於她的母土臺灣！

二〇一七年九月

〔手稿故事〕23

永遠的青鳥

——蓉子的溫婉與強韌

一

連日秋雨，淅瀝而下，天已涼而雨不歇，最宜懷舊。在暖暖書房，坐對群山，雨霧之中，想起詩人蓉子寫過的一首詩〈山就這樣走來〉，這首詩寫於一九七六年，是她的〈花藝組曲〉系列詩作的第一首，其後收入詩集《千曲之聲》（臺北：文史哲，一九九五）之中。印象中，我藏有她這首詩的原稿，打開作家手稿紙箱，果然很快就找到了。

一九七六年，正是我擔任華岡詩社社長，出版第一本詩集《銀杏的仰望》的那一年，也是常常拜訪蓉子、羅門在泰順街家居的時期，手上為什麼會有蓉子親書的這首詩作原稿，記憶已經模糊。只記得當年在泰順街四樓的燈屋中，蓉子與羅門招待我們的情景。那時的羅門四十八歲，元氣充沛，創作力十足，對於詩的崇拜和第三自然論述，都足以吸引年輕的愛詩人；而蓉子與羅門同庚，則是溫靜嫻雅，總是面帶笑容，輕聲細語，招呼我們一群年輕人，話語都被羅門搶著說去了。

我在秋雨之夜，撫讀蓉子手寫的這篇詩稿，攀爬在稿紙上的字，以溢出稿紙方格的氣派，不被侷限地跨越而出。蓉子工整而美麗的字跡，一如她給人的印象，端莊有緻，清淨亮麗；但再細看，這些字群則又有桀敖不馴的自信，表現了蓉子內在心靈的大度和不為世俗所羈的豪邁，正如這首手稿上的詩句：

用蔓藤構思　一樣地疊嶂千嶂
那高峻的神奇　那懸盪的迤邐以及
吳楚東南坼的驚險　山就這樣走來。

而鳳梨的果實已死
它們的葉片們都這般堅挺
壓倒秋的銳氣

啊，初朝與黃菊花
祇有玫瑰在輕輕變化
那甜美的情緒在緩緩變化……

蓉子詩作手稿〈山就這樣走來〉。

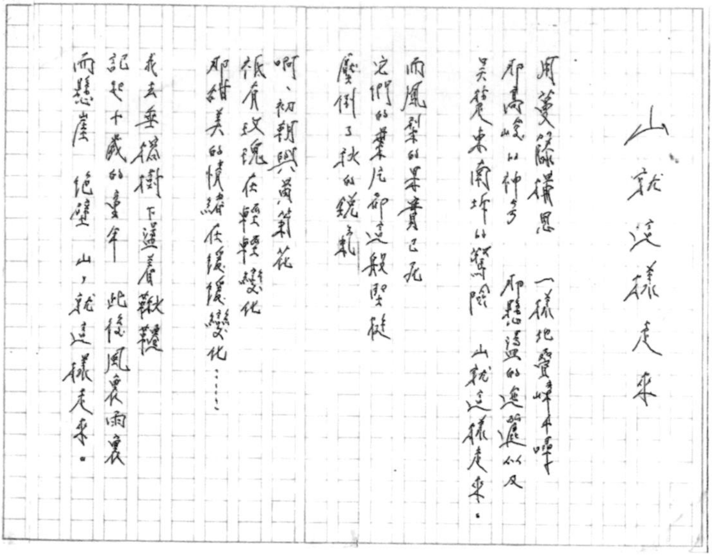

我去垂榕樹下盪著鞦韆
記起十歲的童年　此後風裡雨裡
而懸崖　絕壁　山，就這樣走來。

這首詩，寫的不就是秋山嗎？蓉子借杜甫〈登岳陽樓〉詩中的「吳楚東南坼，乾坤日夜浮」句，寫故鄉江蘇吳縣的山群以及她的童年，是秋日之詩，也是中年之詩。山的冷峻驚險、秋的銳氣、花的甜美，以及童年在垂榕樹下盪著鞦韆的記憶，在風雨中伴著懸崖、絕壁而來的情境，寫得美極，也寫得灑脫。

這樣的詩境，在懷念故鄉和童年之外，似乎也寫出了蓉子對應她所經歷的時代和現實世界，大度、灑脫的人格特質。這也就是我從年輕時認識的真實的蓉子了。

最近一次見到蓉子，是羅門逝世後參加由臺北基督教靈友堂主辦的安息禮拜。蓉子神情哀戚，最摯愛的伴侶羅門走了，對她來說是很大的打擊。我又想起一九七六年在燈屋時，她和羅門與我們談話的種種，當時有「中國白朗寧夫妻」之譽的他們，曾經以互補的一剛一柔的恩愛形象和詩作，讓年輕的我們心嚮往之，但此後的蓉子則要踽踽獨行了，但我相信，正如〈山就這樣走來〉詩中所寫，面對風雨，面對懸崖絕壁，有虔誠信仰的蓉子一定可以雍容面對羅門離開的事實。

二

蓉子最早發表詩作，是在《自立晚報》的《新詩週刊》，最早的一首是發表於第四期的〈形像〉（一九五一年十一月二十六日），這首詩頗受紀弦欣賞，特別用花邊加以凸顯。作為蓉子正式發表的第一首詩作，〈形象〉已經預示了她此後在詩壇的定位和具有女性主義傾向的詩風，全詩如下：

為什麼向我索取形像？
　為在你的華冕上，
鑲嵌上一顆紅寶石？

我在你生命的新頁上，
又寫上幾行？

為什麼向我索取形像？
如果你有那份真，
我已經鐫刻在你心上；
若沒有——
我恥於裝飾你的衣裳。

為什麼向我索取形像？
歡悅是我的容貌，
寂寞是我的影子，
白雲是我的蹤跡，
更不必留下別的形像。

這首詩發表後，備受好評，接著第五期發表〈青鳥〉一詩，其後陸續發表〈懷念江南〉（第八期）、〈日曆〉（第十期）、〈寂寞的歌〉（第十二期）、〈街頭暮色〉（第十三期）……等詩作，終於成為紀弦所說的《新詩週刊》「經常且主要的作者之一」。次年她出版第一本詩集《青鳥集》，因而有了「永遠的青鳥」的雅號。

〈形像〉這首詩原來題為〈為什麼向我索取形像〉，此後詩集用之。蓉子的詩素來被認為「柔美溫婉」，但看這第一首詩作，實則不然。詩中以絕對的自信，流露出自主的女性意識，「恥於裝飾你的衣裳」，不甘於做男性華冕上鑲嵌的一顆紅寶石，放到一九五〇年代的父權文化氛圍中，特別強烈而耀眼。

是啊，這正是蓉子之所以成為蓉子的特質所在，我在年輕時代與她接觸的過程中，儘管因為羅門的喧聲，使她相對無聲，卻總可以從她的詩作、言談和笑容中，強烈感覺到隱藏於她外表的婉約之後內在的自信和頑強。

再看她的另一首詩〈我的妝鏡是一隻弓背的貓〉：

我的妝鏡是一隻弓背的貓
不住地變換它底眼瞳
致令我的形像變異如水流

一隻弓背的貓　一隻無語的貓

蓉子的第一首詩〈形像〉，發表於《自立晚報》的《新詩週刊》第四期（一九五一年十一月二十六日）。

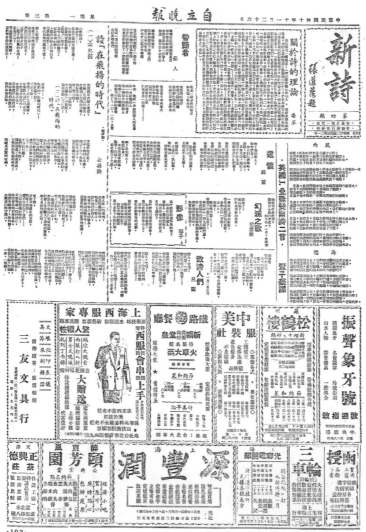

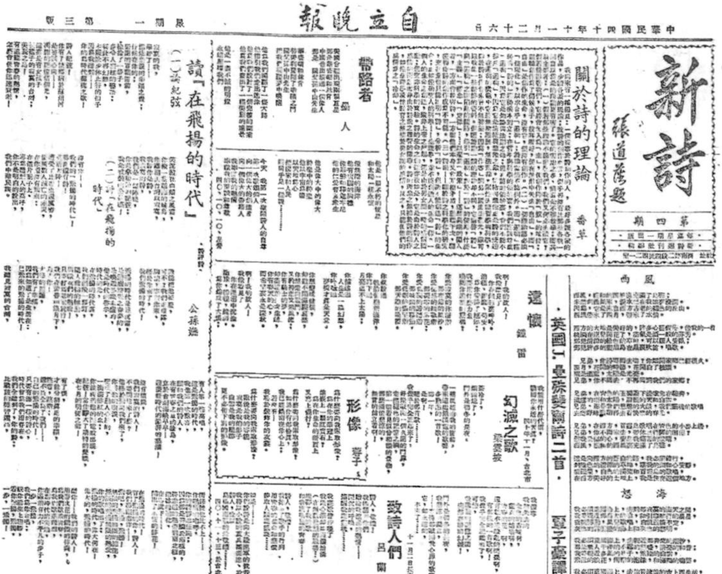

一隻寂寞的貓　我底妝鏡
睜圓驚異的眼是一鏡不醒的夢
波動在其間的是
時間？　是光輝？　是憂愁？
我的妝鏡是一隻命運的貓
如限制的臉容　鎖我的豐美於
它底單調　我的靜淑
於它底粗糙　步態遂倦慵了
慵困如長夏！

捨棄它有韻律的步履　在此困居
我的妝鏡是一隻蹲居的貓
我的貓是一迷離的夢　無光　無影
也從未正確的反映我形像

這首詩和〈為什麼向我索取形像〉有互相詮解之處，兩首不約而同，都著力於「形像」的探究。〈為什麼向我索取形像〉發表時，蓉子二十三歲，正值綺麗年華，青春讓她擁有絕對的自信，讓她「恥於裝飾你的衣裳」，這種自主的女性信念，來到進入婚姻之後、中年之際，在〈我的妝鏡是一隻弓背的貓〉詩中，已不再清楚而明確，反而「不住地變換它底眼瞳／致令我的形像變異如水流」，形成「迷離的夢　無光　無影／也從未正確的反映我的形像」，而是「鎖我的豐美於／它底單調　我的靜淑／於它底粗糙　步態遂倦慵了／慵困如長夏！」的困惑與感慨。

蓉子寫的，可能不僅止於她自身，而是及於女性面對自我形象的迷離，以及被索困於「鏡」中，找尋自我的不易。從「弓背」、「無語」到「寂寞」，蓉子以貓和妝鏡暗喻父權陰影下女性的命運，這與她在詩集《維納麗莎組曲》（臺北：藍星詩社，一九六九）中表現出來的現代女性形象也可相互對照。

作為一位虔誠的基督教徒，作為一位擁有傳統文化蘊含的女性，蓉子中年之後透過詩作，對於女性「形象」細膩且深沉的思考和觀照，在思想性上可能不遜於羅門對現代人處身於都市牢籠的反思。

三

蓉子很少談論自己，也很少（像羅門那樣）談論博大宏偉的詩觀。只有一次，她應我們《陽光小集》詩雜誌策畫的專輯「羅門與蓉子的詩情世界」之需，寫了一篇〈我的詩觀〉，這蓉子少見的詩論〈我的詩觀〉，刊登於一九八一年夏季號《陽光小集》第六期。

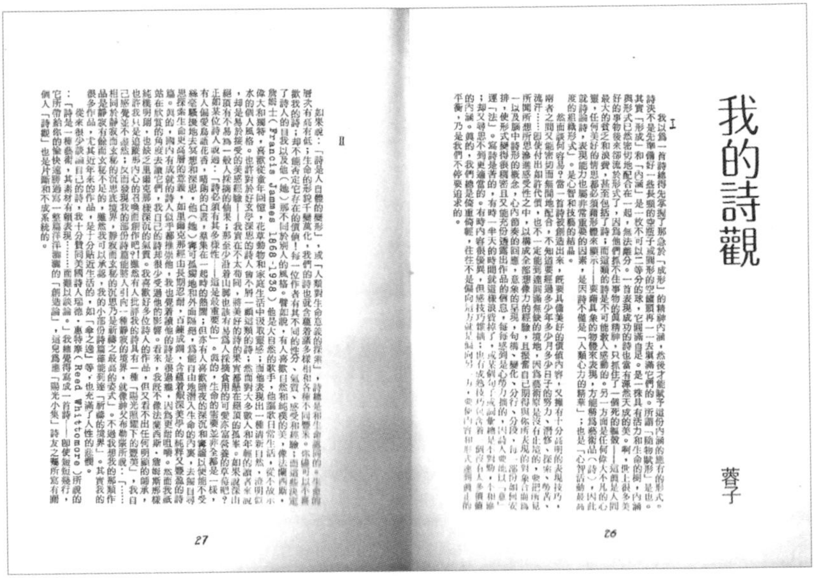
我的詩觀

蓉子

I

我以爲一首詩總得先掌握了那急於「成形」的精神內涵，然後才能賦予這份內涵的應有的形式。

26

27

才讓讀者得以知道她對詩的美學和創作觀點。這篇少見的小論刊登於一九八一年夏天出版的《陽光小集》第六期。

在這篇詩論中，蓉子這樣寫道：

> 任何偉大不凡的心靈，任何美好的情思都必須藉形體來顯示——要藉具象的物體來表現，方能稱為藝術品（詩），因此就詩論詩，表現能力也屬非常重要的因素，是因詩不僅是「人類心力的精華」；也是「心智活動最高度的組織形式」。是心智和技藝的結晶。
>
> ……
>
> 如果說：「詩是人自體的變

寫於一九六三年四月二十四日的蓉子日記〈生活與詩〉首頁。

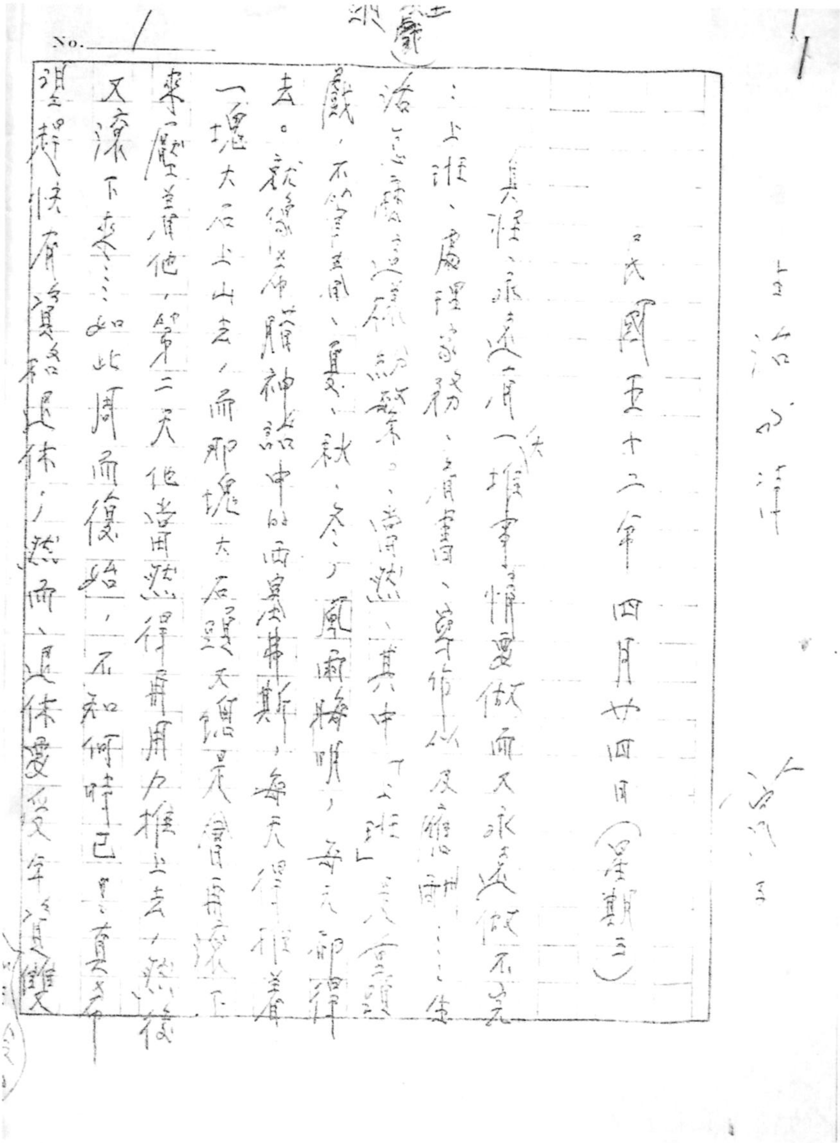
No. 1

生活與詩　蓉子

民國五十二年四月廿四日（星期三）

真怪，永遠有一堆事情要做而又永遠做不完：上班、處理家務、有雜事、寫作以及應酬……生活正被這些瑣務所占據著。當然，其中上班是個重頭戲，不管春、夏、秋、冬，風雨晴明，每天都得去。就像希臘神話中的西息弗斯，每天得推着一塊大石上山去，而那塊大石頭又偏是會再滾下來，壓着他，第二天他當然得再用力推上去，然後又滾下來……如此周而復始，不知何時已形」，或「人類對生命意義的探索」，詩總是和生命認同的。生命的層次有高有低；生命的形貌千變萬化，我們的詩也就含蘊著諸多樣相和各種不同豐采。……每一位作者有其不同的性分、氣質、感受和經驗；而這些決定了詩人的自我以及他（她）那不同於別人的風格。

這可能是了解蓉子創作心境和觀念最直接的一篇詩論了。蓉子對於詩，有著和羅門一樣的高度信仰，第一段引文強調的詩是「人類心力的精華」、「心智活動最高度的組織形式」，簡直就是羅門論詩的翻版；然而她又和羅門不同，她把詩和生命，也和生活連結在一起，她看到詩「含蘊著諸多樣相和各種不同豐采」，她也看到不同詩人各有性分、氣質、感受和經驗，從而各有風格。這是較諸羅門更開放、更寬闊的詩的視域。也正是在這裡，她的詩和羅門有著相對的差異性和獨特性，這使她的詩作，因而能從生活、自然和行踏之中，展現更多樣的表現和包容力。

一九五五年與羅門結縭的青鳥蓉子。

蓉子是即之也溫的詩人，我編《自立晚報．副刊》時，每跟她約稿，總是爽快答應，並且很快寄來作品。記得有次我跟她約「作家日記」專欄的稿子，她很快就寄來一篇寫於一九六三年四月二十四日的日記，題曰〈生活與詩〉。在這篇隨筆中，她談到當年生活的壓力和紛繁，「永遠有一大堆事情要做而又永遠做不完：上班、處理家務、看書、寫作以及應酬……」，因而希望「和羅門去選擇一份比較輕鬆的工作」，可以好好寫詩。當時的羅門在機場上班，從事飛航安全工作，她則從事國際通訊工作，上班都必須全力以赴。而這一天，她必須和同事商量次日調班，以便和羅門前往醫院探視罹癌、僅剩三個星期生命的詩人覃子豪；這一天，她值上午班，羅門則是下午班，「兩人總是湊不到一起」。日記最後以這樣的感慨作結：唉，生「勞」、病、死——難道這就是人生！

日記顯示出的，是生活中的詩人的生活形象，被生活中的工作和瑣事所困的詩人，也渴望退休（雖然那還是遙遠的事）或者找比較鬆的工作。我讀著讀著，不禁笑了出來，這大約也是蓉子在〈我的妝鏡是一隻弓背的貓〉中表現的「步態遂倦慵了」的寫照吧！

四

羅門過世後，蓉子居住於淡水一所養護中心，我想去看她，卻因雜務纏身而迄未成行，透過臉書臉友發布的訊息，知道她目前居住的環境清幽，設施良好，還保持閱讀及書寫習慣，就放心許多了。算來，如按虛歲，她已進入九十高齡，我與她因詩結緣，已是四十年前舊事，中間有一段相當長的時間，因為我的人生轉換跑道，與她和羅門已經疏於聯繫，只在文學與詩的場合中互道平安，也該找一天去探望她了。

蓉子崛起於一九五〇年代的詩壇，一九五三年出版《青鳥集》之後，因為詩而加入「藍星詩社」，因為詩而與羅門結縭，其後陸續出版包括《七月的南方》、《維納麗沙組曲》、《蓉子自選集》、《千曲之聲》在內的詩集十多種。她的詩作風格，一如她的為人，溫柔婉約之中也有靜定自如的豪邁；主題包括哲思、親情、自然、社會現實與都市文明批判，而不止於女性意識的書寫。

我在二〇〇五年為三民書局編選《臺灣現代文選・新詩卷》時，除了選入她具有女性意識的〈我的妝鏡是一隻弓背的貓〉之外，也選了能彰顯她明澈、莊嚴、虔敬情懷的〈傘〉。這首詩，以「鳥翅初撲／幅幅相連　以蝙蝠弧形的雙翼／連成一個無懈可擊的圓」啟段；次段聯想「傘」的各種形象：「一把綠色小傘是一頂荷蓋／紅色朝暾　黑色晚雲／各種顏色的傘是載花的樹／而且能夠行走」，滿溢著想像的多種色彩；到第三段，強化「傘」的功能：「一柄頂天／頂著豔陽　頂著雨／頂著單純兒歌的透明音符／自在自適的小小世界」，更是洋溢著人生在世的幸福感；最後一段則突出「我」的自在自如：「一傘在握　開闔自如／闔則為竿為杖　開則為花為亭／亭中藏一個寧靜的我」。

這首詩作，是蓉子的自許，也是蓉子人格的最佳寫照！願以此詩祝福我所敬愛的「永遠的青鳥」詩人蓉子。

二〇一七年十一月

〔手稿故事〕24

淡彩寫人間

——鄭清文小說中的悲憫情懷

一

十一月四日晚上在宜蘭，參加小說家黃春明為「第十二屆悅聽文學」所設的晚宴，席上忽然傳來小說家鄭清文因心肌梗塞已於中午辭世的消息，眾人皆不敢置信，也大感錯愕。

鄭清文是臺灣元老級的作家，從一九五八年在《聯合報・副刊》發表第一篇小說〈寂寞的心〉迄今，一路書寫，從未停筆，可說是臺灣小說界的長青樹。寫作半世紀，他寫出了二百多篇短篇、三部長篇、三本童話集，他真是一個勤奮不懈的「筆耕者」。這些作品經由他樸實、自然的筆，理性冷靜的心，展現出了讓人動容的情節，無論以他出生的故鄉舊鎮為背景，或者以現代社會為背景，都能在平淡的筆端下顯露深沉的生命哲學以及複雜的人性。儘管他在獲得國家文藝獎時曾謙虛地說他的作品「只是臺灣文學大河中的一點水」，他的作品在臺灣文學的長河中則是恆定而不可或缺的。一九九九年，他的小說集《三腳馬》英譯本在美國哥倫比亞大學出版，並於同年榮獲美國「桐山環太平洋書卷獎」（Kiriyama Pacific Rim Book Prize），這更讓他的作品跨出臺灣，在世界文學的大河中受到矚目。

鄭清文擅長以平淡的簡筆表現人性的深層結構，不過，他呈現的未必都是人性的陰鬱，也有頗多光明面，明暗交織，光影交錯，或許才是鄭清文小說的迷人之處。他的小說，深刻地寫出市井小民悲歡離合的人生，並對他們莫可奈何的生命有以探照，蒼涼中不失溫暖。這是我對他的小說整體的印象。

開車從宜蘭回暖暖途中，中央社記者打來電話，詢問我對鄭清文辭世的感受，也提到今年九月他和一百三十五位作家連署發起「支持調降文言文比例，強化臺灣新文學教材」一事。因為開車，我只能簡單回答，略稱鄭清文一生為人謙和，行事也低調，他之所以連署支持國文課本調降文言文比例，應該是期望臺灣語文教育有所改革，不忍於年輕學子所做的決定，這大概也是他一生之中少有的參與連署之舉了。

但我知道，他這麼溫和的人會在國文課綱文白之爭這樣充滿爭議的活動中，同意擔任共同發起人，絕非一時興起，而是因為他對生身的臺灣的愛，他對奉獻一生的臺灣文學能在臺灣這塊土地上源遠流長的期許。正如二〇〇五年他獲得國家文藝獎的得獎感言所說：

> 我的文學，是屬於臺灣的。我的作品，只是臺灣文學大河中的一點水。大河從很遠的地方流過來，也流向很遠的地方。

臺灣，過去、現在和未來，不斷有人在大河中注入文學的水。臺灣文學寫臺灣。臺灣文學將更茁壯，將永續長流。

感謝臺灣。

二

我於一九七〇年代鄉土文學論戰後認識鄭清文前輩。他是沉默寡言的作家，見面總是面露微笑，輕聲細語，談話平和，讓人感到舒適。近四十年來，我在各種不同的場合見到他，始終如是，他的小說，無論題材為何，基調也是如此。

在他的眾多小說中，我印象最深刻的是〈三腳馬〉，不是因為得獎，而是因為這篇小說描述了一位悲劇人物曾吉祥（小說主人翁）的不堪人生。曾吉祥，在日治時期擔任警察，作威作福壓迫自己的同胞，成了令人憎恨的「三腳仔」；戰後為躲避報復倉皇躲藏，導致妻子代他受罪，最後病故；自身則獨居山中，以雕刻「三腳馬」維生，並藉此自我救贖。這篇小說著重的不是譴責，而是人性的探討和反省。小說呈現的正是鄭清文人格中悲天憫人的特質。

對這篇小說的印象深刻，還來自於我曾應遠流出版社之邀，為該社出版「臺灣小說青春讀本」十本（許俊雅策畫）逐一錄製口白朗讀，其後由遠流關係企業智慧藏學習科技股份有限公司推出《臺灣經典文學電子書》。這十本分別是賴和的《惹事》、楊逵的《鵝媽媽出嫁》、鍾理和的《假黎婆》、鍾肇政的《白翎鷥之歌》、吳濁流的《先生媽》、張文環的《論語與雞》、呂赫若的《月光光》、王禎和的《老鼠捧茶請人客》，以及鄭清文的《三腳馬》。那是二〇〇九年的事，我還記得，在遠流特約的錄音室當中，我一字一句唸讀這十篇小說，體會十位臺灣前行代小說家的心血時的心境。讀到《三腳馬》時，發現這篇小說很獨特地以淡筆開場：

> 我從臺北坐了三個鐘頭的車，到外莊找我工專時的同學賴國霖。最近我們開了一次同學會，難得自畢業以後二十多年第一次再見到他。在會上，大家做自我介紹的時候，才知道他回到故鄉開一家木刻工廠，專門製銷各種木刻品。

接著寫「我」在工廠的牆角發現有一隻奇特的馬，「那隻馬低著頭，好像在吃草，也好像不是。牠的臉上有一抹陰暗的表情，好像很痛苦，也好像很羞慚的樣子。」再仔細看，「才發現那隻馬竟跛了一條腿」——小說就以這樣平淡而帶有懸疑的敘事手法，展開了主角曾吉祥的人生悲劇。跟隨著鄭清文的清淡文字，咀嚼文字背後深沉的悲憫，也禁不住為之所動。這大概是鄭清文小說迷人之處，他總能在淡筆淡墨中，以真實的、不誇張的語調，敘說一則傳奇，並且點出隱藏在傳奇故事中人的無可奈何吧。

另一次細讀他的小說，則是二〇一三年的事。二〇一二年麥田出版社為鄭清文出版第三本短篇小說選《青椒苗》，麥田在這之前已出有第一本《鄭清文短篇小說選》（一九九九）和第二本《玉蘭花》（二〇〇六），我雖買了，但一直未能細讀，倒是《青椒苗》因為於次年一月榮獲臺北國際書展大獎，我應聯副之邀，為此書寫書評，因而細讀了書中的八篇短篇，我從〈屋頂上的菜園〉、〈土石流〉一路讀到〈青椒苗〉、〈大和撫子〉，看到他從平淡出發，卻能準確勾勒筆下角色的絕活，也看到他最擅長的對話處理，讓筆下的人物和情節因此而能演出動人心弦的劇情。極少寫小說評論的我，不揣譾陋，乃以〈淡彩寫人間，深情繪浮世〉為題交出書評，推崇鄭清文這本小說集，「以簡潔而老練的文筆，輔以情節起伏，寫出了臺灣鄉土、社會的真實」。

如集中的〈土石流〉，寫不負責任的父親林春發、獨力養家的春發嫂阿娥以及從小患有小兒麻痺的女兒月琴。三人之間愛恨糾結，女兒不滿父親拋妻棄女，但最終是在土石流中緊抱背著她的父親而雙雙遇難。這故事具衝突性，其中的人性幽微面更是不易描述。鄭清文卻能「不動聲色甕」，不鑿痕跡地將愛與恨，通過冷語敘事、生動對話，以及他巧設的布局，表現得淋漓盡致。

此外，我也發現，這本小說集中的多篇小說都以死亡終結。如〈屋頂上的菜園〉，女主角阿霞死於屋頂；〈土石流〉，林春發和月琴父女死於土石下；〈貓藥〉，阿公吐血，死於臥榻；〈中正紀念堂命案〉，則虛擬了一樁死亡新聞；〈大和撫子〉，呂秀好石死於醫院——這些「死亡」命題，以不同的筆調呈現，或淒寂、或戲謔、或諷刺、或同情，在在照映了當代社會與市井人物不同的生命情調，也顯現了鄭清文小說處理人性與死亡的細緻筆法。

我所認識的鄭清文前輩，在他木訥、「古意」的個性，在他平淡、簡約的語言後面，原來藏有一種特屬於小說家的透視人間的慧眼和巧思。他用小說來向世界說話，而非用說話來寫小說。

三

我與鄭清文前輩認識近四十年，但認真細想，見面次數不清，卻沒說到多少話。認識他時，我是文壇後輩，他又是寡言之人，記憶較深刻的是我編《自立晚報．副刊》時期，因為約稿的關係，有幾次談到臺灣文學的處境。那是一九八〇年代初期，鄉土文學論戰後的臺灣文學尚未定名，仍以「鄉土文學」或「本土文學」被稱呼，他對我在《自立晚報》編副刊深有期許，也鼓勵我的臺語詩寫作，他認為臺灣文學應該多元表現，編副刊也是，必須多包容不同作品或主張，才能成其為大；但也不能因為追求表面的多元，而失去臺灣的本性和特質。寫作則要有自己的特色，要跟別人不同，此外還須持續地寫，不斷地寫，「不繼續寫，就什麼也沒了」。

有一次，閒聊中，他告訴我，他也曾編過吳濁流創辦初期的《臺灣文藝》，那是一九六〇年代中期的事了。臺灣仍在威權時期，《臺灣文藝》因為掛了「臺灣」，不僅吳濁流曾因此遭到約談，要求不可使用「臺灣」之名，吳濁流還是堅持了；而在他幫忙吳濁流，擔任編輯時，

〈吳濁流先生的真實的一面〉刊登於一九八四年一月八日自立副刊。

自立晚報

年一月八日

週日版

刊頭題字／史紫忱

作家日記365

五十五年一月八日／台北

吳濁流先生的真實一面（註一）

鄭清文

也同樣受到警告，要他「小心」，不要「惹麻煩」。這樣的事，即使在一九八○年代我編副刊時也是家常便飯，但一九六○年代國民黨如何控制言論，我卻相當好奇，當下就約請他，看看能否寫出來，登在副刊？

過了幾天，他打電話給我，說他翻到了一九六六年的日記，當中提到了細節，我適巧正在策畫次年要在自立副刊推出的專欄「作家日記三六五」專欄，立刻請他提供自立副刊發表。再過不久，他寄來了稿子，題為〈吳濁流先生的真實的一面〉。這標題，有些「聳動」，內容寫的就是清文前輩擔任《臺灣文藝》編輯時的所見所聞。

這篇日記，寫的是一九六六年一月八日的事。當天鄭清文找吳濁流，想辭鄭清文日記〈吳濁流先生的真實的一面〉，由鄭夫人逐字謄抄的稿子。

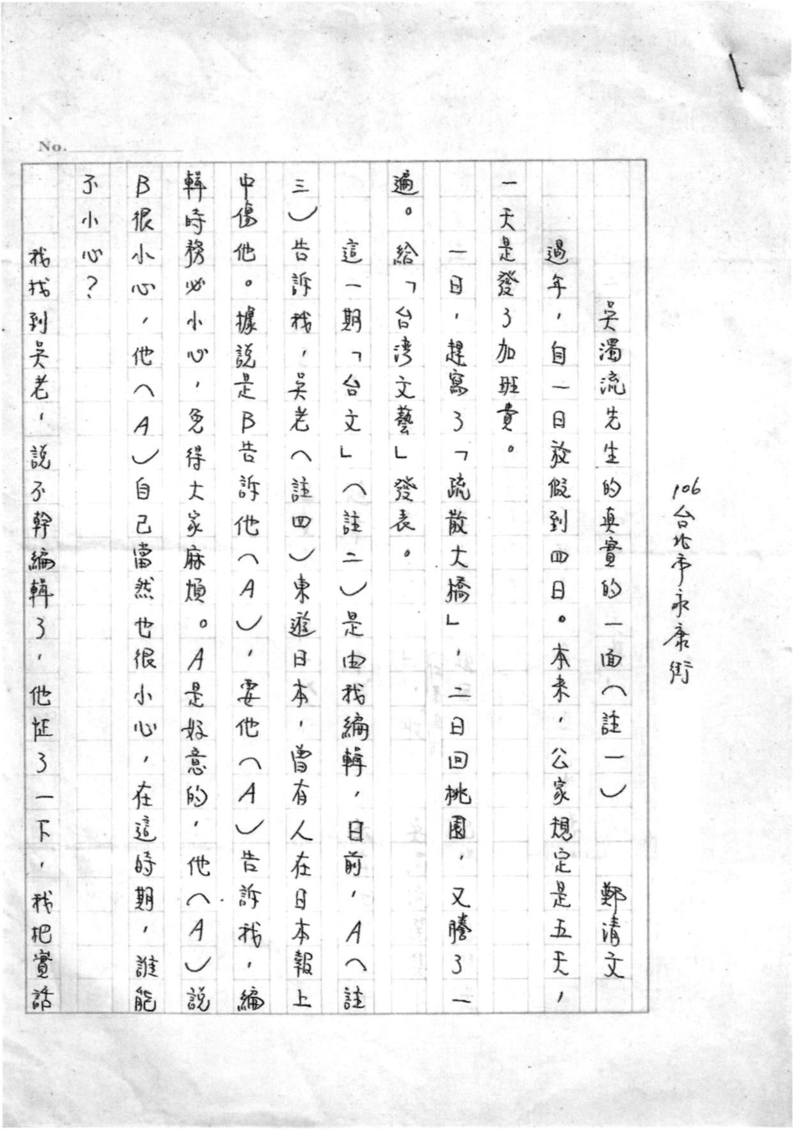

No.

吳濁流先生的真實的一面（註一）　鄭清文

過年，自一日放假到四日。本來，公家規定是五天，一天是發了加班費。

一日，趕寫了「疏散大橋」，二日回桃園，又謄了一遍。給「台灣文藝」發表。

這一期「台文」（註二）是由我編輯，目前，A（註三）告訴我，吳老（註四）東遊日本，曾有人在日本報上中傷他。據說是B告訴他（A），要他（A）告訴我，編輯時務必小心，免得大家麻煩。A是好意的，他（A）說B很小心，他（A）自己當然也很小心，在這時期，誰能不小心？

我找到吳老，說不幹編輯了，他怔了一下，我把實話

106 台北市永康街

> 掉編輯的工作：
>
> 這一期「臺文」是由我編輯，日前，A告訴我，吳老東遊日本，曾有人在日本報上中傷他。據說是B告訴他（A），要他（A）告訴我，編輯時務必小心，免得大家麻煩。A是好意的，他（A）說B很小心，他（A）自己當然也很小心，在這時期，誰能不小心？
>
> 我找到吳老，說不幹編輯了，他怔了一下，我把實話告訴他，只是沒有說是誰告訴我。他（吳老）一口咬定是C，推測實在可怕。

這篇日記，很真實地寫出了《臺灣文藝》創刊後，初期遭到情治單位監控的情況，被鄭清文隱掉姓名的A、B、C三人，應該也都是當時《臺灣文藝》的編輯人，因此才會提醒鄭清文「編輯時務必小心，免得大家麻煩」（出了問題，遭到情治單位株連）——足見《臺灣文藝》在當時受到監控的處境，不僅吳濁流遭到中傷，編輯們也人人自危。這是一篇見證白色恐怖統治的日記，我如獲至寶，就放在一九八四年一月八日（同月日）的自立副刊發表了。

只是到今天，我仍不解的是，當年的A、B、C三人到底是誰？鄭清文想說的「吳濁流先生的真實的一面」到底何所指？是因為吳濁流一口咬定C，「推測實在太可怕」嗎？或者是這篇日記後半段還提到的，鄭清文要求當期《臺灣文藝》不登吳濁流的文章（〈光復二十年來之感言〉），吳濁流「又怔了一下，但立即答應了」，顯示吳濁流的大度（不因編輯要求不登文章而怒）？隨著清文前輩的過世，這答案可能無解了，這公案就有待研究者去破解了。

這篇日記，因為係應我之請，找出重謄的，因此鄭清文前輩還加了五個註腳，解釋用語「臺文」就是「臺灣文藝」、「吳老」就是「吳濁流先生」、「A、B、C」都是假名，「真名暫隱」等，可見他對細節的重視和有板有眼。

我保存這篇日記，算來三十三年了，其上的字跡娟秀，一筆一畫，清清楚楚，實在不像鄭清文前輩的筆跡。掃描後，我將圖檔傳給封德屏總編，封總編親向鄭夫人求證之後，確定這是鄭夫人當年親為先生謄抄的，清文前輩生前的眾多「手稿」大概多數也都是夫人的手稿吧。鄭清文前輩夫妻兩人伉儷情深，書寫分工，視之為另一種「手稿」也無妨吧。

四

鄭清文前輩早在一九八七年就以他的小說成就榮獲吳三連文藝獎，當時我已離開副刊，接任自立晚報總編輯工作，編務繁忙，但也身兼吳三連獎基金會的副祕書長，在頒獎會場上迎接他，為他鼓掌。記得當時他接受報社記者何聖芬訪問時，將得獎視為「臺灣文壇的殊榮」，並且說「生活中有太多題材可以去完成小說的藝術創作，只要時間允許，我一定繼續寫作下去。」的確，他的筆從未停歇，此後他的小說作品也源源不斷的完成，他的〈相思子花〉、和兒童文學作品《天燈．母親》都受到好評；另外他也寫了不少以二二八事件和白色恐怖年代鄭清文很早就榮獲吳三連文藝獎，此後即經常協助吳三連獎基金會。圖為二〇一四年夏天在吳三連獎基金會的邀宴中所拍。（右至左：陳列、許俊雅、鄭清文、劉克襄、向陽）

二〇一二年方梓出版長篇小說《來去花蓮港》，宴請鄭清文、黃春明夫婦、廖玉蕙夫婦、陳芳明夫婦、封德屏、王聰威。

為題材的政治小說，如〈來去新公園飼魚〉、〈押解〉、〈白色時代〉以及長篇《舊金山：一九七二》等，老而彌堅，他是臺灣小說界的長青樹。

此後再與鄭清文前輩見面，就愈來愈少了。較多的是，因為吳三連獎基金會常請他來指導，我因而有機會與他話家常。他還是我年輕時看到的模樣，微笑、寡言、親切而溫熱。反而是方梓因為寫小說的關係，較常和他連繫。二〇〇一年方梓的散文集《采采卷耳》要出版了，請他推薦，他爽快答應；二〇一二年長篇小說《來去花蓮港》，也請他撰稿推薦，他都不推辭，且準時交稿。他的謙和微笑，他對後輩的鼓勵和提攜，此後是再也見不到了。

但是，他終究留下眾多的小說傑作，留下他以悲憫為基調，面對複雜人生處境，探討人性與死亡課題的深刻作品。用淡彩寫人間，用深情繪浮世的他，生前是臺灣小說界的長青樹，逝後，他的小說生命必然會在臺灣文學史中長存。

二〇一七年十二月

九歌文庫 1274

寫意年代——臺灣作家手稿故事2

作者	向陽
責任編輯	蔡佩錦
創辦人	蔡文甫
發行人	蔡澤玉
出版發行	九歌出版社有限公司 臺北市105八德路3段12巷57弄40號 電話／02-25776564・傳真／02-25789205 郵政劃撥／0112295-1
九歌文學網	www.chiuko.com.tw
印刷	晨捷印製股份有限公司
法律顧問	龍躍天律師・蕭雄淋律師・董安丹律師
初版	2018年1月
定價	360元

書號	F1274
ISBN	978-986-450-164-9

（缺頁、破損或裝訂錯誤，請寄回本公司更換）

國家圖書館出版品預行編目資料

寫意年代——臺灣作家手稿故事2 / 向陽著. --
初版.-- 臺北市：九歌,
2018.1　304面　；14.8×21公分. --
（九歌文庫；1274）

ISBN 978-986-450-164-9（平裝）

855　　106022755